Dorothea Stiller

Tödliche Zeilen

EIN FALL FÜR AGNES MUNRO

Krimi

Erstausgabe Januar 2019

© 2019 dp DIGITAL PUBLISHERS GmbH

Made in Stuttgart with ♥
Alle Rechte vorbehalten

Tödliche Zeilen

ISBN 978-3-96087-466-9
E-Book-ISBN 978-3-96087-465-2

Umschlaggestaltung: Miss Ly Design
unter Verwendung von Abbildungen von
© Nongnuch_L/shutterstock.com,
© James Clarke/shutterstock.com und
© Martin M303/shutterstock.com
Lektorat: Astrid Rahlfs
Satz: dp DIGITAL PUBLISHERS

Das Werk darf – auch teilweise – nur mit
Genehmigung des Verlages wiedergegeben werden.

Sämtliche Personen und Ereignisse dieses Werks sind frei
erfunden. Etwaige Ähnlichkeiten mit real existierenden
Personen, ob lebend oder tot, wären rein zufällig.

Über die Autorin

In Westfalen zu einer Zeit geboren, als Twix noch Raider hieß, in Fernseh-Talkshows noch geraucht wurde und Frauen noch die Erlaubnis ihres Ehemannes brauchten, um zu arbeiten, entdeckte Dorothea Stiller schon früh ihre Liebe zu guten Büchern und begann auch bald, eigene Geschichten zu schreiben. Auf in Schulhefte gekritzelte Machwerke folgten Kurzgeschichten und Fan-Fiction und schließlich ihr erster Roman, eine Liebeskomödie. Auf ein Genre festlegen möchte die Autorin sich jedoch nicht. Sie schreibt zeitgenössische Liebesromane, Historische Romane, Krimis und – als Katharina Stiller – Jugendbücher für Mädchen.

Die studierte Anglistin und Germanistin ist Mitbegründerin der Autorenvereinigung Romance Alliance, ist Mitglied bei DeLiA, der Vereinigung deutschsprachiger Liebesromanautorinnen und -autoren, den Bücherfrauen und den Mörderischen Schwestern e.V., ist als freie Übersetzerin und Korrektorin tätig und bietet Kurse und Workshops zum kreativen Schreiben an.

Ihr Herz schlägt besonders für Großbritannien und Finnland – und sie hat einen kleinen Tassen-Tick.

1

Hazel schreckte aus dem Schlaf und sah auf den Wecker. Draußen prasselte der Regen gegen ihr Fenster wie Trommelwirbel. Halb drei Uhr nachts. Wer kam auf die Idee, mitten in der Woche um diese Zeit anzurufen? Kurz überlegte sie, das Klingeln zu ignorieren. Doch vielleicht war es etwas Wichtiges? Sie griff nach dem Hörer.

»Hallo?«

»Hey Zel, noch wach?«

Hazel erkannte die Stimme ihres Bruders.

»Neil? Hast du noch alle Tassen im Schrank? Ich hab schon längst geschlafen. Weißt du, wie spät es ist?«

»Hör zu. Ich muss dich unbedingt sprechen. Hab 'ne Entscheidung getroffen. Ist wichtig. Brauche unbedingt deine Meinung dazu. Ich komm jetzt rüber, okay?«

Neil hatte die Worte gelallt. Hazel war schlagartig hellwach.

»Sag mal, lallst du? Bist du etwa betrunken? Verflucht! Bleib, wo du bist. Setz dich bloß nicht ans Steuer! Schon gar nicht bei dem Wetter.«

»Bin schon auf dem Weg. Ich hab das im Griff, Zel«, verkündete Neil. »Ist doch nicht weit.«

Hazels Herz jagte. Sie sprang aus dem Bett, lief in

den Flur und riss ihre Jacke vom Haken.

»Neil! Leg sofort das Telefon weg und fahr rechts ran. Ich komme und hole dich.«

»Lass gut sein. Bin gleich bei dir, ja?«

Hazel zog hastig die Jacke über den Pyjama und schlüpfte in ihre Schuhe, während sie in der Kommodenschublade nach dem Autoschlüssel wühlte.

»Neil! Ich meine das ernst! Fahr ran und bleib, wo du bist! Ich komme sofort.«

Sie öffnete die Haustür und blickte hinaus. Der Regen fiel in dichten Fäden.

»Scheiße, Neil. Da draußen geht gerade die Welt unter. Halt sofort an, ich komme und hole dich! Ich lege jetzt auf, okay?«

»Mann, scheiße, ich seh überhaupt nicht … «

»Neil!! Bist du okay? Du hältst sofort an und ich lege auf. Okay?«

»Verdammt, was … «

»Okay, Neil? NEIL!?«

» …«

»NEIL!!«

2

Eine leichte Brise kräuselte das Wasser und die Nachmittagssonne glitzerte auf den Wellen, als die CalMac Fähre Douart Castle passierte und auf den Fähranleger von Craignure zuhielt. Es hätte ein Bild aus einem Urlaubskatalog sein können. Doch das sommerliche Idyll passte genauso wenig zum Anlass ihres Besuchs wie der Schal mit dem leuchtend pinkfarbenen Blumenmuster, der fröhlich im Seewind flatterte. Agnes stand an der Reling und beobachtete die *Isle of Mull* beim Anlegen, während sie sich im Kopf zurechtzulegen versuchte, was sie sagen sollte. Sie hatte nie gewusst, was man in so einer Situation Tröstliches sagen konnte. Sie hasste Kondolenzbesuche, die Floskeln, das traditionelle Schwarz. Doch dieses Mal war es anders. Es ging um Neil, Effys Sohn. Sie würde sich zusammenreißen und für ihre Freundin da sein, so wie Effy für sie dagewesen war. Aber wie konnte man einer Mutter Mut machen, die gerade ihren Sohn verloren hatte? Was sagte man seinem Vater, seiner Schwester? Neil war doch gerade erst 27 gewesen, kerngesund. Eigentlich sollte man sein Leben da noch vor sich haben.

Auf dem Anleger entdeckte Agnes Hazels roten Haarschopf, der schon von weitem in der Sonne leuchtete. Agnes holte tief Luft. Zurück auf die Insel zu kommen, war für sie ohnehin mit einem Gefühl der Beklemmung verbunden. Zu viele schmerzhafte Erinnerungen lauerten hier auf sie und nun würden weitere dazukommen.

Sie folgte den anderen Passagieren von Bord. Hazel hatte die Hand an die Stirn gehoben und balancierte auf den Fußballen, um über die Köpfe hinwegzusehen. Als sie Agnes entdeckte, winkte sie.
Wieder fiel Agnes auf, wie erwachsen Hazel aussah. Noch zu gut erinnerte sie sich an das kleine, sommersprossige Mädchen mit dem Pferdeschwanz. Es fühlte sich an, als sei seitdem nicht viel Zeit vergangen, doch nächstes Jahr würde es dreißig Jahre her sein, dass sie ihr Patenkind zum ersten Mal in den Armen gehalten hatte. Agnes wischte sich eine Haarsträhne aus dem Gesicht, als könne sie damit den unangenehmen Gedanken verjagen. Sie mochte sich nicht alt fühlen und es löste Unbehagen in ihr aus, darüber nachzudenken.

Auf dem Anleger nahm Agnes die junge Frau in den Arm und streichelte wortlos ihren Rücken. Vielleicht hatte sie sich zu viele Gedanken gemacht. Manchmal brauchte es keine Worte, um auszudrücken, was man fühlte.
Hazel drückte Agnes noch einmal und löste sich aus der Umarmung.
»Lieb, dass du so schnell gekommen bist.«
Ihre Stimme klang kratzig.
»Lass nur, ich kann den Koffer selbst nehmen«, wehrte Agnes ab, als Hazel nach ihrem Gepäck griff,

und hakte sich unter. »Wie geht es jetzt zu Hause?«

Hazel seufzte.

»Dad ist erstaunlich gefasst. Wahrscheinlich kann er es nur nicht so zeigen. Du kennst ihn ja, Charlie Thorburn, der Unerschütterliche. Mum macht mir ernsthafte Sorgen. Sie hat sich in ihrem Zimmer verbarrikadiert und möchte nicht mit uns sprechen. Ich weiß nicht, was ich tun soll. Es ist, als ob wir ihr egal wären. Glaubt sie, sie ist die Einzige, die trauert?«

Ihre letzten Worte klangen wütend und verzweifelt zugleich.

Agnes zog Hazel fest an ihre Seite.

»Das darfst du nicht denken, Hazel. Deine Mum liebt euch sehr, und ihr seid ihr gewiss nicht egal. Sie kann nicht anders. Deine Mutter hat Probleme schon immer zuerst mit sich allein ausgemacht. Wenn sie aus ihrem Schneckenhaus herauskommt, wird sie euch dafür umso mehr brauchen.«

»Vielleicht hast du recht, Tante Agnes. Mum war noch nie gut darin, sich helfen zu lassen.«

Hazel wischte sich mit dem Ärmel über die Augen.

»Ach lass doch das *Tante* weg, Hazel. Es klingt so altmodisch, findest du nicht?«

Hazel lächelte kurz. »Ich finde altmodisch schön. Und du bist doch meine Patentante.«

»Aber du bist doch kein Kind mehr.«

»Vielleicht finde ich genau deshalb den Klang so schön.« Hazel strich eine rote Haarsträhne hinter das Ohr. »Das erinnert mich an eine Zeit, in der die Welt noch viel einfacher schien.«

»Wenn es so ist, darfst du natürlich gern dabei bleiben.« Agnes drückte liebevoll Hazels Arm, als sie den

Parkplatz erreichen.

Eine Weile schwiegen beide, während sie die schmale zweispurige Straße entlangfuhren, die sich an die Küstenlinie schmiegte, vorbei an Weiden, moosbewachsenen Felsen und Gruppen von dürren Birken, bis Hazel schließlich das Schweigen brach.

»Ich habe für dich das Gästezimmer hergerichtet. Es wird dir gefallen. Wir haben es erst vor einem Monat renoviert.«

»Meinst du nicht, es wäre besser, wenn ich vielleicht ins Hotel ...« Weiter kam Agnes nicht, denn Hazel widersprach vehement.

»Kommt gar nicht in die Tüte, Tante Agnes. Du bleibst bei uns.«

Agnes lächelte.

»Danke. Aber dann übernehme ich das Einkaufen und Kochen.«

»Das nehmen wir gern an. Ich schlafe zurzeit auch bei Mum und Dad. Ich kann sie jetzt nicht allein lassen. Bei mir würde ich ohnehin nur herumsitzen und die Wände anstarren.«

Die Straße verengte sich auf eine Spur und wand sich durch einen schmalen Streifen Kiefernwald. Hazel drosselte das Tempo und blickte konzentriert auf die Straße. Ein Großteil der Straßen auf der Insel war immer noch einspurig, oft schwer einzusehen, und man musste mit Schafen und Rindern auf der Fahrbahn rechnen. Tödliche Unfälle jedoch waren selten.

»Wie ist es denn passiert? Ein Tier?«

Diese Frage spukte Agnes im Kopf herum, seit sie aus

der Zeitung von dem Unfall erfahren hatte. Details hatte der Bericht nicht genannt.

Hazel schüttelte den Kopf und presste für einen Moment die Lippen zusammen.

»Nein. Kein Tier. Ich weiß nicht, was in ihn gefahren ist, aber Neil hatte allem Anschein nach getrunken. Es kommt mir alles so surreal vor. Er kam von Dervaig. Die Sicht war schlecht, die Straße rutschig. Es hatte den ganzen Tag geregnet und schüttete immer noch.«

Hazel hielt das Lenkrad fest umklammert und rang sichtlich um Fassung.

»Warum ist er bloß mitten in der Nacht bei so einem Wetter ins Auto gestiegen? Ich begreife das nicht!«

»Wie schrecklich, Hazel! Ich kann mir das auch überhaupt nicht vorstellen.«

Agnes zupfte an ihrem Schal. Ihr war unangenehm bewusst, dass es einfach nichts Passendes zu sagen gab, wenn ein so junger Mensch starb.

»Sie haben ihn noch nach Craignure gebracht, aber dort konnte man nichts mehr für ihn tun.«

Hazels Stimme zitterte. »Ich habe dir erzählt, dass er zu mir wollte?«

Agnes wandte ruckartig den Kopf und starrte Hazel ungläubig an.

»Nein, das wusste ich nicht. Hast du eine Ahnung, warum?«

Hazels Finger trommelten nervös auf dem Lenkrad herum. Sie schüttelte den Kopf.

»Nein. Ich weiß nur, dass er zu mir wollte. Er hat mich aus dem Auto angerufen.«

Ein entsetzter Laut entfuhr Agnes und sie schlug die Hand vor den Mund. Gleichzeitig bereute sie es. Es musste schlimm genug für Hazel sein. Ihr sichtbares Entsetzen machte es ganz sicher nicht besser. Sie schluckte.

»Du meinst, bevor ...?«

»Natürlich habe ich gesagt, er solle sofort anhalten. Aber er klang ganz aufgeregt, sagte, er habe eine wichtige Entscheidung getroffen und müsse dringend mit mir sprechen.«

»Oh Hazel, das ist ja furchtbar! Hast du irgendeine Ahnung, worum es ging?«

»Keinen Schimmer. Ich zerbreche mir schon die ganze Zeit den Kopf darüber. Vielleicht war es gar nichts Wichtiges. Schließlich war er betrunken.«

Hazel schluckte und wischte sich mit dem Handrücken die Tränen aus den Augen.

»Ich werde es wohl nie mehr erfahren.«

Stumm legte ihr Agnes die Hand auf den Unterarm, während Hazel den Wagen in eine Ausbuchtung lenkte, um einen entgegenkommenden Transporter passieren zu lassen.

»Wann soll die Beerdigung stattfinden?«, wollte Agnes wissen. »Kann ich euch dabei irgendwie helfen?«

»Darüber haben wir uns bisher kaum Gedanken gemacht. Sobald die Polizei seine ... seinen ... sobald sie ihn zur Beisetzung freigegeben haben, schätze ich. Sie untersuchen noch, ob es wirklich ein Unfall war oder er womöglich ...«

Hazel sprach nicht weiter und lenkte den Wagen wieder auf die Straße.

»Verstehe. Sie glauben, er könnte den Unfall absichtlich verursacht haben? Das kann ich mir nicht vorstellen.«

Agnes strich sich eine Strähne ihres aschblonden Pagenkopfes hinter das Ohr. Sie war selten um Worte verlegen, aber das Gehörte machte sie zunehmend sprachlos. Sie hatte Effys Sohn seit Jahren nicht gesehen, doch sie erinnerte sich an ihn noch als fröhlichen, stets etwas frechen Teenager, und sie konnte sich einfach nicht vorstellen, dass er einfach aufgehört hatte zu existieren. Wie mochte es erst für Effy, Charlie und Hazel sein, die ihm so viel näherstanden?

Hazel zog die Schultern hoch. Sie wischte sich erneut über die Augen. Ihre Stimme klang kraftlos.

»Neil hatte seine Phasen. Nachdem er nach Glasgow gegangen war, gab es immer mal wieder richtig schwarze Zeiten. Und getrunken hat er auch zu viel. Aber er hat sich immer irgendwie gefangen. Seit er zurück auf der Insel war, hatte ich den Eindruck, er wäre wirklich auf einem guten Weg. Er wollte ganz neu durchstarten, hatte Pläne. Können wir uns denn alle so getäuscht haben?«

»Das glaube ich nicht. Die Untersuchung ist sicher bloß Routine«, versuchte Agnes die junge Frau zu beruhigen.

»Hätte er doch auf mich gehört! Wenn er nur das verfluchte Telefon zur Seite gelegt und angehalten hätte.«

Hazel fuhr sich mit einer Hand durch die Haare.

»Ich hätte auflegen sollen, anstatt auf ihn einzureden. Wer weiß, vielleicht wäre er dann noch am Leben.«

»So etwas darfst du nicht einmal denken!«

Agnes fühlte sich ohnmächtig. Zu gern hätte sie Hazel diese Gedanken ausgeredet. Doch sie wusste, dass es wenig Zweck hatte. Die quälenden Fragen in Hazels Kopf würden so schnell nicht verstummen.

»Es ist nicht deine Schuld, Liebes.«

»Ich weiß.« Hazel nickte, und eine rote Strähne fiel ihr in ihre Stirn. Sie verzog den Mund.

»Glaube ich jedenfalls. Ich denke bloß ständig darüber nach, ob ich es nicht irgendwie hätte verhindern können, wenn ich anders reagiert hätte. Das Gespräch brach irgendwann einfach ab. Vielleicht hatte er aufgelegt, vielleicht war es ein Funkloch. Der Handyempfang ist hier schließlich nicht besonders zuverlässig, wie du weißt.«

Agnes versuchte, dem Gespräch eine andere Richtung zu geben, um Hazel nicht noch mehr aufzuwühlen.

»Das Problem hatte ich noch nicht, als ich hier gelebt habe. Aber ich bin auch immer froh, wenn die Zivilisation mich wiederhat.«

»Wann bist du weggezogen? Ich erinnere mich nicht mehr so genau. Ich muss so ungefähr zehn gewesen sein. Kurz nach der Jahrtausendwende, oder?«

»Oktober 2001. Mein erstes Handy habe ich mir erst zwei Jahre später gekauft. Und jetzt kann ich nicht mehr ohne.« Sie klopfte auf ihre Handtasche. Ein auffälliges Stück in Apfelgrün mit einem pinkfarbenen Griff.

»Das ist eine starke Tasche, Tante Agnes.«

Hazel lächelte kurz. Sie hatte sich immer für den extravaganten Modestil ihrer Patentante begeistern können.

»Die hab ich auf einem Kunstgewerbemarkt erstanden. Ich konnte einfach nicht dran vorbeigehen. Du kennst mich ja.« Sie seufzte.

»Fünfzehn Jahre schon. Mir kommt es vor, als wäre es gestern gewesen. Und jetzt sieh dich an: eine erwachsene Frau. Die Welt hat sich ganz schön verändert, nicht wahr? Manchmal habe ich das Gefühl, ich komme da gar nicht mehr mit«, sagte Agnes nachdenklich.

»Das ist aber keine Sache des Alters. Wenn ich die Nachrichten ansehe, glaube ich auch, ich bin in so einer Art Paralleluniversum gelandet.«

Ein Mutterschaf mit Lamm kreuzte gemächlich die Straße. Hazel bremste ab und hupte kurz.

»Nur hier schien die Welt noch vollkommen in Ordnung, bis ...« Sie sprach nicht weiter.

Es war eigentlich nicht Agnes' Art, darüber zu jammern, dass früher alles besser gewesen sei. Doch in letzter Zeit ertappte sie sich häufiger dabei. Vielleicht setzte ihr einfach die Pensionierung zu, das Gefühl, nicht mehr gebraucht zu werden. Sie hatte immer noch so viele Pläne, so viele Projekte und Ideen gehabt, und jetzt kam es ihr manchmal so vor, als laufe alles nur noch auf das Ende zu. Der Gedanke machte ihr Angst.

Die weißen, schiefergedeckten Häuschen der Ortschaft Salen huschten am Fenster vorbei, und die Straße verlief eine Weile parallel zur Küste. Rechts trennte sie nur ein schmaler Streifen Salzwiese von der Salen Bay, einzelne Schafe grasten dort und bildeten weiße Tupfen vor dem Blau der Bucht. Die verwitterten Überreste einiger Fischerboote ragten wie Skelette in den Sommerhimmel und verliehen der Landschaft etwas Melancholisches.

3

Über zwanzig Jahre lang war ihr Zuhause keine fünf Minuten Fußweg von hier entfernt gewesen, und doch fühlte sich Agnes seltsam fremd, als sie vor dem hübschen, orange gestrichenen Haus in der Breadalbane Street anhielten. Sie kam sich vor wie ein Eindringling. Charlies Van parkte in der Einfahrt und aus dem Schuppen neben dem Haus drangen Scheppern und Klappern.

»Dad?«, rief Hazel. »Agnes ist hier.«

Das Scheppern hörte auf und die kräftige Gestalt von Charlie Thorburn erschien in der Schuppentür. Er wischte mit dem Handrücken einige Schweißperlen von der Stirn. Die wenigen verbliebenen roten Haare wirkten wie ein Flammenkranz um die immer lichter werdende Mitte. Er stellte seinen Werkzeugkoffer neben dem Van ab, um Agnes zu begrüßen.

»Gut siehst du aus, Agnes. Du hast dich kaum verändert.« Charlie brachte ein kurzes Lächeln zustande. Dann deutete er mit dem Kinn auf eines der Fenster im zweiten Stock. »Effy schläft endlich. Ich konnte sie überreden, eine von den Pillen zu nehmen, die Doktor McInnes ihr verschrieben hat.«

Mit seiner bulligen Gestalt wirkte Charlie wie ein unverrückbarer Fels. Doch wer ihn gut kannte, konnte sehen, dass auch er angeschlagen war. Er wirkte kraftlos, weniger aufrecht, als Agnes ihn kannte.

»Das wird ihr guttun«, entgegnete sie. »Und wie geht es dir?«

Charlie zuckte beinahe hilflos mit den Schultern.

»Ehrlich gesagt, habe ich es noch gar nicht richtig begriffen, weißt du? Ich mach' halt irgendwie weiter, nicht?«

Agnes zog die Brauen zusammen und drückte noch einmal seine Hand.

»Es tut mir so leid, Charlie. Wenn ich irgendetwas für euch tun kann, lasst es mich bitte wissen, ja?«

»Danke, Agnes. Ich bin froh, dass du kommen konntest. Effy wird es guttun. Es vergeht noch immer kein Tag, an dem sie dich nicht vermisst.«

»Ich vermisse euch doch auch. Aber ... na ja, es war für mich leichter so.«

Charlie nickte.

»Sollte auch kein Vorwurf sein. Ich hoffe, das weißt du. Ich meine nur, es wird Effy schon helfen, dass du da bist.«

Hazel hatte die Stirn in Falten gelegt und deutete auf den Werkzeugkasten neben dem Wagen.

»Gehst du arbeiten?«

»Bei Hendersons regnet es rein. Ich hab versprochen, ich gucke mir das mal an.«

»Du bist nicht der einzige Dachdecker auf der Insel, weißt du?« Hazels Ton war vorwurfsvoll.

Charlies breite Schultern zuckten in einer Geste der Resignation.

»Deine Mutter schläft jetzt, und dass ich zu Hause herumsitze, während es bei Jean Henderson durchs

Dach tropft, macht die Dinge auch nicht besser, nicht wahr?«

»Schon gut. Tut mir leid, Dad.«

Hazel malte mit der Schuhspitze einen Halbkreis in den Kies der Einfahrt. Sie tauschte einen Blick mit ihrem Vater, der ihre tiefe Vertrautheit erkennen ließ. Sie schien begriffen zu haben, dass dies einfach Charlies Art war, mit Neils Tod umzugehen.

»Komm. Wir gehen ins Haus«, wandte sie sich an Agnes. «Ich trage deinen Koffer hoch.«

»Lass nur, Hazel. Ich kann das selbst.«

Agnes mochte es nicht, zum Nichtstun verurteilt zu werden. Sie war es gewöhnt, immer irgendeiner mehr oder weniger sinnvollen Beschäftigung nachzugehen. Schon allein deshalb graute ihr vor dem Rentnerdasein. Resolut griff sie nach dem Koffer, doch Hazel ließ den Griff nicht los.

»Wie du dich vielleicht noch erinnerst, kann ich genauso stur sein wie mein Vater.« Hazel deutete zu Charlie, der inzwischen damit begonnen hatte, den Van zu beladen.

»Dann koche ich uns in der Zwischenzeit einen Tee.«

Agnes füllte den Wasserkocher und klappte einige Schranktüren auf, bis sie gefunden hatte, was sie suchte. Viel hatte sich im Haus ihrer Freundin nicht verändert. Es war immer noch so altmodisch und spießig, wie sie es in Erinnerung hatte. Bloß, dass sie es heute mit anderen Augen betrachtete.

Effys Haus war bis in den letzten Winkel mit Wärme und Liebe gefüllt. Sie steckten in den akkurat in Falten gelegten Vorhängen, dem kitschigen, geblümten Geschirr, jedem hässlichen Häkeldeckchen. Es war nicht nur ein Haus, es war ein Zuhause und es hatte Zeiten gegeben, da hatte Agnes ihre Freundin um all das beneidet. Wer weiß, wie ihr Leben heute ausgesehen hätte, wenn sie und John Eltern geworden wären?

Agnes, die gedankenverloren die Kette aus buntem Muranoglas um ihren Finger gewickelt hatte, ließ sie los und schüttelte kurz den Kopf, als wolle sie sich selbst zur Ordnung rufen. Es war müßig, über all die Wenns und Hättes des Lebens nachzudenken.

Sie goss Wasser in die Kanne, und während der Tee zog, nahm Agnes sich des traurigen Hortensiensträußchens an, das auf dem Küchentisch vor sich hinwelkte. Die vertrockneten Blüten beförderte sie in den Abfall und wusch die Vase aus. Später würde sie im Garten ein paar frische holen. Bunte Blumen würden ein bisschen Normalität ins Haus bringen.

Während sie das Teetablett in den Wintergarten trug, konnte sie Hazels Schritte auf der Treppe hören.

»Ich mache mich nur schnell frisch und bin dann gleich bei dir, Tante Agnes.«

Agnes stellte das Tablett auf dem Couchtisch ab und schaute hinaus. Gras und Büsche waren saftig grün und in den sorgsam gepflegten Blumenbeeten überboten sich die Blüten in ihrem sommerlichen Farbenrausch. Über das glitzernde Wasser der Bucht hinweg konnte man die in Nebel gehüllten Hügel von Morvern erkennen. Dieser Blick war eines der Dinge, die sie in Edinburgh vermisste.

Effy würde allerdings auch der atemberaubende Blick nicht trösten können. Agnes konnte ahnen, wie es ihr gehen mochte. In fünfzehn Jahren an einer Schule mit Internatsbetrieb konnte man nicht vermeiden, oft wie eine Mutter zu fühlen, auch wenn man keine eigenen Kinder hatte. Man nahm dort deutlich mehr Anteil am Leben der Schüler.

Hazel erschien in der Tür und Agnes machte sich daran, Tee in Effys geblümte Tassen zu gießen.
»Nimmst du Milch oder Zucker?«
»Nur etwas Milch, bitte.«
Hazel setzte sich und zog ein Bein unter ihren Körper.
»Egal, was ich tue, ich komme mir irgendwie unanständig vor. Es erscheint mir so banal, all diese Dinge zu tun, während Neil tot ist. Verstehst du, was ich meine?«
Agnes setzte sich zu ihr und nahm ihre Hand.
»Nur zu gut. Man glaubt, die Welt müsste aufhören, sich zu drehen. Doch das Leben geht einfach weiter.«
»Wie hast du das damals nur geschafft?«
Agnes fühlte einen Kloß im Hals. Auch nach Jahren fiel es ihr schwer, an die Zeit direkt nach Johns Tod zu denken.
»Es ist anfangs schwer auszuhalten, dass die Welt einfach weitermacht, als sei nichts geschehen. Aber davon, dass ihr aufhört, euer Leben zu leben, wird Neil nicht wieder lebendig. Es klingt platt, aber die Zeit macht es besser. Konzentrier dich auf die Lebenden. Es gibt immer Menschen, die dich brauchen und Leute, die jetzt für euch da sind. Ich hatte deine Mutter. Sie war einfach da. Auch wenn ich manchmal regelrecht eklig zu ihr war. Ich war so wütend und verzweifelt. Sie hat es verstanden und mich nicht allein gelassen mit all dem.«

Hazel wischte sich eine Träne aus dem Augenwinkel.

»Das Schrecklichste ist für mich die Vorstellung, er könnte es absichtlich getan haben.«

Sie presste die Lippen zusammen und schüttelte den Kopf, um den Gedanken zu verdrängen.

»Als er nach dem Schulabschluss nach Glasgow ging, haben wir den Draht zueinander verloren. Gerade hatten wir damit begonnen, uns wieder anzunähern, weißt du? Er hat davon gesprochen, dass *er* ganz neu durchstarten wolle. Er wirkte optimistisch, nicht lebensmüde.«

»Die Polizei muss eben jeden Zweifel ausräumen. Sicher werden sie zu dem Schluss kommen, dass es ein Unfall war.« Agnes nahm einen Schluck Tee.

»Trotzdem frage ich mich, ob wir Neils depressive Phasen unterschätzt haben. Warum steigt man mitten in der Nacht ins Auto? Allerdings klang er nicht resigniert, eher aufgekratzt, beinahe enthusiastisch. Ich kann mir bloß keinen Reim darauf machen, was er mir so Dringendes erzählen wollte. Es hätte doch Zeit gehabt.«

Agnes zog die Stirn kraus. »Hat er mit euch über seine Pläne gesprochen? Ich erinnere mich, dass eure Mutter sich Sorgen gemacht hatte, weil er ihr orientierungslos schien.«

»Er hätte hier wohnen können, aber er wollte auf eigenen Füßen stehen. So ist er bei Peggy Morgan untergekommen. Du kennst sie sicher noch. Sie hat ihm günstig ein Zimmer vermietet. Sie ist einsam und hat Platz. Es war für beide ein guter Deal. Neil hat ihr im Garten und mit Reparaturen geholfen. Zusätzlich hat er sich ein bisschen Geld mit Gelegenheitsjobs verdient, im Café Fish und in Craig Kirkpatricks Bootsverleih. Mir kam es vor, als hätte er dieses Mal die Kurve gekriegt. Konkrete Pläne hatte er keine, soweit ich weiß. Doch er hat davon geträumt, Schriftsteller zu werden.«

»Wirklich? Das wusste ich gar nicht.« Agnes stellte die Teetasse ab. »Was hat er denn geschrieben?«

»Ich weiß es ehrlich gesagt gar nicht so genau. So einen Fantasy-Kram. Er war ja immer ganz verrückt auf diese Sci-Fi- und Fantasy-Schinken. Ich muss zugeben, dass ich seine Pläne nicht ganz ernstgenommen habe. Im Nachhinein fühle ich mich schrecklich deswegen. Neil hätte jemanden gebrauchen können, der ihn aufbaut und an ihn glaubt. Er hatte immer diese Selbstzweifel. Warum habe ich ihn nicht mehr unterstützt oder ihn mal danach gefragt, woran er gerade arbeitet?« Agnes konnte wieder Tränen in Hazels Augen sehen.

»Fang gar nicht erst an, dich ständig zu fragen, was wäre wenn. Du wirst dich nur mit Selbstvorwürfen zerfleischen.«

Hazel schniefte und schaffte es, kurz zu lächeln.

»Es tut gut, über alles zu sprechen, Tante Agnes. Aber diese Fragen in meinem Kopf kann ich einfach nicht ausblenden.«

»Leider müssen wir lernen, mit unseren Fragezeichen zu leben, denn es gibt nicht auf alles eine Antwort.«

»Ich werde es versuchen.« Hazel presste die Lippen zusammen und nickte.

»Weißt du was?«

Agnes hatte beschlossen, dass tatkräftige Unterstützung den Thorburns die größte Hilfe sein würde.

»Ich schaue gleich mal, was euer Kühlschrank und der Vorratsschrank noch hergeben. Danach gehe ich einkaufen und koche euch für heute Abend eine kräftige Hühnersuppe. Vielleicht kann ich deine Mutter überreden, ein bisschen zu essen. Schließlich muss sie bei Kräften bleiben.«

Hazel nahm das Tablett und folgte Agnes in die Küche. Sie drückte ihr einen Kuss auf die Wange.

»Du bist die Beste, Tante Agnes. Ich bin froh, dass du da bist.«

Es war eigentlich nur ein kurzer Fußweg zu dem kleinen Supermarkt am Fisherman's Pier, doch Agnes brauchte eine halbe Stunde, weil sie immer wieder stehen bleiben musste, um alte Bekannte zu begrüßen. Das blieb nicht aus, wenn man fast ein Vierteljahrhundert an der einzigen weiterführenden Schule im Ort unterrichtet hatte. Viele, die ihr heute begegneten, hatte sie schon als naseweise Knirpse mit aufgeschürften Knien und schmutzigen Gesichtern gekannt. Später hatten sie dann mit ihren blaugestreiften Krawatten bei ihr im Unterricht gesessen. In einem Ort mit knapp unter tausend Einwohnern verbreiteten sich Nachrichten schneller als ein Buschfeuer, und natürlich hatten alle bereits von dem Unfall gehört.

Im Laden nahm Agnes sich einen Einkaufskorb und zog die Liste aus ihrer Jackentasche.

»Guten Abend, Mrs Munro! Wie schön, Sie mal wieder hier zu sehen.«

Agnes blickte von ihrem Zettel auf und erkannte

Norman Willies, den Inhaber des Ladens, der früher ebenfalls bei ihr im Unterricht gesessen hatte.

»Was verschlägt Sie denn so schnell wieder ...«

Norman unterbrach sich und schob mit dem Zeigefinger die kleine Nickelbrille hoch.

»Natürlich. Wie taktlos von mir. Schlimme Sache, das mit Neil Thorburn. Er war noch gar nicht so lange wieder hier und dann das! War noch eine ganze Ecke jünger als ich, möchte ich meinen. Tragisch so etwas. Wie geht es Effy, Charlie und Hazel?«

Agnes zog die Schultern nach vorn.

»Nicht besonders gut, fürchte ich. Ich bin hier, um die drei ein wenig zu unterstützen.«

»Das ist gut, Mrs M. Das ist wirklich gut, wenn Sie den Thorburns ein bisschen unter die Arme greifen in so einer schweren Zeit. Kann ich irgendwas für Sie tun?«

»Ehrlich gesagt ja. Es würde mir helfen, wenn jemand die Milch und die Getränke liefern könnte. Ich bin zu Fuß und kann nicht mehr so schwer tragen.« Sie rieb über ihre Schulter. »Tja, der Zahn der Zeit nagt wohl auch an mir.«

»Hören Sie auf, Mrs Munro. Sie sehen topfit aus und schick wie eh und je. Ich schicke Ihnen gleich Tom rauf, wenn er aus der Pause zurück ist. Wissen Sie schon, wann Neils Beerdigung ist?«

»Nein. Leider nicht. Die Polizei hat die Untersuchungen offenbar noch nicht ganz abgeschlossen.«

»Verstehe. Glauben Sie, Effy würde sich über ein paar Blumen freuen? Dann gebe ich Tom nachher einen Strauß mit.«

»Ehrlich gesagt habe ich Effy noch gar nicht gesprochen. Als ich ankam, schlief sie. Aber frische Blumen hat sie schon immer gern gehabt. Schaden können sie bestimmt nicht. Danke, Norman.«

An der Kasse ließ Agnes die schwereren Artikel für die spätere Lieferung in einen Karton packen und machte sich mit den Zutaten für die Hühnersuppe und ein paar Kleinigkeiten in der Einkaufstasche auf den Rückweg.

Das Haus war ungewöhnlich still. Charlie schien immer noch unterwegs zu sein, und Hazel hatte sich in den Wintergarten zurückgezogen. Offenbar war ihr gerade auch nicht nach Gesellschaft zumute. Agnes packte derweil die Einkäufe aus und machte sich ans Kochen.

Etwas später köchelte die Suppe auf dem Herd und verströmte einen Duft, den Agnes aus Kindertagen kannte. Immer wenn sie krank oder traurig war, hatte ihre Mutter eine kräftigende Suppe gekocht. Eine der wenigen mütterlichen Anwandlungen, die sie überhaupt gehabt hatte.

Vielleicht konnte sie ihre Freundin damit zum Essen bewegen. Sie stieg die steile Treppe in den ersten Stock hoch und klopfte zaghaft an die Schlafzimmertür.

»Effy? Bist du wach? Ich bin es, Agnes.«

Von drinnen waren das Rascheln der Bettdecke und das Klicken der Nachttischlampe zu hören.

»Agnes?«

Effy klang müde, ihre Stimme heiser.

»Komm herein.«

Agnes betrat das abgedunkelte Zimmer und blieb kurz vor dem Bett stehen. Ihre Freundin hatte sich aufgesetzt und die Decke zurückgeschlagen. Ihr ohnehin schmales Gesicht war blass und wirkte hohlwangig. Das von feinen, grauen Strähnen durchzogene braune Haar stand wirr vom Kopf ab. Effy machte einen erbärmlichen Eindruck, der Agnes das Herz zusammenzog.

Schweigend setzte sie sich auf die Bettkante und nahm die Hände ihrer Freundin. Feingliedrig und schmal wie Effy selbst, fühlten sie sich kraftlos an zwischen Agnes' warmen, kräftigen Handflächen. Effy war immer zart gewesen, doch strahlte sie sonst Zähigkeit und Stärke aus, die ihr nun fehlten.

Noch nie war Agnes ihre Freundin so zerbrechlich erschienen. Effy war noch drei Jahre jünger, gerade einmal Anfang sechzig. Doch in diesem Moment sah sie wirklich aus wie eine alte Frau. Eine ganze Weile saßen die Freundinnen einfach nur da.

»Ich bin froh, dass du da bist«, sagte Effy leise.

Agnes lächelte und drückte ihre Hände.

»Du solltest etwas essen. Ich habe eine Hühnersuppe gemacht. Soll ich dir einen Teller bringen?«

Effy schüttelte den Kopf.

»Ich kann mich nicht ewig hier verkriechen, nicht wahr?« Agnes konnte spüren, wie ihre Freundin die Schultern straffte. Als sie jetzt wieder sprach, klang ihre Stimme merklich kräftiger.

»Du findest, ich sollte mich zusammenreißen, nicht?«

Agnes schüttelte den Kopf.

»Nein. Wie käme ich dazu? Ich habe doch selbst weiß Gott keine Tapferkeitsmedaille verdient. Aber Hazel hat sich Sorgen gemacht. Sie braucht dich. Genau wie Charlie.«

»Erinnerst du dich noch, wie viel Hazel und ich früher gestritten haben? Als sie ein Teenager war?«, fragte Effy.

»Oh ja. Da ging es manchmal rund.« Agnes lachte kurz.

»Sie war so rebellisch und hat mich immer auf die Palme gebracht. Und du hast immer zu ihr gehalten!«

»Das ist nicht wahr!«, protestierte Agnes. »Nicht immer.«

»Du warst einfach gelassener. Ich habe mir immer schreckliche Sorgen um meine beiden gemacht, dass sie mal auf die schiefe Bahn gelangen könnten. Man glaubt, man kann seine Kinder beschützen, und dann passiert so etwas.«

»Effy, du bist eine tolle Mutter. Das warst du immer schon. Ich hätte mir so eine gewünscht.«

»Bloß wie viel Zeit habe ich damit verschwendet, mit Neil und Hazel zu streiten? Dabei sind sie beide tolle Kinder. Ich bin so stolz auf sie. War ... ich wünschte, dass ich es Neil öfter gesagt hätte. Und jetzt ist es zu spät dafür.«

Effy atmete tief ein und wischte sich über die Augen.

»Er war immer so verschlossen, vielleicht hat er das von seinem Vater. Wir haben nie viel über Gefühle gesprochen. Ich habe ihn damit verschont, weil ich dachte, es ist ihm unangenehm. Und jetzt frage ich mich, ob ich ihm nicht öfter hätte sagen müssen, dass ich ihn liebe und dass ich stolz auf ihn war – trotz aller Schwierigkeiten.«

»Er wusste das. Du hast es ihn immer spüren lassen. Außerdem glaube ich fest, dass er dich auch jetzt noch hört – wo immer er ist.«

»Reverend Fletcher war hier. Ich habe ihn weggeschickt, wollte nicht mit ihm sprechen. Hab mir ja nie viel aus der Kirche gemacht. Und plötzlich wünsche ich mir jemanden, der mich überzeugen kann, dass es ein Leben nach dem Tod gibt und dass wir uns dort alle wiedersehen. Vielleicht sollte ich ihn anrufen.«

»Schaden kann es jedenfalls nicht«, fand Agnes. »Andrew hat mir damals in der schweren Zeit sehr geholfen. Aber erst einmal musst du wirklich etwas essen. Und du solltest Hazel sagen, was du mir gerade gesagt hast. Sie braucht dich, Effy.«

»Du hast recht. Gib mir eine Viertelstunde.« Effy deutete auf ihren Kopf. »Ich sehe sicher aus wie eine Vogelscheuche.«

4

»Das waren gerade Neils Mitbewohner aus Glasgow«, erklärte Effy, als sie den Hörer aufgelegt hatte.

Sie wischte sich über die Augen. Das Gespräch hatte sie sichtlich berührt. Es war ihr immer noch anzumerken, dass der Alltag eine Kraftanstrengung bedeutete.

»Wirklich nette Jungs. Sie wollen unbedingt zur Beerdigung kommen. Möchte noch jemand etwas trinken? Ich wollte mir gerade etwas holen.«

»Nein danke, Effy. Ich setze Neils Freunde auf die Liste.«

Agnes nahm einen Kugelschreiber und notierte die Namen, die Effy ihr nannte. Seit die Polizei Neils Leichnam zur Bestattung freigegeben hatte, drehte sich bei den Thorburns alles um die Organisation der Beerdigung. Die Geschäftigkeit schien Effy Halt zu geben, und seit Agnes hier war, schien ihre Freundin wild entschlossen, sich ihrer Familie zuliebe zusammenzureißen.

Während die Thorburns darüber diskutierten, was Neil sich für seine Beerdigung gewünscht hätte, ertappte sich Agnes immer wieder dabei, wie ihre Gedanken zu dem Gefäß aus glattpoliertem Sandstein wanderten, der letzten Skulptur, die sie je geschaffen hatte, und die sie an ein gebrochenes Versprechen erinnerte. Ob John ihr verzeihen würde? Sie wischte den Gedanken beiseite. Schließlich war sie hier, um ihrer Freundin zu helfen. Sie telefonierte herum, doch es gestaltete sich erwartungsgemäß schwierig, in der Hauptferienzeit kurzfristig eine preisgünstige Unterkunft für Neils Freunde zu finden.

Agnes legte den Hörer auf und wandte sich an Hazel, die damit beschäftigt war, den Text für die Anzeige aufzusetzen.

»Im *Crown and Thistle* wären noch zwei Doppelzimmer zu haben. Aber das dürfte für die jungen Leute aus Glasgow zu teuer sein, meinst du nicht?«

»Eher richte ich bei mir zu Hause ein Matratzenlager ein, als dass ich erlaube, dass die drei ihr Geld diesem gewissenlosen Geldsack McNiven in den Rachen werfen!«, protestierte Hazel ungewohnt heftig.

»Henry McNiven?« Agnes zog die Augenbrauen zusammen. »Ich wusste nicht, dass du so schlecht auf ihn zu sprechen bist. Für mich war er immer ein sehr strebsamer junger Mann. Nicht besonders künstlerisch begabt, aber keiner, der mir negativ aufgefallen wäre. War er nicht mit Neil befreundet?«

»Ja. Da war er aber noch kein hemmungsloser Profitgeier«, knurrte Hazel. Charlie, der auf dem Sofa saß und die Sportbeilage las, faltete seufzend eine Ecke der Zeitung zurück und zog eine Augenbraue hoch.

»McNiven plant einen Hotelneubau in der Nähe vom Loch Frisa. Er will dort einige Feuchtwiesen trockenlegen lassen, um Bauland zu gewinnen. Hazel und ihre Bürgerinitiative liegen sich schon ewig mit ihm in den Haaren, nur wegen ein paar Eidechsen.«

»Fadenmolche, Dad. Und du brauchst dich gar nicht so despektierlich über uns zu äußern. Schließlich kommen die Touristen gerade wegen unserer unberührten Natur her. Leute wie Henry McNiven sägen kräftig an dem Ast, auf dem wir alle sitzen, wenn sie nur auf das schnelle Geld spekulieren.« Hazel sah ihren Vater finster an.

Effy war gerade wieder hereingekommen und blieb im Türrahmen stehen. Sie betrachtete ihren Mann und ihre Tochter mit einem Lächeln.

»Ihr könnt schon wieder streiten. Irgendwie wohltuend, das zu hören.«

»Entschuldige, Mum.«

»Nein, ich meine das durchaus ernst. Macht ruhig weiter. Es wirkt so normal, wenn ihr kabbelt.«

Effy setzte sich zu Charlie auf die Couch, zog die Beine an den Körper und lehnte sich an seine Schulter, während sie schweigend zuhörte.

»Dabei waren wir doch eigentlich schon fertig, nicht wahr?« Charlie grinste Hazel an.

»Ich finde es ja gut, dass meine Tochter für ihre Überzeugungen kämpft. Hazel liegen sie nun mal am Herzen, ihre Fadenlurche.«

»Fadenmolche, Dad.« Hazel lachte. »Und sie gehören zu den bedrohten Arten. Außerdem nisten Steinadler und Seeadler beim Loch Frisa und brauchen bestimmt keinen weiteren Touristenmagneten. Eierdiebe haben wir hier auch genug. McNiven soll sein Hotel einfach woanders bauen.«

»Touristen bevorzugen Zimmer mit Blick auf den See. Henry McNiven ist eben ein Geschäftsmann. Da kannst du es ihm nicht verübeln, wenn er sein Hotel da bauen möchte, wo es am schönsten ist.«

»Die Touristen können auch woanders wohnen. Die Fadenmolche nicht.«

Effy schien sich verpflichtet zu fühlen, für Charlie Partei zu ergreifen.

»Du musst eben auch McNivens Standpunkt verstehen, Hazel. Er hat viel investiert und muss das Geld erst einmal wieder reinholen. Im Übrigen tust du ihm Unrecht, wenn du ihn immer als gewissenlosen Teufel hinstellst, der nur seinen Profit im Kopf hat. Er hat viel für die Gemeinde getan und lässt sich nicht lumpen, wenn es um Spenden geht.«

»Ich weiß, Dad mag ihn, weil er ihn aus dem Golfclub kennt. Deswegen wiederhole ich hier auch nicht, was er neulich im Pub zu mir gesagt hat.«

Charlie horchte auf. «Was hat er denn gesagt?«

Hazel hob beschwichtigend die Hand.

»Lass gut sein, Dad. Ich möchte dich nicht mit in die Sache hineinziehen. Dann würde ich mich auf sein Niveau begeben und ich halte ihm zugute, dass er an dem Abend ziemlich getankt hatte. Wahrscheinlich hat er es nicht so gemeint.«

»Was hat er nicht so gemeint? Ich werde ...«

»Dad. Ich bin erwachsen, ich kann mich selbst verteidigen, wenn ich es für geboten halte, danke. Jedenfalls freue ich mich, dass die Gemeinde versprochen hat, unsere Bedenken genau zu prüfen. Ob es McNiven passt oder nicht, er wird mit dem Bau wohl warten müssen.« Hazel grinste.

»Kundschaft werde ich ihm jedenfalls sicher nicht beschaffen. Im Übrigen können die Jungs sich ein Zimmer in seinem überteuerten Schuppen sicher nicht leisten. Die drei können bestimmt bei Bella unterkommen. Sie und Michael haben viel Platz in dem neuen Haus.«

»Bella McAulay?«, fragte Agnes, und Hazel nickte.

»War die nicht zwei Jahrgänge über dir? Ich erinnere mich noch, dass sie eine richtige Leseratte war.«

»Genau. Das ist sie auch heute noch«, lachte Hazel.

»Wir haben festgestellt, dass wir ganz ähnlich ticken und sind richtig gute Freundinnen geworden.«

»Hazel ist sogar die Patentante vom kleinen Lachie«, ergänzte Effy, nicht ohne etwas Wehmut in der Stimme.

»Und wenn du dann auch mal Kinder hast …«

»Mum! In nächster Zeit wird das nicht passieren, so viel kann ich mit Sicherheit sagen.«

Hazel pustete sich ärgerlich eine rote Haarsträhne aus dem Gesicht. Offenbar konnten auch Mutter und Tochter bereits wieder streiten. Man hätte fast meinen können, alles wäre wie immer, doch die hauchdünne Decke von Normalität konnte noch nicht lange tragen.

»Entschuldige, Hazel. So war es nicht gemeint. Ich musste nur gerade daran denken, wie viel Neil noch vor sich hatte. Vielleicht hätte er irgendwann auch eine eigene Familie gehabt.« Es war Effy anzuhören, dass es ihr die Kehle zuschnürte. Sie räusperte sich und tupfte mit dem Ärmel über ihre Augen.

Charlie faltete die Zeitung, legte sie auf dem Tisch ab, nahm Effy in den Arm und zog ihren Kopf fester an seine Schulter.

»Es ist nicht fair. Ich weiß.«

5

Es freute Agnes, dass so viele Leute gekommen waren, um den Thorburns beizustehen. Obwohl Effy Neil nicht hatte aufbahren lassen wollen, hatte sie sich eine Feier in der Art einer traditionellen Totenwache am Vorabend der Beerdigung gewünscht. Sie ließ den Blick durch den Raum schweifen. Der junge Mann neben Hazel kam Agnes auf den ersten Blick nur vage bekannt vor, doch sie nahm an, dass es sich um einen von Neils Jugendfreunden handeln musste. Sein hellbraunes Haar trug er sehr kurz geschnitten, was die etwas abstehenden Ohren und das längliche Gesicht zusätzlich betonte. Als Hazel ihn ansprach, bildeten sich deutlich sichtbare rote Flecken an seinem Hals. Agnes verkniff sich ein Lächeln. Es war nur zu offensichtlich, dass der junge Mann in Hazel verschossen war. Wer mochte es ihm verdenken? Sie war eine attraktive junge Frau.

Agnes schalt sich für ihre Neugier, dennoch konnte sie es nicht lassen, sich mit dem Getränketablett zu der Gruppe vorzuarbeiten, um ihn näher in Augenschein zu nehmen. Als er sich ihr zuwandte, runzelte er zunächst die Stirn, dann erhellte ein sympathisches Lächeln sein Gesicht.

»Mrs Munro! Vielleicht erinnern sie sich nicht mehr.

Ist schließlich schon eine Ewigkeit her. Matt, Matthew Jarvis.«

»Natürlich! Matthew! Stimmt, wir haben uns sicher mindestens zehn Jahre nicht gesehen.«

»Kurz nach Ihnen bin ich auch aufs Festland gegangen, um meine Ausbildung zu machen. Erst in Tulliallan, dann Inverness und Oban. Seit vergangenem Jahr bin ich wieder hier und leite die örtliche Dienststelle.« Der Stolz in seiner Stimme war deutlich zu hören.

»Sie dürfen jetzt Sergeant Jarvis zu mir sagen – jedenfalls, wenn ich im Dienst bin.«

»Gratuliere, Sergeant Jarvis. Das ist großartig. Du hattest ja schon in der Schule ein Faible für die Polizei, wenn ich mich richtig erinnere. Warst du auch mit Neil befreundet?«

Die verblassten roten Flecken an Matthews Hals flammten erneut auf. Es war ihm sichtlich unangenehm, darauf angesprochen zu werden. Er warf einen nervösen Seitenblick auf Hazel.

»Nicht so besonders. Ich ... äh ... wollte heute einfach für die Thorburns da sein.«

Ein hochgewachsener Mann mit dunklen Haaren und einem elegant geschnittenen schwarzen Anzug kam durch den Raum auf sie zu. Hazel, die gerade mit Matt Jarvis sprach, blickte auf und lächelte.

»Stephen? Was machst du denn hier? Ich dachte, du wohnst jetzt in Fort William.«

Der Mann nahm die Hand, die Hazel ihm hinstreckte und zog sie in eine kräftige Umarmung.

»Es tut mir schrecklich leid, Hazel. Ich habe es in der Zeitung erfahren. Natürlich habe ich sofort Urlaub genommen. Neil war früher schließlich mein bester

Freund. Auch wenn wir nach der Schule den Kontakt verloren haben.«

»Dann wohnst du jetzt bei deinen Eltern, nehme ich an.« Hazel lächelte. »Lieb von dir, extra herzukommen.«

Matt Jarvis beobachtete den attraktiven Dunkelhaarigen mit einem skeptischen Gesichtsausdruck. Agnes überlegte, woher er ihr bekannt vorkam. Dann fiel es ihr ein.

Natürlich! Das war Stephen McVoren. Der lange, dünne Teenager von damals hatte sich ganz schön gemacht. Heute ahnte sicher niemand mehr, dass er früher den Spitznamen *Stickman* – Strichmännchen – getragen hatte. Er war breitschultrig und muskulös.

Als Agnes sich mit dem Tablett auf den Weg in die Küche machte, um noch Häppchen nachzulegen, kam ihr eine alte Dame mit akkurat gelegter Dauerwelle in einem altmodischen Tweed-Ensemble entgegen.

»Agnes! Wie schön, dich einmal wiederzusehen. Wenn auch der Anlass alles andere als erfreulich ist.«

»Mir geht es genauso, Peggy. Es ist rührend, dass so viele gekommen sind. Neil hat bei dir gewohnt, habe ich gehört?«

Peggy Morgan nickte.

»Er war so ein lieber Kerl und mir eine große Hilfe. Es wohnt sich doch recht einsam so weit draußen. Ich bin schließlich nicht mehr so mobil. Früher habe ich alles zu Fuß oder mit dem Fahrrad geschafft. Ich habe hin und wieder auch noch den Landrover genommen, aber ich bin so unsicher geworden. Neil hat für mich eingekauft, im Garten geholfen. Er war ein absoluter Goldschatz. Gerade habe ich noch zu Reverend Fletcher gesagt, der Herr hätte doch besser mich zu sich genommen als so einen tüchtigen jungen Mann, der noch so viel im Leben vor sich hatte. Nicht, dass ich lebensmüde wäre, aber ich habe mein Leben gelebt, oder nicht?«

»Ich verstehe, was du meinst, Peggy. Es scheint falsch, dass wir Alten einen jungen Mann beerdigen müssen.«

»Hoffentlich hat mir der Reverend meine Bemerkung nicht übelgenommen. Gehört sich schließlich nicht, dem Herrn im Himmel reinzureden. Es ist wohl nur menschlich, dass wir seine Wege nicht immer verstehen.«

Peggy sah auf die Uhr.

»Agnes, entschuldige mich. Ich wollte schnell noch mit Hazel sprechen. Ich muss aufpassen, dass ich den Bus erwische.«

Peggy wandte sich um und tippte Hazel an die Schulter. »Hazel, ich möchte deine Mutter damit jetzt nicht belästigen, aber ich wollte euch wissen lassen, dass bei mir noch Sachen von Neil stehen. Ihr könnt jederzeit vorbeikommen. Es ist nicht viel – drei, vier Kisten vielleicht. Hauptsächlich Anziehsachen, Bücher, Papierkram, dieser kleine Computer ... ich habe nichts angerührt. Es eilt aber nicht, so schnell werde ich das Zimmer nicht wieder vermieten.«

»Danke, Peggy. Ich weiß noch nicht, ob ich im Moment dazu in der Lage wäre, die Sachen abzuholen. Vielleicht ...«

»Aber das kann ich doch für dich tun, Hazel«, bot Stephen an. »Mein Wagen ist bei *Mackay's* zur Reparatur, aber morgen bekomme ich ihn wieder. Dann fahre ich gleich rüber.«

»Das wäre wirklich eine große Hilfe. Danke.«

Hazel lächelte und legte Stephen die Hand auf den Arm.

Matt Jarvis litt sichtlich. Agnes beschloss, ihrem ehemaligen Schüler ein wenig auf die Sprünge zu helfen.

»Matthew, Peggy erzählte mir gerade, dass sie nicht lange bleiben kann, weil sie noch den Bus erreichen muss. Könntest du sie nicht später mitnehmen? Für dich ist es doch kein allzu großer Umweg.«

»Aber selbstverständlich, Peggy. Das mache ich gern.«

Der junge Polizist nickte eifrig.

»Oh vielen Dank, wie lieb von dir, Matthew. Dann brauche ich nicht zu hetzen.«

»Wenn du noch Platz im Auto hättest, könntest du doch Neils Sachen gleich mitnehmen«, schlug Agnes vor. Hazel horchte auf und lächelte.

»Prima, Matt. Wenn du ohnehin fährst – trotzdem danke für das Angebot, Stephen.«

Matthew strahlte. »Wirklich, kein Thema, Hazel. Ich bringe euch die Sachen dann später hier vorbei. Wenn ich sonst noch irgendetwas für euch tun kann, musst du es mich nur wissen lassen.«

Stephen McVoren bedachte den Sergeant mit einem finsteren Blick und wandte sich dann wieder dem Gespräch zu.

In den drei jungen Männern, die sich mit Gläsern in der Hand zu der Gruppe gesellt hatten, erkannte Agnes Neils Glasgower Freunde. Sie sprachen offenbar gerade über Neils schriftstellerische Ambitionen. Agnes wollte eigentlich nicht lauschen. Neugier war jedoch immer schon eine ihrer großen Schwächen gewesen. Unauffällig hielt sie sich in der Nähe, um das Gespräch zu verfolgen.

»... zumindest hat er nie davon gesprochen. Dabei war er gar nicht schlecht. Ich habe mal eine seiner Kurzgeschichten gelesen. Könnte mir schon vorstellen, dass ein Verlag sie genommen hätte. Aber aus seinem Roman hat er immer ein großes Geheimnis gemacht. Sollte wohl ein umfangreicheres Fantasy-Epos werden. Er hat nie jemanden auch nur eine Seite davon lesen lassen.«

»Ja, da war er eigen. Er meinte, er wolle es erst fertigschreiben und dann vollständig überarbeiten. Die Rohfassung war ihm zu persönlich. Er sagte, Schreiben sei für ihn so eine Art Therapie.«

Agnes erinnerte sich, dass Neil sich schon in der Schule gerne Geschichten ausgedacht hatte. Im Literaturunterricht hatte es sie viel Überredungskunst gekostet, ihn dazu zu bringen, sie auch vor der Klasse vorzutragen. Wenn sie den fröhlichen Jungen in ihrer Erinnerung sah, konnte sie nicht fassen, dass sie ihn am nächsten Morgen zu Grabe tragen würden.

Der Gottesdienst fand in der Tobermory Parish Church statt. Die kleine, aus dunklem Stein in neugotischem Stil erbaute Kirche aus dem späten neunzehnten Jahrhundert hatte Agnes immer besonders gut gefallen. Ohne den Prunk und das Ehrfurchtgebietende großer Sakralbauten strahlte sie Würde aus. Hazel und Charlie hatten Effy in die Mitte genommen und

Agnes nahm neben Hazel auf der Bank Platz. Die meisten der Anwesenden waren bereits am vorigen Abend bei den Thorburns gewesen. Hinter ihr hatte Hazels Freundin Bella McAulay Platz genommen. Agnes spürte ihre Kehle enger werden und nestelte an dem Liederzettel herum. Sie fühlte sich in der Zeit zurückversetzt. Damals hatte sich ihr die brutale Realität von Johns Tod auch erst mit der Trauerfeier und der Beerdigung mit Macht ins Bewusstsein gedrängt. Der Sarg vor dem Altar, das Foto von Neil daneben, die Blumen, die schwarz gekleideten Menschen in den Bankreihen, die Kühle des Kirchengebäudes – alles erinnerte mit Nachdruck daran, warum sie sich heute hier versammelt hatten.

Effy knetete ihre auf dem Schoß liegenden Hände und biss sich auf die Unterlippe, als die ersten Orgelklänge ertönten, und Reverend Fletcher vor die Gemeinde trat, um mit ihr Neil auf seiner letzten Reise zu begleiten.

Andrew Fletcher hatte eine Gabe, immer die richtigen Worte zu finden. Johns Beerdigung hatte Agnes beinahe wie in Trance erlebt, aber die tröstlichen Worte des Pfarrers waren wie eine Rettungsleine gewesen, an die sie sich hatte klammern können. Sie waren das Einzige gewesen, das sie später von jenem schrecklichen Tag noch erinnern konnte. Auch heute war es tief bewegend, wie Andrew über Neil sprach, über die Spuren, die er in den Leben der hier Versammelten hinterlassen hatte.

Agnes schmeckte Salz auf ihren Lippen und bemerkte jetzt erst, dass ihr die Tränen über das Gesicht liefen. Sie zupfte ein Taschentuch aus ihrer Handtasche und wischte über ihre Augen. Neben ihr schluchzte Hazel auf, und Agnes griff nach ihrer Hand.

Als die Orgel wieder einsetzte und das erste Lied spielte, sah Agnes sich in den gut gefüllten Bankreihen um und erkannte Verwandte, Bekannte, Freunde und Arbeitskollegen der Familie. Etwas weiter hinten entdeckte sie den attraktiven Mittvierziger, den ihr Charlie gestern als Hugh Petrie vorgestellt hatte. Er war der Geschäftsführer der Clydesdale-Filiale, bei der Hazel angestellt war. Neben ihm saß eine elegant frisierte Brünette, deren schwarzes, vorne gerafftes Kleid die deutliche Wölbung ihres Bauches nicht mehr verbergen konnte. Das musste seine Frau Hannah sein. Tod und Leben gingen oft Hand in Hand. Auch wenn Hannah hier aufgewachsen und zur Schule gegangen war, schien ihre elegante Erscheinung nicht recht nach Tobermory zu passen.

Es hatte etwas Tröstliches, dass so viele Leute gekommen waren, um gemeinsam mit ihnen um Neil zu trauern. Selbst Hazels Lieblingsfeind Henry McNiven, der Hotelier, hatte es sich nicht nehmen lassen. Schließlich war auch er ein Schulfreund von Neil gewesen.

Agnes nahm das Liederblatt zur Hand und stimmte in die ersten Zeilen von »How great thou art« ein. Effys Stimme war dünn und brach immer wieder, doch sie quälte sich tapfer durch das Lied.

Then sings my soul, my Savior God, to thee:
How great thou art! How great thou art!

Agnes dachte darüber nach, wie seltsam es doch war, dass ausgerechnet dieses Lied so oft auf Beerdigungen gesungen wurde. Ihrer Seele lag es nie ferner, in Lobgesänge auszubrechen als angesichts des Todes eines geliebten Menschen.

And when I think that God, his Son not sparing
Sent him to die, I scarce can take it in
That on the cross, my burden gladly bearing
He bled and died to take away my sin.

Vermutlich lag der Trost genau in diesen Zeilen. Die Vorstellung, dass Gott auch nur ein Vater war, der seinen Sohn verloren hatte, machte ihn menschlicher. Werden und Vergehen, Geburt und Tod, der ewige Kreislauf, dem kein Geschöpf auf dieser Erde entgehen kann. Die Erfahrung des Verlusts, von der nicht einmal der Schöpfer selbst verschont blieb.

Agnes beobachtete aus den Augenwinkeln, wie der kleine Lachie McAulay von hinten seine kleine Hand auf Effys Schulter legte.

Und ihr wurde klar, dass das Tröstlichste an einer Beerdigung war, dass man nicht allein war. Überall konnte man dies spüren. Vielleicht war es an der Zeit, dass sie selbst ihre schwelende Fehde mit dem Allmächtigen beendete und ihm endlich verzieh, dass er ihr John so früh genommen hatte.

6

Die Tür des Pfarrhauses öffnete sich und Agnes sah sich Andrew Fletcher gegenüber. Sein frisches, freundliches Gesicht mit den von Seewind und Sonne geröteten Wangen ließ Agnes Mut schöpfen. Es war richtig, sich in dieser Sache an den Geistlichen zu wenden.

»Agnes? Wie schön, dich zu sehen. Kann ich etwas für dich tun? Schickt Effy dich?«

»Nein. Ich wollte selbst mit dir sprechen, Andrew. Es war ein wundervoller Gottesdienst gestern. Du hast genau die richtigen Worte gefunden.«

»Das freut mich. Vielen Dank.« Reverend Fletcher legte den Kopf schräg. »Aber etwas sagt mir, dass du nicht extra hergekommen bist, um mir das zu sagen.«

Agnes lächelte und zupfte an ihrem Ohrring. »Das stimmt. Ich ... habe etwas Persönliches auf dem Herzen. Dabei wende ich mich an dich als Pfarrer. Ich habe sozusagen etwas zu beichten.«

Reverend Fletchers dichte schwarze Brauen hoben sich und etwas Schalkhaftes blitzte in seinen Augen. Wenn Agnes sich das Grau wegdachte, das seine schwarzen Haare mittlerweile deutlich durchzog, konnte sie noch den etwas vorwitzigen jungen Vikar erkennen, der vor über dreißig Jahren hier seine erste Pfarrstelle angetreten hatte. Das war genau in dem

Jahr gewesen, als sie hergezogen war.

»In unserem Alter gibt es doch nichts mehr zu beichten.«

Agnes lächelte verschmitzt. »Du als Geistlicher solltest wissen, dass Sünde kein Alter kennt. Nur die Gestalt, in der sie uns heimsucht, die ändert sich.«

Reverend Fletcher lachte und hielt Agnes die Tür auf. »Bitte, komm herein. Ich mache uns einen Tee. Phyllis hat heute ihren freien Nachmittag.«

Agnes nahm auf dem altmodisch geblümten Sofa Platz und wartete, bis Andrew mit dem Teetablett erschien.

»Ein Tröpfchen Milch, kein Zucker, nicht wahr?«

»Dein Gedächtnis funktioniert offenbar noch besser als meines.« Agnes lachte. »Ich bin schon froh, wenn ich mich erinnern kann, wo ich meine Lesebrille zuletzt abgelegt habe.«

»Das täuscht, meine Liebe. Das Langzeitgedächtnis bleibt länger frisch. Ich könnte dir Gedichte aufsagen, die ich als kleiner Junge in der Schule lernen musste. Aber wehe, du fragst mich, was es gestern zu Mittag gab. Was die Brille angeht, bin ich eindeutig im Vorteil. Ohne bin ich blind wie ein Maulwurf, deshalb nehme ich sie so gut wie nie ab.«

Er stellte die Tasse vor Agnes ab, zog den Sessel heran, zupfte die Hose am Knie zurecht und nahm Platz. Andrew musterte Agnes.

»Du siehst wie immer blendend aus. Darf ich das sagen?«

Agnes drehte verlegen an ihrem Ring. »Ich werde mich sicher nicht beschweren, wenn man mir Komplimente macht.«

»Aber nun erzähl erst einmal, was du auf dem Herzen hast. Du bist schließlich nicht wegen der Komplimente gekommen.«

»Es geht um John«, begann Agnes.

»Nun ja, vielmehr geht es um seinen letzten Willen. Wahrscheinlich ist es an der Zeit, dass ich mich endlich damit befasse.«

Reverend Fletchers buschige Brauen berührten fast den dünnen, goldenen Rand seiner Brille. Er sah skeptisch aus.

»Du erinnerst dich, dass ich mit John damals über die bevorstehende Beisetzung gesprochen habe.« Agnes beschloss, gleich mitten ins Thema zu springen.

»Für Friedhöfe hatte er nichts übrig. Er fand die Vorstellung beklemmend, nach dem Tod in der Erde vergraben zu werden.«

»Ich erinnere mich. Ja – er hat sich für eine Feuerbestattung ausgesprochen. Er hat auch mit mir darüber gesprochen. Er wollte, dass seine Asche in Calgary am Strand verstreut wird.«

»Dort hat er mir seinerzeit den Antrag gemacht.« Die Erinnerung brachte Agnes für einen Moment zum Lächeln.

»Du sollst nicht auf einen blöden Stein im Rasen starren«, hat er gesagt. Ihm gefiel der Gedanke, dass ich seiner dort gedenken sollte, wo wir beide am glücklichsten waren. Er stellte sich vor, dass ich mir die Seeluft um die Nase wehen lasse, anschließend irgendwo in einem Café Tee und Scones genieße und an ihn denke, wann immer ich dort spazieren gehe.«

Andrew lehnte sich vor und nickte bedächtig. Seine hellen, blauen Augen musterten Agnes aufmerksam über den Rand seiner Brille hinweg.

»Das ist in der Tat ein schöner Gedanke. Aber deinen Andeutungen entnehme ich, dass du es anders siehst?«

Agnes betrachtete ihre auf dem Schoß verschränkten Hände. Wieder drehte sie nachdenklich an ihrem Ehering, den sie nie abgelegt hatte.

»John hat so viel mitmachen müssen. Ich fühlte mich hilflos. Wahrscheinlich verstehst du mich besser als die meisten.« Ihr Blick wanderte zu der gerahmten Fotografie auf dem Schreibtisch, die Andrews verstorbene Frau Marjory zeigte. »In dem Moment, als John über Calgary sprach, wurde er ganz ruhig. Der Gedanke schien ihm Kraft zu geben. Ich habe es nicht übers Herz gebracht, ihm zu widersprechen. Doch für mich war es eine fürchterliche Vorstellung, seine Asche einfach in den Wind zu streuen. Ich war noch nicht bereit, loszulassen.«

Andrew Fletchers Gesichtsausdruck entspannte sich und er nickte. »Das kann ich nachvollziehen.«

»Vielleicht klingt es makaber«, fuhr Agnes fort, »aber ich wollte ihn bei mir haben. Ich brauchte einen festen Ort zum Trauern, an dem ich an ihn denken, ihm Blumen bringen kann. Er hat sich ausgemalt, dass mir all die glücklichen Erinnerungen an unsere gemeinsame Zeit helfen würden. Doch für mich waren sie nur eine Belastung.«

»Und deswegen wolltest du fort. Das ist nichts, wofür du dich schuldig fühlen solltest, Agnes.«

Agnes sah auf und lächelte. Sie wusste es zu schätzen, dass Andrew ihre Motive nicht in Zweifel zog.

»Ich weiß, Andrew. Und doch fühle ich mich, als hätte ich John verraten. Er hat die Insel geliebt, ich habe ihn geliebt. Als junge Frau habe ich mich innerlich mit Händen und Füßen dagegen gewehrt, hier rauszuziehen. Doch John glaubte, nur hier könne er schreiben. Und als er dann noch die Chance bekam, die Bibliothek mit aufzubauen ... das war, als wären alle seine Träume wahr geworden. Wie hätte ich mich da sperren können? Letztlich habe ich es auch nicht bereut. Denn ich habe mich an die Insel gewöhnt, Freunde fürs Leben gefunden. Ich habe hier meine glücklichsten und meine schrecklichsten Tage erlebt. Aber all das nur mit John. Jede Erinnerung ist mit ihm verknüpft. Es hat mich erdrückt. Ich habe noch einmal neu angefangen und versucht, all das hinter mir zu lassen. Ich konnte es einfach nicht. Ich habe ihm seinen letzten Willen nicht erfüllen können.«

Andrew hatte den Zeigefinger unter die Nase gelegt und den Daumen unter das Kinn geschoben, während er Agnes zuhörte.

»Du sprichst in der Vergangenheit«, sagte er schließlich. »Das hört sich an, als habe sich das geändert.«

»Ich weiß nicht, Andrew.« Agnes zupfte an den Troddeln ihres Halstuchs.

»Bei jedem meiner Besuche nehme ich mir vor, John endlich seinen Wunsch zu erfüllen, und dann bringe ich es doch nicht fertig und fühle mich schäbig. Was bin ich nur für ein Mensch, dass ich den letzten Wunsch meines Mannes nicht achte?«

»Ein Mensch, der John sehr geliebt hat«, entgegnete Andrew. »Einer, der in schweren Zeiten an seiner Seite war und ihn bis zur eigenen Erschöpfung gepflegt hat. Du bist zu hart zu dir, Agnes. Gott kann dir vergeben, also solltest du es auch selbst tun.«

»Vielleicht ist es an der Zeit, dass ich mir einen Ruck gebe. Du warst es, der mir damals Mut gemacht hat, auch nach vorne zu schauen und mein Leben in die Hand zu nehmen. Dein Zureden hat mir die Entscheidung erleichtert, von hier fortzugehen.«

Andrew räusperte sich und zupfte an der grauen Strickjacke, die sich über seinem rundlichen Bauch spannte.

»Ich bin dir sehr dankbar für alles. Jetzt stehe ich wieder am Scheideweg. Wieder kommt etwas Neues auf mich zu. Rentnerin. Das kann ich mir noch überhaupt nicht vorstellen. Es fällt mir schwer, mich darauf einzustellen. Vielleicht fehlt mir die Kraft, nach vorne zu blicken, weil ich mit der Vergangenheit noch nicht fertig bin.«

Andrew schien keine bequeme Position auf dem Sessel zu finden. Er schaute zu Boden.

»Ich ... ich denke, das ist etwas, das nur du selbst entscheiden kannst, Agnes.«

Sie nickte. »Das weiß ich. Ich habe die Entscheidung auch längst getroffen. Ich wollte dich nur um etwas bitten. Ich möchte, dass du mich nach Calgary begleitest.«

»Ich habe befürchtet, dass du das sagen könntest.« Andrew rieb sich den Nacken. »Bitte glaube mir, wenn ich sage, dass ich dir immer gerne helfe, doch in diesem Fall muss ich leider ablehnen.«

Agnes runzelte die Stirn. »Andrew, ich verstehe nicht ... habe ich etwas Falsches gesagt?«

Der Reverend räusperte sich. »Nein. Nein, das hast du nicht, Agnes. Ich denke nur, dass das eine sehr persönliche Angelegenheit zwischen dir und John ist und … ich kann dich wirklich nicht begleiten. Es wäre nicht richtig.«

Agnes kniff die Lippen zusammen. Sie versuchte, sich ihre Enttäuschung nicht anmerken zu lassen. Natürlich hatte Andrew jedes Recht, ihre Bitte abzulehnen, doch sie hatte sich von ihm mehr Unterstützung erhofft. Das Klirren, als sie ihre Tasse auf der Untertasse abstellte, verriet ihre Verunsicherung.

»Verstehe. Gut. Das muss ich wohl so akzeptieren.«

Andrew Fletcher öffnete den Mund, schloss ihn dann aber gleich wieder. Er wirkte hilflos.

»Es tut mir wirklich leid, Agnes. So gerne ich möchte, ich kann dir da einfach nicht helfen.« Er wich ihrem Blick aus.

Agnes strich mit den Händen ihren Rock glatt.

»Nun ja, ich schätze, ich danke dir für deine Ehrlichkeit. Dann werde ich es wohl allein tun müssen.« Sie erhob sich und reichte ihm die Hand.

Er ergriff sie mit der Rechten und legte die Linke darüber.

»Sei mir bitte nicht böse, Agnes.«

»Nein nein, ich bin dir nicht böse, Andrew. Es ist schon gut. Ich denke, ich sollte jetzt gehen.«

Reverend Fletcher zupfte eine imaginäre Fluse von seinem Ärmel. »Ich begleite dich noch zur Tür.«

7

Bella McAulay trat aus der Haustür und schloss für einen Moment die Augen. Die Morgensonne wärmte ihr Gesicht, und gierig sog sie die würzige Seeluft ein. Seit Lachlan in die Vorschule der Tobermory High School ging, hatte sie gelernt, diese freien Stunden zu genießen. Sie liebte ihren Kleinen und war gerne Mutter, aber bisweilen vermisste sie ihr altes Leben, die Galerie, ihre ausgiebigen Fotostreifzüge, ihr ehrenamtliches Engagement für den Umweltschutz. Es kostete viel Kraft und benötigte gute Organisation, all das unter einen Hut zu bringen. Doch Bella fand, dass sie es sich und ihrem Sohn schuldig war, es zu versuchen.

Sie brauchte noch Kleingeld und lief die Straße bergab Richtung Hafen, um bei der Bank welches zu holen. Die kleine Clydesdale-Filiale, in der auch ihre Freundin Hazel arbeitete, befand sich in einem malerischen viktorianischen Sandstein-Gebäude mit Türmchen und Erkern direkt an der Uferstraße.

Im Kassenraum entdeckte sie den Filialleiter Hugh Petrie, Hazels Chef, und Chloe Cameron, die gerade dabei war, der Auszubildenden Christie etwas zu erklären.

»Morgen, Bella! Geht es Ihnen gut?«

Hugh Petrie schenkte ihr ein freundliches Lächeln.

Ein sehr attraktiver Mann, allerdings überhaupt nicht Bellas Typ. Für sie war er das Abziehbild eines Bankers und hätte hervorragend in jeden Werbekatalog für Finanzdienstleistungen gepasst. Ihr Michael war Bella lieber. Der war mehr der handfeste Typ, ein echtes Inselgewächs. Er machte vielleicht im Anzug keine so gute Figur wie Hugh Petrie. Dafür wäre der sicher keine große Hilfe beim Beschneiden der Obstbäume oder beim Unkrautzupfen. Bei der Vorstellung musste Bella grinsen.

»Na klar. Ich bin auf dem Weg in die Galerie. Und wie geht es Ihnen? Bei Hannah alles in Ordnung mit dem Baby?«

»Alles bestens, danke. Hannah geht es super, seit ihr endlich nicht mehr so übel ist. Ich kann auch nicht klagen, allerdings ...« Hugh machte eine Pause und schien zu überlegen, ob er weitersprechen sollte.

»Ehrlich gesagt mache ich mir ein bisschen Sorgen um Hazel. Ich hatte ihr angeboten, sie könne noch bis zum Ende der Woche zu Hause bleiben, aber sie bestand darauf, heute wieder zur Arbeit zu kommen. Bloß ist sie heute Morgen nicht erschienen.«

Bella runzelte die Stirn. Das klang überhaupt nicht nach ihrer Freundin. Hazel war stets sehr zuverlässig.

»Vielleicht hat sie es sich anders überlegt? Haben Sie versucht, sie anzurufen?«

»Natürlich«, antwortete Hugh. »Aber sie geht nicht ans Telefon. Ich habe es auf der Festnetznummer und auf dem Handy versucht. Effy und Charlie möchte ich jetzt nicht zusätzlich beunruhigen. Ich dachte, vielleicht wissen Sie, was mit ihr los ist.«

Bella verzog das Gesicht und zuckte mit den Schultern. »Nein. Ich weiß nichts. Allerdings finde ich das auch merkwürdig. Wenn Hazel sich anders entschieden hat, warum hat sie Ihnen nicht Bescheid gesagt? Das sieht ihr gar nicht ähnlich.«

Hugh zog die Brauen zusammen und kratzte sich am Ohr. Auch er sah besorgt aus.

»Das ist es ja. Auf Hazel kann ich mich immer hundertprozentig verlassen. Na ja, allerdings hat sie gerade auch viel zu verkraften. Vielleicht hat Neils Tod sie doch mehr mitgenommen als sie zugeben möchte. Ich werde jedenfalls in der Mittagspause mal nach ihr sehen.«

»Ich kann auch schnell bei ihr reinspringen, bevor ich zur Galerie gehe. Das ist überhaupt kein Problem. Ich bin früh dran heute. Ich sage ihr dann, sie soll anrufen«, bot Bella an.

»Das wäre sehr hilfreich. Was kann ich denn sonst für Sie tun? Das Übliche?«

»Genau.«

Bella trat an den Schalter, um sich das Kleingeld auszahlen zu lassen. Sie verstaute es in einer Geldtasche, die sie in die Handtasche steckte, und verabschiedete sich.

Auf dem Weg in Richtung Victoria Street machte sich ein Gefühl der Unruhe in Bella breit. Es war ganz und gar untypisch für ihre Freundin, einfach nicht zur Arbeit zu gehen. Während sie lief, wählte Bella mehrfach auf dem Handy Hazels Nummern. Weder zu Hause noch auf dem Handy war sie zu erreichen. Eine Mailbox gab es nicht.

In Gedanken wälzte Bella Szenarien. Vielleicht lag

sie krank im Bett und hatte das Telefon verschlafen. Oder sie war gestürzt und hatte sich etwas gebrochen. Womöglich hatte Neils Tod sie so aus der Bahn geworfen, dass sie schlicht vergessen hatte, auf der Arbeit anzurufen?

Bellas Herz schlug schneller, als das niedrige, hellblau gestrichene Häuschen in Sicht kam. Sie klopfte, erhielt jedoch keine Antwort. Vielleicht hatte Hazel sie nicht gehört. Eine Türklingel gab es nicht. Bella klopfte noch einmal. Dieses Mal etwas lauter. Drinnen rührte sich nichts.

Zögerlich drehte Bella den Türknauf und drückte die Haustür auf. Sie steckte den Kopf hindurch und rief hinein.

»Hazel? Bist du da?«

Das Haus antwortete mit Stille. Entschlossen trat Bella ein und sah sich um. Auf den ersten Blick konnte sie nichts Ungewöhnliches erkennen.

»Hazel? Alles in Ordnung? Ich bin es, Bella.«

Hazels Jacke hing an der Garderobe. Doch das musste nichts bedeuten, schließlich war es selbst am Morgen nicht besonders kalt. Das Auto hatte nicht vor dem Haus gestanden, was aber ebenfalls nicht weiter verwunderlich war. Hazel parkte den Wagen oft bei ihren Eltern, wo mehr Platz war. Im Ort kam man schließlich wunderbar zu Fuß oder per Fahrrad zurecht. Nur für weitere Strecken brauchte man das Auto. Einer plötzlichen Eingebung folgend, öffnete Bella die Schublade der Kommode im Flur.

Ein Gefühl der Übelkeit überfiel sie, als sie dort Hazels Schlüsselbund und ihr Portemonnaie vorfand. Offenbar hatte Hazel das Haus nicht verlassen. Aber warum antwortete sie dann nicht?

»Hazel?!«, rief Bella noch einmal. Ihre Stimme klang eigenartig schrill in ihren Ohren. Sie lief ins Wohnzimmer, konnte Hazel aber nirgends sehen. Sie sah sich in der Küche und im Arbeitszimmer um und hetzte dann atemlos ins Schlafzimmer. Hazels Bett war unberührt.

Bella runzelte die Stirn. Hatte die Freundin etwa die Nacht nicht zu Hause verbracht? Aber wo sollte sie hingegangen sein – ohne Schlüssel und ohne Geld?

Bella fühlte Panik in sich aufsteigen, als sie in den Flur stürzte und die Badezimmertür aufriss. Ein metallischer Geruch schlug ihr entgegen und instinktiv musste sie würgen.

Zuerst sah Bella das kalkweiße, bläulich angelaufene Gesicht ihrer Freundin. Glasige Augen starrten an die Decke. Bella riss die Hände vors Gesicht. Sie schrie, ohne sich dessen bewusst zu sein. Das Geräusch klang schrill und fremd in ihren Ohren.

Unnatürlich steif und verdreht lag Hazel in der Wanne, das Wasser rostrot verfärbt, die Fliesen hinter der Wanne blutbesudelt. Der rechte Arm baumelte über den Rand der Wanne hinab. Daneben auf dem Boden lag ein großes Küchenmesser.

»Oh mein Gott, oh mein Gott, oh mein Gott«, stieß Bella mantraartig hervor, während sie rückwärts aus der Tür stolperte und diese zuschlug. Mit zittrigen Fingern suchte sie in der Tasche nach ihrem Handy. Sie musste die Polizei rufen. Sie musste ...

Als die Übelkeit sie übermannte, stürzte sie nach draußen, wo sie sich, an die Hauswand gestützt, übergab.

8

Agnes nahm gerade die frisch gerösteten Brotscheiben aus dem Toaster, als Effy die Treppe herunterkam.

»Hm, das riecht schon gut. Vielen Dank, dass du dich ums Frühstück gekümmert hast. Bei mir hätte es nur Frühstücksflocken gegeben. Ich muss aber zugeben, dass ich richtig hungrig bin.«

»Das ist ein gutes Zeichen, Effy. Setz dich. Ich hole nur schnell noch den Tee.«

»Ich habe deinen Koffer im Flur gesehen. Willst du denn wirklich schon jetzt wieder abreisen? Ich meine, du hast doch jetzt Zeit. Gönn dir einen Urlaub, wir unternehmen etwas zusammen. Hazel würde sich sicher auch freuen.«

Agnes versuchte, dem bittenden Blick ihrer Freundin auszuweichen.

»Ich habe Susan gesagt, ich bin spätestens in zwei Wochen wieder zurück. Sie versorgt die Blumen und holt die Post rein. Sie rechnet doch mit mir. Und euch kann ich doch auch nicht länger zur Last fallen.«

Effy holte hörbar Luft. »Nie um eine Ausrede verlegen. Du kannst es einfach nicht abwarten, zurück nach Edinburgh zu kommen, nicht wahr? Es war dir hier ja immer schon zu piefig.«

»Sei nicht unfair, Effy. Du weißt, wie schwer es mir

immer noch fällt, hier zu sein.«

»Ich verstehe dich ja. Du fehlst mir bloß so. Niemand kann die beste Freundin so leicht ersetzen.«

»Hör bloß auf, ich fange gleich an zu heulen und sehe dann aus wie ein Panda.« Vorsichtig wischte Agnes sich mit dem kleinen Finger unter dem Auge entlang.

»Du fehlst mir doch auch. Aber es fällt mir immer noch schrecklich schwer. Ich habe doch nie wirklich hierher gehört. Tobermory war Johns Zuhause, nicht meins.«

Effy schüttelte den Kopf. »Du weißt, dass das nicht wahr ist. Du hast Wurzeln geschlagen, Agnes.«

»Ich weiß nicht, Effy. Mein Zuhause ist jetzt Edinburgh. Ich habe dort noch einmal von vorne angefangen, mir etwas aufgebaut. Es hat sich so viel verändert, nur hier scheint die Zeit stillzustehen.«

»Ja, das kann einem manchmal so vorkommen, nicht wahr? Aber all das hat auch sein Gutes. Die Leute halten zusammen, man hilft einander. Ich weiß nicht, wo du das sonst bekommst.«

Agnes lächelte. »Du hättest in die Politik gehen sollen.«

Charlie steckte den Kopf durch die Tür und schnupperte.

»Hmmm ... hier duftet es ja ganz köstlich. Habt ihr noch etwas für mich übrig?«

»Natürlich, Charlie, komm und setz dich.« Agnes goss Tee in seine Tasse.

»Hast du schon gehört? Agnes will uns schon wieder verlassen.«

Agnes versuchte, den beleidigten Unterton in Effys Stimme zu überhören.

»Wirklich? Das ist aber schade, Agnes. Du kannst gerne bleiben, solange du willst.«

»Ich weiß. Das ist lieb, ihr zwei. Aber ich muss wirklich wieder nach Hause. Ich hatte vor, den Bus um halb eins zu nehmen. Dann bin ich rechtzeitig in Craignure, um die Zwei-Uhr-Fähre zu erreichen.«

»Ich kann dich auch fahren«, bot Charlie an.

»Nicht nötig, Charlie. Danke dir. Ich kann ganz bequem mit dem Bus fahren.«

»Willst du nicht wenigstens warten, bis Hazel von der Arbeit zurück ist? Sie wäre extrem traurig, wenn sie sich nicht von dir verabschieden könnte.«

»Ich werde gleich noch schnell bei der Bank vorbeigehen, um ihr auf Wiedersehen zu sagen.«

»Komisch. Eigentlich wollte sie sich gestern Abend noch einmal melden. Wahrscheinlich war sie zu müde. Die letzten Tage waren verflucht anstrengend für uns alle.« Charlie setzte sich und nahm einen Schluck von seinem Tee.

Es klingelte.

»Vielleicht ist sie das«, meinte Agnes.

»Nein. Sie wird längst bei der Arbeit sein. Außerdem würde Hazel nicht klingeln.«

Agnes lachte. »Daran muss ich mich erst wieder gewöhnen, dass niemand hier seine Tür abschließt.«

»Siehst du? Mein Reden, nicht alles besser in der Großstadt«, konterte Effy und wollte aufstehen.

»Lass nur, ich geh schon. Ich stehe doch ohnehin.«

Agnes ging in den Flur und öffnete die Haustür.

Verwundert blickte sie in das Gesicht von Matthew Jarvis. Im Kontrast zu seiner schwarzen Polizeiuniform wirkte er unnatürlich blass. Die Dienstmütze mit dem Schachbrettmuster-Band hatte er abgenommen und drehte sie in den Händen. Agnes beschlich ein ungutes Gefühl, das sich vom Magen in ihre Kehle hocharbeitete.

»Himmel, Matthew. Ist etwas passiert? Du siehst ja ganz verstört aus.«

Matthews Adamsapfel trat deutlich sichtbar hervor, als er schluckte. Er öffnete den Mund, zunächst ohne einen Ton hervorzubringen. Dann räusperte er sich.

»Ich muss mit Effy und Charlie sprechen. Es geht um Hazel.«

Agnes fühlte sich, als hätte sich der Boden unter ihr in Bewegung gesetzt. Ihr Herz pochte so laut und schnell, dass sie glaubte, Matthew müsse es hören.

»Um Hazel? Um Himmels Willen, Matthew. Ist ihr etwas passiert?«

Der junge Sergeant presste die Lippen aufeinander und Agnes sah Tränen in seinen Augen schimmern. Sie brauchte seine Antwort nicht abzuwarten. Matthews Zähne bearbeiteten seine Unterlippe.

»Ich ... ähm, ich würde wirklich lieber zuerst mit Effy und Charlie sprechen«, sagte er schließlich.

Agnes wusste nicht, ob er so leise gesprochen hatte oder ob es an ihrer Wahrnehmung lag. Sie hatte das Gefühl, als habe sich plötzlich eine Glasglocke über sie gesenkt. Alle Eindrücke drangen nur gedämpft zu ihr durch, was der Situation etwas Unwirkliches verlieh.

»Natürlich. Komm herein«, sagte sie beinahe mechanisch und schloss die Tür hinter Matthew und folgte ihm in die Küche.

Effy und Charlie blickten freundlich zur Tür, als Matthew eintrat, doch das Lächeln erstarb, als sie seinen Gesichtsausdruck sahen. Er hatte den Blick fest auf die Mütze in seiner Hand gerichtet, die er unablässig drehte.

Für einen Augenblick, der ihr wie eine Ewigkeit vorkam, hörte Agnes nur das Pochen und Rauschen in ihren Ohren und das Ticken der Küchenuhr, bis Matthew schließlich den Mund öffnete und die Worte gepresst aus seinem Mund fielen, so als sei es eine unglaubliche Kraftanstrengung.

»Es tut mir schrecklich leid, euch diese Nachricht überbringen zu müssen – gerade jetzt. Es ... äh ... es geht um Hazel. Sie ... ist tot.«

»Wie bitte, was?« Effy sah aus, als wolle sie laut loslachen. »Unsinn! Matthew, was redest du denn da?«

Matthews Augenbrauen zogen sich zusammen, seine Zähne gruben sich erneut in seine Unterlippe, während er verzweifelt nach den richtigen Worten suchte.

»Ich weiß nicht, wie ich euch das sagen soll. Sie ... Bella hat sie heute Morgen in ihrer Badewanne gefunden.«

Matthew machte erneut eine Pause. Der junge Polizist schluckte schwer, bevor er weitersprechen konnte.

»Wir nehmen an, dass sie sich das Leben genommen hat. Allem Anschein nach hat sie sich die Pulsadern aufgeschnitten. Es tut mir wirklich so leid.«

Mit dem Handrücken wischte er sich über die Augen. Er sah vollkommen hilflos aus. Betreten schaute er zu Boden.

Effy starrte Matthew immer noch mit einer Mischung aus Spott und Unglauben an, doch ihre Lippen zitterten und die Farbe schien aus ihrem Gesicht zu weichen. Sie pendelte gefährlich

auf ihrem Stuhl, so dass Agnes fürchtete, sie würde zu Boden stürzen.

Sie machte einen Schritt an Matthew vorbei und legte ihrer Freundin eine Hand auf die Schulter, um sie im Notfall stützen zu können, als Effy plötzlich begann, laut zu lachen. Ein unheimlicheres Geräusch hatte Agnes in ihrem Leben noch nicht gehört. Das Lachen schien nicht zu ihr zu gehören, es klang fremd und entrückt. Effy schüttelte vehement den Kopf.

»Nein, Matthew. Nein! Das ist nicht wahr! Das kann überhaupt nicht sein«, sagte sie schließlich und begann mit grimmiger Entschlossenheit, den Frühstückstisch abzudecken.

Charlie starrte Effy an, die sich die Schürze umgebunden und begonnen hatte, Wasser in die Spüle zu lassen, während sie unablässig murmelte.

»So ein Unsinn. Nicht Hazel. Das kann überhaupt nicht sein.«

Charlie rührte sich nicht und wirkte hilflos wie ein trockenes Blatt in einem Wasserstrudel.

Schließlich entrang sich seiner Kehle ein Geräusch, das Agnes an einen verwundeten Bären erinnerte. Er sprang auf und fegte dabei mit einer kraftvollen Armbewegung das verbliebene Geschirr vom Tisch. Effys geliebte Wedgwood Teekanne zerschellte mit einem Knall, und Tee ergoss sich über den Fliesenboden.

Matthew hatte unwillkürlich einen Schritt zurückgemacht und den Kopf zwischen die Schultern gezogen, als rechne er damit, dass Charlie sich jeden Augenblick auf ihn stürzen könne.

Charlie starrte verdutzt auf die Scherben und die braune Pfütze am Boden, so als fragte er sich, wie sie dorthin gekommen waren. Effy stand über die Spüle gebeugt, wusch das Frühstücksgeschirr ab und wirkte dabei wie ein Montageroboter in einem Autowerk.

Agnes sah verzweifelt zu Matthew hinüber. Sie hatte nicht die geringste Ahnung, wie sie sich verhalten sollte. Es wirkte alles so surreal, dass ein Teil von ihr einfach nur hoffte, sie möge endlich aufwachen.

Als Charlie sich schließlich an Matthew wandte, klang er ruhig, doch seine fahrigen Bewegungen und das Zittern, das seinen Körper durchlief, entlarvten ihn.

»Du sagst, Bella hat sie gefunden? Wie lange ... wann ist sie ... ich möchte alles wissen, Matthew, alles.«

Matthew machte einen zögerlichen Schritt ihn zu.

»Es tut mir leid. Im Augenblick können wir nur abwarten. Die Spurensicherung war noch nicht da. Wir haben ein Team vom Festland angefordert. Wenn die fertig sind, werden sie Hazel nach Craignure bringen.«

»Können wir dann zu ihr? Sie sehen?« Charlies Stimme klang heiser und kraftlos.

Matthew nickte stumm und sah betreten zu Effy, die sich nun das Handtuch genommen hatte und Teller und Tassen trocknete, als hinge ihr Überleben davon ab.

Charlie fuhr herum. In einem plötzlichen Anflug von Zorn packte er Effys Schultern und schüttelte sie.

»Verdammt, Effy! Hör auf damit! Hast du nicht gehört, was Matthew gesagt hat?«

Effys schmale Gestalt wurde von einem heftigen

Schluchzen erschüttert, das wie das verzweifelte Japsen einer Ertrinkenden klang. Der Teller, den sie gerade abgetrocknet hatte, glitt aus ihren Händen und zersprang, während die Beine unter ihr zusammensackten und Charlie sie auffangen musste. Effys Atem flatterte, flach, viel zu schnell, während sie schluchzte und japste und am ganzen Körper zitterte.

Matthew sah deutlich überfordert aus. Agnes überlegte, ob er schon die Nachricht von Neils Unfall hatte überbringen müssen. Es gab keine abgebrühte, dienstmäßige Routine, ihm war anzusehen, wie ihm all das unter die Haut ging. Die Szene, die sich ihnen bot, konnte einem nur das Herz zerreißen: Charlie Thorburn, verzweifelt seine unkontrollierbar schluchzende Frau an sich pressend, inmitten der Scherben.

»Ich werde Dr. McInnes anrufen«, sagte Agnes schließlich, um etwas tun zu können.

»Ja. Das ist eine gute Idee. Ich schicke dann Fiona mit dem Wagen.« Er sah zu Charlie hinüber, der gerade vorsichtig versuchte, Effy ins Wohnzimmer zu dirigieren.

»Sie fährt die beiden dann nach Craignure – wenn sie in der Verfassung dazu sind.«

Agnes nickte.

»Ich bringe dich noch zur Tür, Matthew.«

Als Matthew sich auf der Türschwelle noch einmal umdrehte, stellte Agnes die Frage, die ihr bereits die ganze Zeit im Hirn herumspukte.

»Warum, Matthew? Warum sollte sie ...« Sie fand nicht die richtigen Worte.

»Glaubst du, es war wegen Neil? Ich meine, es hat sie mitgenommen, aber sie wirkte nicht ... sie hätte doch nie ... Matthew, du hast sie doch auch gekannt.«

Matthew verzog das Gesicht und hatte dabei ein wenig Ähnlichkeit mit einem schuldbewussten Dackel.

»Es tut mir leid, ich darf zu den laufenden Ermittlungen wirklich nichts sagen. Ich werde die Thorburns auf dem Laufenden halten, so gut ich kann.«

Er wischte sich mit der Hand über den Nacken.

»Na ja, ich meine, eigentlich darf ich gar keine Auskunft geben, aber ... es sieht so aus, als habe sie einen Abschiedsbrief hinterlassen. Darin erwähnt sie den Unfall. Ich ... ich glaube also schon, dass es wegen Neil war.«

Der junge Sergeant fuhr sich mit der Hand durch die streichholzkurzen, braunen Haare.

»Verflucht, nach der Ausbildung glaubt man, auf solche Situationen vorbereitet zu sein. Und dann stellt man fest, dass man es überhaupt nicht ist.«

»Du hast Hazel auch sehr gemocht, nicht?«

Matthew blickte erschrocken auf. Dann lächelte er kurz, während seine Augen sich gleichzeitig mit Tränen füllten. »Es war ziemlich offensichtlich, was?«

»Es war schwer, sie nicht zu mögen.« Agnes schluckte gegen den Kloß in ihrem Hals an. »Gerade habe ich das Gefühl, in einem bösen Traum gefangen zu sein. Aber es ist keiner, nicht wahr?«

Der junge Sergeant rieb sich mit Daumen und Zeigefinger die Nasenwurzel, um seine Tränen zurückzudrängen. Er schüttelte lediglich den Kopf.

»Sie kümmern sich um Charlie und Effy? Ich denke, es kann nicht schaden, wenn Doktor McInnes ihnen etwas zur Beruhigung gibt.«

Agnes nickte.

»Ich schicke Fiona ... also Constable Mackinnon, sobald ich mehr weiß.«
»Danke, Matthew.«

9

Agnes stellte sich immer und immer wieder dieselben Fragen, und sie fand einfach keine Erklärung. Wie konnte sie sich so getäuscht haben? Hazel war ihr nicht verzweifelt vorgekommen. Traurig, erschüttert, verwirrt, ja. Aber doch nicht so, dass man annehmen musste, sie könne sich etwas antun!

Agnes konnte einfach nicht stillsitzen. Um sich von ihren Gedanken abzulenken, hatte sie damit begonnen, die Küche aufzuräumen und zu putzen. Sie war gerade dabei, die Schränke abzuwaschen, als sie Schritte auf dem Gehweg vor dem Haus hörte. Sie ging zum Fenster, um hinauszusehen und erkannte die kräftige Statur und die dicken dunkelbraunen Locken von Hazels Freundin Bella McAulay. Sie wischte sich die Hände an Effys geblümter Küchenschürze trocken, als es bereits an der Haustür klopfte.

»Komm herein«, rief sie.

Durch das halb geöffnete Fenster würde Bella sie hören. Die offenen Haustüren waren eines der Dinge, die Agnes am Leben auf der Insel vermisste. Als sie in den Flur kam, trat Bella bereits ein. Ihr Gesicht war blass und ihre Nase rot und verquollen. Agnes überlegte, dass sie selbst wahrscheinlich einen ebenso erbärmlichen Eindruck machte. Ganz entgegen ihrer Gewohnheit hatte sie heute Morgen noch nicht einmal die Kraft aufbringen können, sich zu schminken.

Bella zupfte ein zerknülltes Taschentuch aus der Jackentasche, tupfte sich damit die Nase ab und lächelte Agnes kurz zu.

»Guten Morgen, Mrs Munro. Entschuldigen Sie meinen jämmerlichen Aufzug. Ich kann einfach nicht aufhören zu heulen. Darf ich bleiben?«

Agnes machte einen Schritt auf die junge Frau zu und half ihr aus der Jacke.

»Natürlich, komm rein. Ich stehe auch noch vollkommen unter Schock. Es ist so furchtbar. Soll ich uns einen Tee machen?«

Bella nickte dankbar.

»Mir gehen die Bilder nicht aus dem Kopf. Ich sehe sie immer wieder vor mir. Gleichzeitig denke ich immer, das kann doch alles nicht real sein. Ich weiß gar nicht, wohin mit meinen Gefühlen.«

»Es geht mir nicht anders. Ich kann es einfach nicht begreifen.«

Agnes hängte Bellas Jacke an die Garderobe und ging in die Küche, um Tee zu machen. Bella folgte ihr.

»Sie war meine beste Freundin. Und Lachie war vernarrt in seine Patentante. Ich hatte bisher nicht den Mumm, es ihm zu sagen. Armselig, oder?«

Agnes schüttelte den Kopf. »Nein. Überhaupt nicht. Wie soll man einem kleinen Jungen erklären, was man selbst kaum fassen kann?«

Agnes gab ihr Bestes, um der Stabilitätsanker zu sein, den sie alle, und vor allem die Thorburns, nun bitter nötig hatten.

»Lachie ist in der Vorschule. Ich wollte sehen, ob ich

Ihnen mit irgendetwas helfen kann. Eigentlich hätte ich heute einen Termin gehabt, aber das schaffe ich noch nicht. Bloß zu Hause kann ich nicht aufhören zu grübeln. Gibt es Neues von Effy?«

»Ihr Zustand ist unverändert. Man hat sie von Craignure in die Akut- und Notfallpsychiatrie nach Lochgilphead gebracht. Charlie war nur kurz hier, um ihre Sachen zu holen und ist sofort wieder gefahren. Er wird vorerst bei ihr bleiben und hat mich gebeten, mich hier um alles zu kümmern.«

»Die Ärmsten! Ich kann mir das kaum vorstellen. Beide Kinder in so kurzer Zeit ... wenn ich mich nicht um Lachlan kümmern müsste, hätte es mir auch den Boden unter den Füßen weggezogen. Den Anblick werde ich nie in meinem Leben vergessen. Wie sie in der Wanne lag, alles voller Blut ... es ist wie ein Albtraum, der nicht aufhören will, nicht wahr, Mrs Munro?«

»Agnes.«

»Agnes«, wiederholte Bella und lächelte kurz.

Agnes deutete auf ihre Schürze und die Spuren ihrer Beschäftigungstherapie in der Küche. »Ich komme mir auch vor wie eine Schlafwandlerin. Ich versuche, mich mit Arbeit abzulenken.«

»Konnte Effy ... hat sie Hazel noch einmal sehen können?«

»Ich fürchte, das hat den Zusammenbruch erst ausgelöst.« Agnes band die Schürze ab und wies mit der Hand in Richtung Wohnzimmer. »Setz dich doch, Bella. Ich setze das Teewasser auf und bin gleich bei dir.«

Nachdem Agnes den Tee eingegossen hatte, zog sie den Sessel heran und setzte sich zu Bella, die ungelenk auf der Sofakante hockte, das Kinn auf die geballten Fäuste gestützt, und einen Punkt auf dem Teppich zu fixieren schien.

»Die arme Effy, wie schrecklich!«, murmelte sie und wandte sich Agnes zu. »Danke für den Tee.«

Sie griff nach der Tasse und legte die Hände darum. »Und die Polizei glaubt wirklich, dass sie ... ich meine, dass Hazel es selbst getan hat?«

Agnes nickte. »Matthew sagte, ein Team aus Oban habe die Ermittlungen übernommen. Die Chefermittlerin habe ich kurz kennengelernt, als ich bei der Polizei meine Aussage gemacht habe. Ziemlich nassforsch, aber vielleicht bringt das der Job mit sich. Jedenfalls nicht besonders einfühlsam. Sinclair hieß sie, wenn ich mich richtig erinnere. Sie haben mich zu Hazels Gemütszustand befragt und ob sie Suizidgedanken geäußert hätte.«

Agnes hielt inne und schüttelte vehement den Kopf. »Suizidgedanken! Hazel! Ich habe ihnen gesagt, dass ich mir das beim besten Willen nicht vorstellen kann. Sie wirkte so stark, so kämpferisch.«

Wieder musste Agnes sich unterbrechen. Mit dem Fingerknöchel wischte sie eine Träne aus dem Auge.

»Nicht wahr? Genau das habe ich mir auch wieder und wieder gesagt. Jeder, aber nicht Hazel«, stimmte Bella zu.

»Aber die Ermittler scheinen fest davon auszugehen. Es soll einen Abschiedsbrief gegeben haben. Charlie hat Hazels Handschrift eindeutig identifiziert. Zur Sicherheit haben sie ihn offenbar noch an einen Graphologen weitergeleitet. Matthew sagt, er darf über die Details erst sprechen, wenn die Untersuchungen abgeschlossen sind, aber bisher gibt es keinen Hinweis darauf, dass es irgendetwas anderes als ein Selbstmord war.«

Bella hatte die Zähne in ihrer Unterlippe vergraben und knetete ihre Nasenwurzel mit den Fingern.

»Genau das ist ja das Verrückte. Ich kann nicht glauben, dass Hazel Selbstmord begangen haben soll. Aber noch viel undenkbarer erscheint mir, dass jemand sie hätte töten wollen. Ich meine ... wer? Und wieso? Hazel hat nie jemandem etwas zuleide getan. Wer hätte ihr etwas antun sollen?« Bella schluchzte auf.

»Darüber habe ich natürlich auch nachgedacht«, sagte Agnes. »Wenn sie es nicht getan hat, dann muss es doch jemand gewesen sein, der ...« Sie schüttelte den Kopf. »Ich kenne so gut wie jeden hier im Ort. Die meisten schon seit der Kindheit. Und ich kann mir beim besten Willen nicht vorstellen, dass jemand ...«

Bella öffnete den Mund, schloss ihn dann aber gleich wieder und machte eine abwehrende Geste mit der Hand.

»Nein. Das würde ich nicht einmal McNiven zutrauen. So etwas würde ich niemandem hier zutrauen. Auch wenn er Hazel gegenüber schon übel ausfällig geworden ist.« Sie holte tief Luft.

»Ich nehme an, die Beerdigung wird warten müssen, bis die Polizei ihre Untersuchung abgeschlossen hat. Glaubst du, dass Effy bis dahin wieder nach Hause kann? Ich kann mir gar nicht vorstellen, wie sie die Beerdigung verkraften soll. Mein Gott, die arme Effy! Wenn ich mir vorstelle, meinen Sohn ... nein, darüber darf ich gar nicht erst nachdenken. Und Charlie. Er und Hazel standen sich so nah.«

»Ich habe leider keine Ahnung, wann Effy wieder nach Hause darf, Bella. Die Ärzte konnten noch nichts Genaues sagen. Ich fühle mich schrecklich hilflos. Und Charlie ... der versucht, Fels in der Brandung zu spielen, während er innerlich zerbricht. Ich kann das nur schwer mit ansehen.«

»Kann ich irgendetwas Sinnvolles tun?«, fragte Bella. »Ich könnte vielleicht den Rasen mähen.«

»Ja, das wäre vielleicht keine schlechte Idee. Charlie hat einen alten Benzinrasenmäher, und ich habe ehrlich gesagt keine Ahnung, wie man mit so einem Ungetüm umgeht«, entgegnete Agnes. Eigentlich hatte der Rasen es noch nicht so dringend nötig, aber sie wollte Bella das Gefühl geben, etwas tun zu können.

Agnes ließ sich Zeit damit, die Küche aufzuräumen. Ihr graute vor der Aufgabe, die sie sich für den Vormittag vorgenommen hatte. Schließlich jedoch fasste sie sich ein Herz, setzte sich an den Schreibtisch und begann damit, einige Verwandte und Freunde aus Effys Adressbuch anzurufen, um sie über die schlimmen Ereignisse zu unterrichten. Es war keine Aufgabe, die man gerne übernahm, doch wie viel schrecklicher musste es erst für Effy und Charlie sein? So hatte Agnes wenigstens das Gefühl, etwas Hilfreiches zu tun. Als sie die wichtigsten Einträge in dem kleinen, ledergebundenen Büchlein durchtelefoniert hatte, wählte sie die Nummer des Polizeipräsidiums.

»Guten Tag, Constable. Hier spricht Agnes Munro. Könnte ich bitte mit Matthew sprechen?«

»Sie haben Glück, Mrs Munro. Er ist gerade zur Tür hereingekommen. Einen Augenblick. Ich hole ihn an den Apparat.«

Es raschelte im Hörer und kurze Zeit später hörte Agnes Matthews Stimme am anderen Ende.

»Mrs Munro. Hallo. Ich nehme an, Sie wollen hören, ob es Neues gibt. Ich komme gerade von einem Briefing. Ich kann Ihnen natürlich keine Details weitergeben. Nur so viel: Detective Chief Inspector Sinclair – Sie wissen schon, meine Vorgesetzte aus Oban, mit der Sie gesprochen haben – na ja, DCI Sinclair ist sicher, dass es Selbstmord war. Der Obduktionsbericht scheint das zu bestätigen. Es weist nichts darauf hin, dass etwa ein Kampf stattgefunden hätte. Das Team wird die Ermittlungen sicher bald abschließen. Ich kann es selbst nicht fassen, doch inzwischen glaube ich auch, dass sie es wirklich selbst getan hat.«

Obwohl Matthew es nicht sehen konnte, schüttelte Agnes den Kopf.

»Nein, Matthew. Das will ich nicht glauben. Es passt überhaupt nicht zu Hazel. Sicher, sie hat um Neil getrauert und fühlte sich schuldig, weil sie glaubte, ihn nicht genug unterstützt zu haben, aber ... so wie ich sie erlebt habe, kann ich mir einfach nicht vorstellen ...«

»Mir geht es doch ganz genauso«, unterbrach Matthew sie. »Allerdings wäre es nicht das erste Mal, dass Freunde und Verwandte nichts bemerken.«

Eine Weile blieb es still im Hörer, dann hörte Agnes, wie Matthew mit der Zunge schnalzte. »Wie auch immer. Wir warten ab, zu welchem Schluss DCI Sinclair und ihr Team kommen.«

Aus der Richtung des Hausflurs waren Klopfen und

Rufen zu hören.

»Agnes? Bist du zu Hause?«

»Ich fürchte, ich muss auflegen, Matthew. Da ist jemand an der Tür. Du hältst mich auf dem Laufenden?«

»Selbstverständlich. Und wenn Sie mit Charlie telefonieren, grüßen Sie von mir. Ich denke ständig an die beiden. Hoffentlich kommt Effy wieder auf die Beine.«

»Das hoffe ich auch, Matthew. Bis bald.«

Agnes legte auf und stellte fest, dass sie wütend war. Wie konnte Matthew ohne Widerrede akzeptieren, dass Hazel fähig gewesen sein sollte, ihrem Leben selbst ein Ende zu setzen? Er hatte sie schließlich auch gekannt – mehr noch – er war in sie verliebt gewesen.

Als Agnes die Tür öffnete, war dort niemand. Sie steckte den Kopf hindurch und spähte den Gehweg entlang, wo sie Andrew Fletcher entdeckte, der sich, einen bunten Strauß Sommerblumen in der Hand, Richtung Pfarrhaus auf den Weg machte.

Sie seufzte tief. Eigentlich hatte sie seine Weigerung, ihr in der Sache mit Johns Asche zu helfen, noch nicht ganz verdaut. Noch hatte sie keine Lust, ihm zu verzeihen, doch es war nett von ihm vorbeizuschauen. Und es würde guttun, mit ihm zu sprechen. Andrew hatte die Gabe, auch den dunkelsten Stunden noch einen Lichtschimmer abtrotzen zu können.

»Andrew!«, rief sie und der Pfarrer drehte sich um. Er winkte und nickte ihr zu.

»Ich war gerade am Telefon, als du geklopft hast«, erklärte Agnes.

Andrew legte eine Hand an ihre Schulter, mit der anderen reichte er ihr den Blumenstrauß.

»Die sind frisch aus dem Garten. Ich finde, Blumen

bringen immer etwas Licht und Leben ins Haus.«

»Die sind wunderhübsch.« Agnes drehte den üppigen Strauß und betrachtete ihn von allen Seiten. »Rosen, Allium, Astern, Steppensalbei, Frauenmantel... wirklich zauberhaft.«

»Vielen Dank, Andrew. Komm doch herein. Möchtest du etwas trinken?«

»Nein, danke. Ich bin bereits von Phyllis reichlich mit Tee und Ingwerkeksen versorgt worden. Ich wollte einfach nur nach dir sehen und mit dir sprechen.«

Sie traten in den Hausflur, und Agnes dirigierte Andrew ins Wohnzimmer, während sie eine Vase aus dem Schrank unter der Treppe hervorkramte. Den Blumenstrauß stellte sie auf den Couchtisch und setzte sich zu ihm.

»Die sind wirklich traumhaft schön. Und sie duften auch noch so herrlich.« Agnes deutete auf die Blumen.

Sie holte tief Luft. »Fast möchte man es ihnen verbieten. Die bunten Farben, der Duft ... das erscheint so unpassend.«

Andrew nickte verständnisvoll und musterte Agnes mit einem besorgten Blick. »Wie geht es dir?«

Agnes schluckte. Wie ging es ihr? Ehrlich gesagt, konnte sie darauf keine gute Antwort geben.

»Ich weiß es gar nicht so genau. Den Umständen entsprechend gut, denke ich. Solange ich mich beschäftige und nicht anfange, nachzudenken.«

Andrew nahm ihre Hand zwischen seine Handflächen. Sie fühlten sich angenehm trocken und warm an. Die Berührung tat Agnes gut.

»Bella war heute Morgen hier und hat für mich den Rasen gemäht. Alle sind unheimlich lieb und hilfsbereit. Wir alle machen uns große Sorgen um Effy und Charlie.«

»Hast du Neuigkeiten?«, wollte Andrew wissen.

»Nicht wirklich. Effys Zustand ist unverändert, und die Ärzte können noch nicht viel sagen. Matthew ließ durchblicken, dass die polizeilichen Ermittlungen bald beendet werden könnten. Sie glauben an Selbstmord, aber ich ...« Agnes atmete hörbar aus und presste die Lippen aufeinander. Sie sah Andrew an. »Warum tut er so etwas?«

Andrew runzelte die Stirn, dann schien er zu verstehen. »Du meinst Gott?«

Agnes nickte. »Zuerst Neil, jetzt Hazel. Was hat Effy getan, dass er ihr so etwas antut?«

Andrew lächelte verlegen und rieb sich den Nacken.

»Er macht es mir manchmal ganz und gar nicht leicht, sein Botschafter zu sein. Es gibt so vieles, das mir rätselhaft erscheint und doch bin ich mir sicher, dass Gott uns liebt und sich um uns sorgt. Wenn wir diese Liebe weitergeben, bringen wir Licht in die Welt. Nur darauf kommt es an.«

»Aber es ist doch nicht gerecht, dass Effy und Charlie so leiden müssen!« Agnes merkte, dass sie zunehmend wütend wurde. Auf Andrew, auf Matthew und auf einen unbarmherzigen Gott, der ihrer Freundin die Kinder nahm.

»Leid gehört zum Leben. Es prüft uns und verändert uns. Viele der besten menschlichen Eigenschaften zeigen sich gerade in den schlechtesten Zeiten. Und gerade dann ist uns Gott oft am nächsten.«

»Da ist womöglich etwas Wahres dran. Trotzdem bin ich einfach verdammt wütend auf Gott!«

Andrew drückte ihre Hand und lächelte. »Ich weiß. Und das weiß auch er und er verzeiht es.«

Während Agnes im Kopf die Ereignisse der letzten Tage und die Gespräche Revue passieren ließ, schälte sich ein Gedanke immer klarer aus dem Chaos der widerstreitenden Stimmen in ihrem Kopf.

»Sie hat es nicht getan. Hazel hat sich nicht umgebracht. Sie hätte ihren Eltern das doch niemals angetan. Alles in mir sträubt sich dagegen, das zu glauben, Andrew. Und je mehr ich darüber nachdenke, desto weniger kann ich mir vorstellen, dass Hazel dazu fähig gewesen wäre.«

Andrew Fletcher zog die Brauen zusammen und ließ für einen Augenblick ihre Hand los. Stattdessen suchte er ihren Blick und hielt ihn fest.

»Als Pfarrer habe ich mich leider schon häufiger mit diesem Thema befassen müssen. Angehörige und Freunde fragen sich immer, ob sie nicht etwas hätten merken müssen, ob sie etwas hätten tun können, um es zu verhindern. Es ist schwer zu akzeptieren, dass jemand so etwas tut.«

Andrew fuhr sich mit der Hand über die hohe, mit Sommersprossen gesprenkelte Stirn.

»Nein, Andrew. Das ist kein Abwehrmechanismus. Ich bin mir ganz sicher. Sie hat es nicht getan!«

»Aber wer soll es denn sonst getan haben?« Andrew sah schockiert aus. »Traust du etwa jemandem hier zu, ein eiskalter Mörder zu sein? Abgesehen davon, welchen Grund sollte jemand haben, Hazel etwas anzutun? Es gab sicher den einen oder anderen, der sich mal über sie geärgert hat, aber das bedeutet noch lange nicht, dass jemand Grund gehabt hätte, sie zu töten.«

Agnes verschränkte zornig die Arme vor der Brust.

»Ich weiß. Es ist unvorstellbar. Aber eines der beiden Szenarien ist die Wahrheit. Und mir erscheint die Möglichkeit, dass sie sich selbst umgebracht haben soll, einfach noch viel verrückter. Natürlich macht es Hazel auch nicht wieder lebendig, aber ... würdest du wollen, dass ein Mörder ungeschoren davonkommt?«

»Agnes. Die Polizei hat sicher nicht zum ersten Mal mit so einem Fall zu tun.« Andrew hatte die Stirn in Falten gelegt und sah besorgt aus, was Agnes noch wütender machte. Offensichtlich zweifelte er an ihrem Verstand.

»Wenn die Ermittlungen ergeben, dass es ein Selbstmord war, werden wir das akzeptieren müssen. Das sind Spezialisten. Die wissen schon, was sie tun.«

»Auch Spezialisten können irren«, beharrte Agnes trotzig. »Ich bin nicht verrückt, Andrew. Sie hat es nicht getan, da bin ich ganz sicher, und ich habe auch keine Angst, dieser Sinclair noch einmal deutlich meine Meinung zu sagen.«

Andrews mitleidsvoller Ausdruck regte Agnes nur noch mehr auf.

»Andrew, ich bin nicht verrückt!«, wiederholte sie noch eine Spur lauter, so als müsse sie sich selbst davon überzeugen.

»Das weiß ich doch, Agnes. Du warst Hazels Patentante, ihr standet euch nah. Da ist es nur allzu verständlich, dass es dir schwerfällt, die Tatsachen zu akzeptieren.«

Ein unangenehmes Kribbeln zog Agnes vom Nacken bis zu ihren Schläfen. Sie hatte Andrew immer gerngehabt, vielleicht sogar mehr als das. Er war ihr in den schwersten Stunden ein wahrer Freund gewesen, doch jetzt machten seine Beschwichtigungsversuche sie rasend. In ihrem Herzen wusste sie, dass sie alle irrten, sich irren mussten. Hazel hatte es nicht getan, und wenn die Polizei es nicht sehen wollte, würde sie es notfalls selbst beweisen.

»Von Tatsachen kann hier noch keine Rede sein«, entgegnete sie kühl. »Ich werde jedenfalls nicht so schnell aufgeben.«

10

Agnes holte Effys Fahrrad aus dem Schuppen und radelte los Richtung Back Brae und dann abwärts zur Uferstraße. Die Sonne glitzerte auf dem Wasser, wattige Wolken segelten am Himmel und kleine weiße Segelboote wippten munter auf den Wellen in der Bucht. Agnes sog gierig die würzige Seeluft in ihre Lungen. Tobermory war um diese Jahreszeit atemberaubend schön, und unter normalen Umständen hätte sie die Fahrt genossen. Die heile Welt ihrer alten Heimat hatte einen tiefen Riss bekommen, der nicht zur Bilderbuchwelt der bunt bemalten Häuschen an der Uferpromenade passte, Kulisse für die Kindersendung Balamory, in dem lauter freundliche Menschen lebten, die ständig aus heiterem Himmel anfingen zu singen. Hazels Tod hatte auch dieses Bild, das sie von ihrer langjährigen Heimat im Herzen getragen hatte, nachhaltig erschüttert.

Agnes lenkte das Fahrrad in Richtung der Tobermory Distillery die Uferstraße entlang und hielt auf den Parkplatz vor Mackay's Autowerkstatt zu, auf dem das Special Investigation Team ein temporäres Büro in einem großen Wohnwagen aufgeschlagen hatte. In der winzigen Polizeiwache in der Erray Road war einfach nicht genug Platz für Detective Chief Inspector Sinclair und ihr Team.

Agnes klopfte an die Tür des Wohnwagens und trat ein. DCI Mary Sinclair saß am Schreibtisch, neben sich eine Tasse Tee und ein verpacktes Sandwich, und tippte etwas in ihren Laptop. Agnes räusperte sich.

»Chief Inspector Sinclair?«

Die Frau im dunklen Nadelstreifenblazer hob kurz den Blick und runzelte die Stirn.

»Mrs Munro, richtig?« sagte sie. »Was kann ich für Sie tun?«

Mit der ausgestreckten Hand deutete sie auf einen Klappstuhl, der in der Ecke an der Wand lehnte. Agnes ignorierte die stumme Aufforderung. Sie blieb lieber stehen. So fühlte sie sich sicherer. DCI Sinclair hatte etwas Einschüchterndes an sich. Vielleicht, dachte Agnes, musste sie das. Sie war eine attraktive Frau. Groß, schlank, mit langen, dunklen Haaren, die ihr glatt bis auf die Schultern fielen. Agnes konnte sich vorstellen, dass es nicht immer ganz einfach war, als Frau in einem solchen Job ernst genommen zu werden. Schon gar nicht, wenn man aussah wie Mary Sinclair.

Agnes fand, dass die Kriminalbeamtin durchaus kompetent wirkte, und doch hielten sich bei ihr hartnäckige Zweifel.

»Es ist so, Chief Inspector, wie ich Ihnen bereits sagte, kannte ich Hazel Thorburn sehr gut. Ich ich bin mir vollkommen sicher, dass sie sich nicht selbst getötet haben kann.«

Mary Sinclair legte die Stirn in Falten und zog eine Augenbraue hoch, was ihr einen spöttischen Ausdruck verlieh, doch sie bemühte sich um Freundlichkeit.

»Und was genau bringt Sie zu dieser Auffassung, Mrs Munro?«

»Wie Sie wissen, habe ich Hazel und ihre Eltern in den vergangenen Tagen begleitet. Es passt weder zu ihrem Charakter noch zu ihrem Verhalten in den letzten Tagen. Sie hat um ihren Bruder getrauert, aber sie war ganz bestimmt nicht lebensmüde.«

»Hören Sie, ich weiß, das ist hart für Sie und die Thorburns. Es ist verdammt schwer, zu akzeptieren, wenn ein so junger Mensch sich das Leben nimmt, aber ich kann mich, im Gegensatz zu Ihnen, nicht von Gefühlen leiten lassen. Ich muss mich auf die Fakten stützen, und die sagen mir ausnahmslos, dass es ein Selbstmord war.«

»Dann wollen Sie die Ermittlungen einstellen?«

DCI Sinclair hatte sich aus ihrem Stuhl erhoben.

»Mrs Munro. Seien Sie versichert, dass wir hier alle gewissenhaft unsere Arbeit machen. Wir haben einen handschriftlichen Abschiedsbrief, vom Vater der Verstorbenen eindeutig identifiziert, keinerlei Hinweise auf Fremdeinwirken, ein negatives Toxikologie-Screening und passende Verletzungsmuster. Ich denke, wir können mit 99%iger Sicherheit davon ausgehen, dass es ein Selbstmord war.«

»Und was ist mit dem restlichen Prozent?«, beharrte Agnes.

DCI Sinclair atmete hörbar durch.

»Eine Restunsicherheit bleibt in den meisten Fällen, aber die Fakten sprechen wirklich eine ziemlich eindeutige Sprache.«

»Fakten!«, blaffte Agnes. »Sie haben sie einfach nicht gekannt. Hazel Thorburn war eine optimistische, kämpferische Frau. Ich habe sie nie anders als mutig und entschlossen erlebt. Sie hatte Ziele und Durchsetzungskraft. Jemand wie Hazel gibt nicht einfach so auf und schleicht sich aus jeder Verantwortung. Abgesehen davon ist es vollkommen unvorstellbar, dass Hazel ihren Eltern so etwas zugemutet hätte. Nicht, nachdem Effy schon unter Neils Tod beinahe zusammengebrochen war.«

»Ich verstehe doch, wie aufgewühlt Sie sind.« Mary Sinclair bemühte sich um einen verständnisvollen Tonfall. »Aber glauben Sie mir, es kommt oft vor, dass Verwandte und Freunde nichts von den Plänen eines Selbstmörders ahnen.«

Agnes' Kiefer mahlten angestrengt, während sie krampfhaft nach einem schlagenden Argument suchte, um DCI Sinclair zu überzeugen.

»Das weiß ich alles, Chief Inspector. Doch auch, wenn die Indizien alle dagegen sprechen ... mein Bauchgefühl sagt mir einfach, dass da etwas nicht stimmt.«

Mary Sinclair hob die Augenbrauen.

»Mrs Munro, ich kann es mir wirklich nicht erlauben, mich nach Ihrem Bauchgefühl zu richten. Es tut mir wirklich leid. In diesem Fall kann ich absolut nichts für Sie tun.«

»Womöglich haben Sie etwas übersehen«, versuchte es Agnes weiter.

Chief Inspector Sinclair kam um den Schreibtisch herum und legte eine Hand zwischen Agnes' Schulterblätter. Mit sanftem Druck begann sie, sie in Richtung Ausgang zu schieben.

»Ms Thorburns Bruder ist umgekommen. Sie fühlte

sich verantwortlich. Vielleicht hatte sie Depressionen.«

»Davon hätten doch ihre Eltern gewusst«, protestierte Agnes.

»Ich nehme an, Sie wissen genauso gut wie ich, dass gerade die Familie so etwas gerne nicht wahrhaben möchte.« Ein warnender Unterton schwang in Mary Sinclairs Stimme mit. Sie hatte offenbar das Ende ihrer Geduld mit Agnes erreicht.

»Wer von uns kann sich schon vorstellen, dass ein nahestehender Mensch so etwas tun würde? Und doch tun es jedes Jahr fast siebenhundert Leute, allein in Schottland.«

Agnes wusste, dass sie bei Chief Inspector Sinclair nichts mehr erreichen würde. Ihr war nach Heulen zumute. Warum wollte ihr niemand glauben? Dabei enttäuschte sie Andrews Skepsis allerdings weit mehr als die von DCI Sinclair. Diese Fremde aus Oban, für die Hazel nur ein Fall, eine Akte war, das war eine Sache. Doch Andrew? Er sollte sie besser kennen. Agnes war weiß Gott kein Kandidat für Verschwörungstheorien. Doch in dieser Angelegenheit war sie nicht so schnell bereit, zu akzeptieren, was andere bereits für unumstößliche Tatsachen halten mochten.

Kurze Zeit später traf sie vor Hazels Haus ein. Agnes drehte den Schlüssel im Schloss herum und öffnete die Haustür. Sie konnte sich nicht helfen, sie kam sich unanständig vor, auch wenn Charlie ihr den Schlüssel gegeben und sie gebeten hatte, im Haus nach dem Rechten zu sehen. Denn sicher schloss dies nicht ein, dass sie in Hazels persönlichen Angelegenheiten herumschnüffelte.

Um sich weniger schäbig zu fühlen, sagte sie sich, dass sie es schließlich nicht aus Neugier tat.

Agnes trat in den Flur, öffnete die erste Tür und spähte hinein. Das Wohnzimmer. Vielleicht sollte sie hier beginnen.

Sie trat ein und sah sich um. Auf den ersten Blick war nichts Ungewöhnliches zu erkennen. Das Wohnzimmer war zweckmäßig, aber gemütlich eingerichtet. Die Bücher in den deckenhohen Regalen waren nach Farben sortiert, was sehr hübsch aussah. In der Ecke vor den Bücherregalen lag ein gigantischer apfelgrüner Sitzsack, über dessen Ecke eine kuschelig aussehende Wolldecke hing. Hazels Wohnzimmer war nicht unordentlich, aber es sah bewohnt aus. Auf einem Tischchen neben dem Sitzsack fand Agnes einige weitere Bücher: *A Married Woman* von Manju Kapur, *Rubinroter Dschungel* von Rita Mae Brown. Obenauf lag eine zerlesene Taschenbuchausgabe von *Eat, Pray, Love*, eine Ecke war als Lesezeichen zum Eselsohr geknickt. Agnes runzelte die Stirn. Das musste das letzte gewesen sein, das Hazel vor ihrem Tod gelesen hatte. Ein ziemlich optimistisches und lebensbejahendes Buch. War das die Lektüre einer Selbstmörderin?

Ihr Blick fiel auf einen Glasbildträger an der Wand über der Couch, der eine Fotocollage enthielt. Agnes nahm ihn vom Nagel und betrachtete die Fotos.

»Venedig.« Sie betrachtete Hazels junges, lachendes Gesicht, das Grimassen schnitt und einen Kussmund zog, während sie vor bekannten Sehenswürdigkeiten posierte. Ein besonders hübsches Portraitfoto zeigte Hazel auf einer Brücke, im Hintergrund einer der zahlreichen Kanäle. Die leuchtendroten Haare flatterten im Wind, während Hazel dem Betrachter eine Kusshand zuzuwerfen schien. Agnes musste lächeln. So hatte sie Hazel in Erinnerung – fröhlich, verspielt, ein bisschen verrückt.

Agnes meinte sich zu erinnern, dass Effy am Telefon einen Spontanurlaub im letzten Frühjahr erwähnt hatte. Mit wem Hazel dort gewesen war, wusste Agnes allerdings nicht. Sie würde Charlie fragen müssen, wenn sie es genau wissen wollte.

Agnes hängte das Bild wieder zurück an den Nagel. In der Küche fand sie nichts. Die Polizei hatte den Abschiedsbrief, die Flasche und das Glas mitgenommen. Im Arbeitszimmer entdeckte Agnes auf dem Schreibtisch eine gerahmte Fotografie von Neil. War das nicht ein Zeichen dafür, dass Hazel begonnen hatte, sich mit dem Tod ihres Bruders abzufinden, ihn zu akzeptieren? Ein Kalendarium, vermutlich ein Werbegeschenk der Bank, diente als Schreibtischunterlage. Hazel hatte dort einige Termine notiert.

Agnes fuhr mit dem Finger über die Einträge und blieb auf dem für den Montag nach Hazels Tod hängen. Wofür stand LPA? Sie notierte sich die Abkürzung und die Uhrzeit auf einen Zettel, den sie in ihre Handtasche steckte.

Die restliche Durchsuchung förderte keine weiteren Überraschungen zutage.

Agnes war einigermaßen enttäuscht. Womöglich steigerte sie sich doch in etwas hinein, weil sie das Unfassbare einfach nicht akzeptieren konnte. Sie wollte sich gerade zum Gehen wenden, als ihr ein Zettel auffiel, der an der Pinnwand über dem Schreibtisch hing und auf dem ein neongelbes Post-it mit der Aufschrift »ca. 14 Tage per Sonderzustellung« klebte. Neugierig nahm sie den Zettel ab und betrachtete ihn. Es war ein Informationsflyer über den *Check and Send* Service der Post. Stirnrunzelnd las sie den Text. Natürlich! Das war doch schon mal ein Anfang. Agnes wusste, was sie als Nächstes zu tun hatte.

11

Andrew Fletchers Haushälterin stellte das Tablett mit Tee und Sandwiches auf dem Tisch ab.

»Vielen Dank, Phyllis.« Andrew nickte ihr zu und rückte seine Brille zurecht. Die Unterbrechung kam ihm gerade recht, denn er konnte sich ohnehin nicht auf den Predigttext konzentrieren. Er goss Tee in seine Tasse und nahm ein Gurkensandwich vom Teller.

Agnes'zorniger Blick wollte ihm nicht aus dem Kopf gehen. Seit sie hier war, schien es ihm bestens zu gelingen, bei ihr von einem Fettnäpfchen ins nächste zu treten. Er wusste, dass er sie bereits damit vor den Kopf gestoßen hatte, dass er abgelehnt hatte, sie nach Calgary zu begleiten. Natürlich hatte er gute Gründe dafür. Doch die Crux an der Sache war, dass er sie Agnes nicht erklären konnte. Dass er nicht daran glauben mochte, dass Hazel Thorburn womöglich ermordet worden war, machte es nicht besser. Jetzt war Agnes erst recht wütend auf ihn. Mehr noch als ihre Wut nagte an Andrew die Enttäuschung, die er in ihren Augen gesehen hatte. Sie fühlte sich von ihm im Stich gelassen. Zu Recht? Hätte er ihren Verdacht vielleicht nicht so schnell abtun sollen? Ihr deutlicher zeigen, dass er sie ernst nahm, sie wertschätzte? Er kannte Agnes schließlich als rationale Frau mit einem wachen Verstand. Eigentlich neigte sie nicht zu Überreaktionen. Doch dies war eine emotionale Ausnahmesituation – wie damals mit John. Dessen Tod hatte sie auch nur sehr schwer verkraftet. Er dachte nicht gern an diese Zeit zurück. Die Erinnerung wühlte auch in ihm zu viel auf. Für Agnes war das Jobangebot des Internats in Edinburgh damals vermutlich wie ein Wink des Schicksals gewesen. Ein Rettungsanker, an den sie sich klammern konnte, um nicht in Trauer und Schmerz zu ertrinken. Er hatte es nur zu gut nachempfinden können. Schließlich war es ihm mit Marjory ähnlich ergangen. Gemeinsame Jahre, Zukunftspläne, Träume von einem friedlichen Alter zu zweit, vom Krebs gnadenlos aufgefressen. Darum hatte er Agnes auch zugeraten, die Stelle anzunehmen, alles zurückzulassen, ganz neu anzufangen. Er hatte mit der Vergangenheit seinen Frieden gemacht. Und doch fragte er sich noch heute hin und wieder, ob er nicht vielleicht die falschen Entscheidungen getroffen hatte. So wie jetzt.

Er fühlte sich furchtbar, Agnes enttäuscht zu haben. Wenigstens zuhören hätte er können, auch wenn er nicht daran glaubte, dass es Mord gewesen sein könnte.

Sie konnte ja auch nichts ahnen von seinem Gespräch mit Hazel vor etwa einem Jahr. Er hatte überlegt, ob er der Polizei davon erzählen musste. Doch dann hatte er entschieden, dass solch ein vertrauliches Gespräch unter das Beichtgeheimnis fiel, und damit nahm er es sehr genau. Ein heikles Thema, das unter Juristen und Geistlichen immer wieder heftig diskutiert wurde. Sicherlich gab es Zweifelsfälle, etwa bei Kindesmissbrauch, in denen es im Sinne des Opferschutzes nötig war, das Beichtgeheimnis aufzuheben. Doch seine Unterhaltung mit Hazel konnte wohl kaum in diese Kategorie fallen. Natürlich wusste er nicht, ob Hazels Entschluss, ihrem Leben ein Ende zu setzen, irgendetwas mit dem Gegenstand dieser Unterhaltung zu tun hatte, allerdings wäre es durchaus eine Erklärung. Womöglich war Neils Tod nur der finale Auslöser gewesen.

Doch von all dem konnte Agnes nichts wissen, und es war nur zu verständlich, dass sie nicht akzeptieren wollte und konnte, dass die junge Frau sich umgebracht hatte. Er musste dringend mit ihr sprechen. Vielleicht war es eine gute Idee, bei *Tobermory Chocolate* vorbeizuschauen und ein Tütchen der Pralinen mit dunkler Schokolade und Veilchencreme zu kaufen, die sie so liebte. Für eine süße Bestechung war Agnes schon immer empfänglich gewesen. Er musste sich entschuldigen und sich anhören, was sie zu sagen hatte. Vielleicht kam er nicht umhin, ihr irgendwann auch die Wahrheit zu sagen, was ihre Bitte wegen Johns Asche anging. Doch jetzt war gewiss nicht der richtige Zeitpunkt dafür.

Auf dem Rückweg vom Schokoladengeschäft beschloss Andrew, noch kurz in Norman Willies' Supermarkt vorbeizuschauen und eine Flasche Wein zu besorgen. Im hinteren Teil des Ladens entdeckte er Willies, der gerade dabei war, Eierkartons in ein Regal zu stapeln.

»Guten Morgen, Reverend Fletcher«, grüßte er freundlich, als er den Pfarrer kommen sah. »Wie geht es Ihnen?«

Andrew lächelte kurz. »Ganz gut, danke Norman.«

»Schreckliche Sache mit den beiden Thorburn-Kindern, nicht wahr? Kein Wunder, dass Effy zusammengebrochen ist. Man mag sich das überhaupt nicht vorstellen. Gibt es Neuigkeiten von den beiden?«

Andrew stellte seinen Einkaufskorb auf der Kante des Kühlregals ab und brachte Willies auf den neuesten Stand.

»Eine Tragödie! Was kann ich denn für Sie tun, Reverend? Wir haben gerade herrliche frische Cumberland Sausages im Angebot. Die mögen Sie doch so gerne.«

»Ein anderes Mal gerne. Ich wollte nur schnell etwas zu trinken besorgen und dann bei Agnes reinschauen.«

»Lieb von ihr, dass sie länger geblieben ist, um sich um die Thorburns zu kümmern. Eine patente Frau, Mrs Munro. Als Schüler haben wir sie alle unglaublich gern gehabt. Streng, aber gerecht.«

Andrew lachte und nickte. Das traf es gut. Streng, aber gerecht.

»Man kann sich keinen Reim drauf machen, nicht wahr? Dass Hazel so etwas getan haben soll. Aber die Polizei ist sich sicher, nicht wahr?«

»Wenn ich Matthew Jarvis richtig verstehe, ist die Untersuchung so gut wie abgeschlossen, und es deutet alles auf Selbstmord hin, ja«, bestätigte Andrew. »Aber Sie haben recht, es fällt schwer, das zu glauben.«

»Könnte daran liegen, dass sie es nicht getan hat, sondern dieser Kerl.«

Andrew wandte den Kopf in die Richtung, aus der

die tiefe, heisere Frauenstimme gekommen war.

»Wunderschönen guten Morgen, Doris. Geht es dir gut?«

Der belustigte Unterton in Norman Willies' Stimme war nicht zu überhören. Die mittelalte Frau, deren dürrer Körper in ihrer übergroßen braunen Strickjacke förmlich zu ertrinken drohte, tippte Norman mit einem knochigen Zeigefinger auf die Brust.

»Glaub nicht, dass ich deinen respektlosen Ton nicht höre. Bist ja nicht der Einzige. Machen wir uns alle hübsch über die alte, trottelige Doris lustig.«

Die runden, braunen Augen, aus denen sie Norman angriffslustig anfunkelte, wirkten hinter der enormen, rot geränderten Brille noch einmal doppelt so groß.

»Ihr werdet schon noch sehen, was ihr davon habt.« Doris fuhr sich hastig mit der Zunge über die grellrot geschminkten Lippen. »Werdet schon noch sehen, aber dann ist es zu spät.«

Norman Willies zog die Augenbrauen hoch und warf Andrew über den Rand seiner Brille hinweg einen vielsagenden Blick zu. Andrew runzelte die Stirn. Von was für einem Kerl hatte Doris gesprochen? Konnte es sein, dass Agnes womöglich doch recht hatte?

Als Doris sich an ihm vorbeizudrängeln versuchte, hielt er sie sanft am Arm fest. Ein Hauch von kaltem Zigarettenrauch und Alkohol drang in seine Nase.

»Du hast eben von einem Kerl gesprochen. Welchen Kerl meintest du, Doris?« Er schenkte der Frau, deren spitzes Gesicht mit der riesigen Brille ihn leicht an eine Gottesanbeterin erinnerte, ein ermunterndes Lächeln.

»Ach!«, wehrte Doris ab. »Es interessiert doch sowieso niemanden, was ich zu sagen habe.«

Sie entzog Andrew den Arm und setze ihren Weg durch den Laden in einem eigenartig schlurfenden Gang fort. Reverend Fletcher bemerkte, dass ihre Füße in übergroßen Cordpantoffeln steckten. Nach ein paar Schritten schien Doris es sich anders überlegt zu haben und wandte sich noch einmal um.

»Ich sag bloß, was ich gesehen habe. Am Abend steht ein Kerl vor ihrer Tür. Was der wohl will, hab ich gedacht, nicht wahr? Man muss ja heute vorsichtig sein, aber die jungen Frauen sind ja so unbeschwert. Lose Moral, keine Selbstachtung.«

Doris machte eine fahrige, abweisende Handbewegung und rückte die riesige Brille auf ihrer Nase zurecht. Ihre Stimme klang, als habe jemand ihre Stimmbänder mit grobem Sandpapier bearbeitet.

»Zu meiner Zeit hätte es so etwas nicht gegeben. Internet und dieses Tinder oder wie das heißt. Wildfremde, die man noch nie gesehen hat, und dann wundern sich alle, wenn man irgendwann nur noch ihre Überreste in einem Säurefass findet. Zeiten sind das – aber das hat ja alles bald ein Ende. Die Menschheit hat den Gipfel ihrer Dekadenz und Verdorbenheit erreicht, und von da geht es immer nur noch abwärts. Immer nur abwärts.«

»Äh ... ja, natürlich, Doris.« Andrew gab sich alle Mühe, sein Lächeln aufrechtzuerhalten, um Doris die Information zu entlocken, die ihn interessierte. »Wir leben in schwierigen Zeiten. Aber du sagtest, Hazel hätte Besuch von einem Mann gehabt? Hast du das der Polizei gesagt?«

Doris lachte schrill. »Die Polizei! Wer in diesem Land noch auf die Polizei vertraut, dem ist doch nicht mehr zu helfen. Handlanger sind das doch nur noch. Marionetten. Wir wissen doch alle, wer in Wahrheit dieses Land regiert.«

»Zurück zu Hazels Besucher ...«, versuchte Andrew, Doris von einer ausführlichen Tirade über Verschwörungen und Schattenregierungen abzuhalten.

»Multinationale Konzerne und die Schaufensterpuppen in London und Washington. Aber in Wahrheit geht es nur um Geld. Um Geld und Waffen, nicht wahr?« Doris verfiel in einen Hustenanfall.

Andrew biss sich auf die Innenseite der Unterlippe, um nicht die Geduld zu verlieren, während Norman Willies, der Doris den Rücken zugewandt hatte, die Augen verdrehte und Grimassen zog.

»Dieser Mann, der Hazel besucht hat, kannst du den beschreiben?«

»Nein. Ich spioniere ja nicht hinter meinen Mitmenschen her, nicht wahr? Sonst heißt es wieder: Steck deine Nase nicht in anderer Leute Angelegenheiten, Doris. Habe nur von weitem jemand an ihrer Haustür stehen sehen. Hab mich natürlich nicht weiter drum gekümmert. Geht mich ja nichts an, nicht wahr?« Trotzig schob Doris den knochigen Unterkiefer vor. »Hab erst später in der Zeitung gelesen, dass das Mädchen tot ist. Da macht man sich schon seine Gedanken, oder nicht?«

»Absolut«, stimmte Andrew zu. »Deswegen solltest du dringend zur Polizei gehen und ihnen sagen, was du gesehen hast, Doris.«

Doris legte den Kopf schräg und schien einen Augenblick nachzudenken. »Ich spreche aber nur mit Sergeant Jarvis. Scheint ein anständiger Kerl zu sein. Die Leute vom Festland, denen traue ich nicht.«

»Natürlich.« Andrew nickte ermutigend. »Ich könnte dem Sergeant Bescheid sagen, dass er bei dir reinschauen soll. In Ordnung?«

»Ich habe nichts anzubieten im Haus. Dass das klar ist. Reicht ohnehin hinten und vorne nicht. Ich mag Jammie Dodgers.« Damit drehte sie sich abrupt um und verschwand schlurfend im Gang mit den Frühstücksflocken.

Norman wandte den Kopf, als ob er sichergehen wollte, dass Doris außer Hörweite war.

»Sie glauben doch nicht wirklich, dass an Doris' Geschwätz etwas dran ist? Sie wissen doch, die ist ein bisschen ...« Er zeichnete mit dem Zeigefinger neben seiner Schläfe eine Spirale in die Luft. »Die wird nicht umsonst „Dotty" Doris genannt. Erinnern Sie sich noch daran, wie sie letztes Jahr behauptet hat, die Regierung betreibe hinter der Fassade der Destilliere ein geheimes Chemiewaffen-Labor?«

»Ich weiß, Norman. Wahrscheinlich haben Sie recht«, räumte Andrew ein. »Aber wenn die Chance besteht, dass Doris tatsächlich etwas gesehen hat ...«

»Schaden kann es sicher nicht, wenn Sergeant Jarvis der Alten mal auf den Zahn fühlt.« Norman nickte und begann damit, weitere Eierkartons von der Palette ins Regal zu räumen. »Sicher ist sicher, nicht wahr? Aber er soll die Marmeladenkekse nicht vergessen. Sonst wird sie ungemütlich.«

12

Die kleine Postfiliale in der Nähe der Whisky-Brennerei befand sich in einem unauffälligen Wohnhaus. Lediglich die im leuchtenden Rot der Royal Mail gestrichene Fassade des unteren Stockwerks sowie ein schlichtes weißes Schild wiesen sie als solche aus. Als Agnes die Tür öffnete, verkündete eine Traube kleiner Glöckchen über der Eingangstür ihren Besuch.

Agnes schlängelte sich durch Regale und Ständer mit Schreibwaren, Zeitschriften und Fanartikeln der BBC-Serie Balamory, deren Verkauf der Filiale in Zeiten drastischer Einsparungen ihre Existenz sicherte.

Hinter dem Postschalter erkannte sie Clara Anderson, deren vier Kinder Agnes als Lehrerin durch die Grundschulzeit begleitet hatte.

»Mrs Munro! Wie schön, Sie zu sehen«, grüßte Mrs Anderson. «Was kann ich für Sie tun?«

»Nun ja, es ist ein wenig kompliziert, fürchte ich.« Agnes trat an den Schalter und öffnete ihre Handtasche. »Ich sehe für die Thorburns nach dem Rechten, solange Effy in der Klinik ist und ...«

»Was für eine schreckliche Tragödie, nicht? Man mag es sich kaum vorstellen.« Clara Anderson griff sich an die Brust. Die Theatralik der Geste konnte die ehrliche Betroffenheit, die sich in ihrem Gesicht spiegelte nicht trüben. »Erst Neil, dann Hazel ... es ist einfach nur furchtbar.«

»Nicht wahr?« Agnes war froh, einen Menschen hinter dem Schalter vorzufinden. In Edinburgh wäre sie mit ihrem Anliegen am Postschalter mit großer Wahrscheinlichkeit gescheitert. Hier konnte sie auf Antworten hoffen. Sie zog den Flyer aus der Tasche und schob ihn Mrs Anderson zu.

»Es geht um Folgendes: Ich habe bei Hazels Sachen diesen Zettel und eine Notiz gefunden und mich gefragt, ob sie womöglich noch einen neuen Pass beantragt hat, bevor ... Ich weiß, solche Auskünfte unterliegen vermutlich dem Datenschutz, aber ich dachte, es könnte für die Polizei von Interesse sein.«

Clara Anderson hatte ihr stirnrunzelnd zugehört, jetzt nickte sie eifrig.

»Natürlich, ja.« Sie beugte sich ein wenig vor und senkte die Stimme. »An die Polizei habe ich noch gar nicht gedacht, aber Sie haben recht. Das ist etwas, das sie wissen sollten, nicht wahr? Als ich von Hazels Selbstmord gehört habe, habe ich noch gedacht: wie tragisch! Eine schreckliche Vorstellung, dass jemand, der gerade noch Pläne schmiedet, so plötzlich allen Lebensmut verliert. Doch man sagt, es war wegen Neil. Sie hat wohl den Tod ihres Bruders nicht verkraftet, nicht wahr?«

Agnes fühlte, wie ihr Herz ungeduldig gegen ihre Rippen trommelte. Dies war vermutlich der entscheidende Hinweis, nach dem sie gesucht hatte. Hatte sie soeben den Beleg dafür gefunden, dass Hazel keineswegs Selbstmordabsichten gehegt hatte?

»Genaues weiß man noch nicht, Clara. Dann hat sie

tatsächlich einen neuen Reisepass beantragt? Wann war das? Hat sie Ihnen etwas erzählt? Etwa, wohin sie reisen wollte?«

Die Fragen sprudelten förmlich über ihre Lippen.

Clara Andersons Gesicht zeigte immer noch deutliche Betroffenheit.

»Ich erinnere mich noch sehr genau. Das war vergangenen Freitag. Zwei Tage nach Neils Beerdigung. Sie kam und erkundigte sich nach dem *Check and Send Service,* weil sie festgestellt hatte, dass ihr Pass bald ablaufen würde und sie überlegte zu verreisen.«

»Wirkte sie auf Sie niedergeschmettert?«, wollte Agnes wissen.

»Das ist es ja, was mich so erschüttert hat. Sie wirkte gelöst. Wir redeten natürlich über Neils Tod und ihre Familie. Sie sprach davon, dass sie sich eine Auszeit nehmen wolle, einfach mal etwas anderes sehen und auf andere Gedanken kommen. Dabei machte sie auf mich einen ruhigen Eindruck, nicht wie jemand, der sich kurze Zeit später das Leben nimmt. Tja, man kann den Menschen wohl immer nur vor den Kopf gucken.« Mrs Anderson seufzte.

»Hat Hazel mit Ihnen darüber gesprochen, wo sie hin wollte?«

»Konkrete Pläne schien sie noch nicht zu haben. Sie sagte etwas von Kanada oder den USA. Ich erinnere mich noch daran, weil wir darüber sprachen, dass wir vielleicht bald alle einen neuen Pass brauchen. Wegen des Referendums und so, nicht wahr? Wer weiß, ob wir dann noch zu Europa gehören – oder überhaupt zum Vereinigten Königreich.«

Agnes nickte. »Verstehe. Vielen Dank, Clara. Wollen

Sie selbst zur Polizei gehen oder soll ich vielleicht ...«

»Ich werde einfach gleich Matthew Jarvis anrufen. Er kann die Information dann an die Spezialisten weitergeben, nicht wahr?«

Natürlich! Matthew Jarvis. Warum war ihr das nicht selbst eingefallen? Anstatt sich bei dieser Sinclair die Zähne auszubeißen, hätte sie direkt zu Matthew gehen sollen.

»Bemühen Sie sich nicht, Clara. Mit Matthew wollte ich ohnehin noch sprechen. Ich werde ihm sagen, er soll sich bei Ihnen melden, in Ordnung?«

Clara Anderson nickte. »Das ist nett von Ihnen, Agnes.«

»Was geschieht denn jetzt mit dem Pass, den Hazel beantragt hat? Sollte ich irgendetwas unternehmen?«

Clara Anderson schien eine Weile zu überlegen.

»So einen Fall hatte ich natürlich noch nie. Wenn die Sonderzustellung nicht abgeholt wird, geht sie automatisch zurück an die Ausstellungsbehörde, und ich nehme an, dass sie den Pass vernichten würden. Doch am sichersten ist, Sie setzen sich mit der Behörde in Verbindung.«

Clara kramte unter dem Schalter herum und fischte nach einer Weile einen Zettel hervor. Mit der Spitze eines Kugelschreibers deutete sie auf eine Telefonnummer. »Hier gibt es eine Beratungs-Hotline. Sicher können die Ihnen dort weiterhelfen. Nehmen Sie dieses Formular ruhig mit. Wahrscheinlich müssen Sie denen einen Nachweis schicken, die Kopie der Sterbeurkunde oder so etwas.«

»Danke, Clara. Sie haben mir sehr geholfen.« Agnes faltete das Formular zusammen und steckte es in die

Handtasche.

»Ich werde mich darum kümmern.«

Kurz überkam Agnes so etwas wie Wehmut. Diese Herzlichkeit, das Persönliche im alltäglichen Miteinander vermisste sie bisweilen in Edinburgh. Oft hatte sie daran gedacht, wie sehr sie die Menschen hier vermisste. Trotzdem war es letztlich die richtige Entscheidung gewesen, fortzugehen, wirklich neu anzufangen, ohne an jeder Ecke an John und ihre gemeinsame Zeit erinnert zu werden. Die neue Stelle hatte sie als Künstlerin viel stärker herausgefordert. Natürlich war der Kunstunterricht an der örtlichen High School in keiner Weise mit dem an einem renommierten Eliteinternat zu vergleichen.

Sie verabschiedete sich von Clara und machte sich auf den Heimweg. Nach dem Essen würde sie sofort zu Matthew Jarvis gehen.

Als sie vor dem Haus der Thorburns ankam, hing am Türgriff eine Tüte, und jemand hatte einen zusammengefalteten Zettel in den Türschlitz geklemmt. Ob jemand etwas für die beiden vorbeigebracht hatte? Agnes nahm den Zettel und entfaltete ihn.

»Agnes, war heute Morgen hier, um mich bei dir zu entschuldigen. Würde wirklich gern mit dir sprechen. Andrew«

Nach einem Blick in die Tüte musste sie lächeln. War das etwa ein Bestechungsversuch? Wenn ja, hatte er seine Wirkung nicht verfehlt. Konnte überhaupt jemand Andrew Fletcher lange böse sein?

13

Sergeant Jarvis lehnte sein Fahrrad an den schäbigen Bretterzaun, der in früheren Tagen einmal weiß gewesen sein mochte. Die Farbe war jedoch größtenteils abgeblättert und einige Zaunlatten fehlten.

Er öffnete das Gartentor, durchquerte den unkrautüberwucherten Vorgarten und klopfte an die Haustür.

»Mrs Beaton? Sind Sie zu Hause? Sergeant Jarvis. Ich würde mich gerne einen Augenblick mit Ihnen unterhalten.«

Aus dem Innern ertönte ein Husten, das ihn an ein heiseres Bellen erinnerte. Kurz später waren schlurfende Schritte hinter der Tür zu hören, die sich einen kleinen Spalt öffnete. Durch diesen konnte Matthew die hinter der roten Brille stark vergrößerten Augen von „Dotty" Doris erkennen, die misstrauisch hinausspähte. Er musste an eine zu groß geratene Eule denken und biss sich auf die Innenseite der Wange, um nicht zu lachen. Erkennen flackerte in ihren Augen auf und Doris Beaton öffnete die Tür.

»Sergeant. Kommen Sie rein.« Abermals hustete Doris wie ein alter Dampfkessel, was ihre schmale Gestalt regelrecht schüttelte. Sie bedeutete Matthew, ihr zu folgen.

Es roch nach kaltem Rauch, abgestandenem Bratenfett und muffigem altem Stoff. Die Keramikfliesen unter Matthews Füßen klebten, als er der alten Doris zwischen Plastiktüten, vollgestopft mit leeren Flaschen, hindurch ins Wohnzimmer folgte. Der fleckige Teppich war rund um die Couch abgewetzt und wies einige Brandflecken auf.

»Setzen Sie sich doch«, forderte Doris und schob den überquellenden Aschenbecher auf dem Couchtisch zur Seite, in dem noch eine schlecht ausgedrückte Kippe vor sich hin qualmte. Matthew rümpfte die Nase.

»Äh ... danke, Ms Beaton.«

Am liebsten wäre Matthew stehen geblieben, doch wenn er aus der Alten etwas Brauchbares herausbekommen wollte, musste er wohl oder übel höflich sein. Also setzte er sich vorsichtig auf die äußerste Kante des ausgeblichenen Plüschsofas.

»Sie wissen, warum ich hier bin?« Matthew entschied, sofort zum Punkt zu kommen, um nicht länger als nötig in „Dotty" Doris Beatons Müffelbude bleiben zu müssen.

»Es geht um den Kerl, der vergangenen Mittwochabend bei der kleinen Thorburn war. Der Pope sagte mir, Sie würden kommen. Ich hol mir nur schnell einen Tee. Für die Nerven, Sie verstehen?«

Offenbar kam es Doris nicht in den Sinn, dem Sergeant auch eine Tasse anzubieten. Der hätte in diesem Fall allerdings auch dankend abgelehnt. Sie wackelte in die Küche, wo sie eine Tasse aus der Spüle fischte und einige Schränke aufklappte. Vom Sofa aus konnte Matthew durch den Türspalt sehen, dass sie eine Flasche aufschraubte und von dem Inhalt großzügig in die Tasse goss. Dann füllte sie aus einer Thermoskanne noch etwas Tee auf. Wieder musste sich Matthew ein Lachen verbeißen. Für die Nerven, so so ...

Als Doris schließlich auf dem Sofa Platz genommen hatte, blies sie in ihre Tasse und nahm einen großen Schluck von ihrem Spezialgebräu.

»Sie haben also gesehen, dass Hazel Thorburn am Mittwochabend Besuch bekam?«

»Bin nur kurz vor der Tür gewesen, den Müll rausbringen, da seh ich jemanden bei der Kleinen vor der Tür stehen.«

Matthew zückte seinen Notizblock.

»Sind Sie sicher, dass es ein Mann gewesen ist? Reverend Fletcher sagte, Sie hätten von einem Kerl gesprochen.«

»Möcht ich wohl meinen. Oder 'ne verdammt große und kräftige Frau. So'n Mannsweib. Ist ja heute modern sowas. Diese Bodybuilderinnen und so, Weiber, die aussehen wie Kerle. Da kennt sich bald keiner mehr aus.«

Matthew unterdrückte einen Seufzer.

»Genau haben Sie den Besucher also nicht erkennen können?«

»Nee. Wie denn auf die Entfernung? Die Augen sind ja auch nicht mehr, was sie mal waren, nicht? Hab nur gesehen, dass er groß war und kräftig. Und dunkle Haare hatte er.«

»Na, das ist doch schon mal etwas.« Matthew notierte *dunkle Haare* auf seinem Block. »Der Besucher war also dunkelhaarig.«

»Tja, könnt natürlich auch 'ne dunkle Mütze gewesen sein, nicht? Aber wer sollte schon bei dem Wetter 'ne dicke Mütze auf dem Kopp tragen, oder Sergeant?« Doris kicherte, gefolgt von einem weiteren Hustenanfall.

»Erinnern Sie sich noch, wann das war?«

»Na, Mittwochabend! Das habe ich doch schon gesagt.« Doris machte eine unwirsche Handbewegung.

»Ich meinte eher, wie spät es war.«

»Ach so. Sie wollen wissen, was die Uhr war. Na, das müssen Sie auch sagen, Sergeant. Lassen Sie mich überlegen. Ich hatte ferngesehen. Genau. Ich hatte *Corrie* gesehen. Und dann dachte ich mir, bringst du mal den Müll raus, und da seh ich den Kerl da stehen.«

»*Coronation Street*? Sie haben *Coronation Street* gesehen?«

»Ja. Sagte ich doch. Ist das jetzt schon ein Verbrechen? Wobei – vielleicht sollte es eins sein. Wird immer beschissener, und diese Leanne ist wirklich eine Schlampe, oder nicht, Sergeant?«

»Ich ähm ... kenne mich da nicht so aus, um ehrlich zu sein. *Coronation Street* war also gerade zu Ende. Das bedeutet, es war ... wie viel Uhr?«

Doris kramte umständlich unter dem Couchtisch nach ihrer Fernsehzeitung und sah hinein.

»Um acht Uhr. Warten Sie, vielleicht war es auch nach *Big Bang Theory*. Das seh ich auch gern. Den kleinen jüdischen Typ mit den engen Hosen find ich zum Schießen. Wie auch immer. Kann also auch neun Uhr gewesen sein.«

Matthew rollte mit den Augen und ergänzte seine Notizen.

»Ist Ihnen sonst irgendetwas an dem Mann ... oder der Frau aufgefallen?«

»Jetzt, wo Sie's sagen ...« Doris zupfte an ihrem Brillenbügel. »Nein. Obwohl ... Moment, warten Sie. Er trug eine Tasche. So einen Stoffbeutel, wie man ihn zum Einkaufen benutzt.«

Matthew notierte auch das in seinen Block, auch wenn er nicht den Eindruck gewonnen hatte, dass sein Besuch bei „Dotty" Doris sich gelohnt hatte. Wahrscheinlich war das mal wieder eine von Doris Beatons üblichen Geschichten. Im Grunde war die alte Lady ja bedauernswert. Es war offensichtlich, dass sie alkoholkrank war und nur so gerade eben noch allein zurechtkam. Matthew wusste, dass sie eine Nichte auf dem Festland in Soroba hatte, die sich gelegentlich um sie kümmerte. Allerdings weigerte sich Doris mit ihrer ganz eigenen Beharrlichkeit, zu ihr zu ziehen.

»Vielen Dank, Ms Beaton. Ich denke, ich habe dann alles«, sagte Matthew und steckte das Notizbuch in die Tasche.

»Es wird ja doch wieder nichts passieren«, murmelte Doris, während sie aus einem zerknautschten Päckchen Filterzigaretten eine herausschüttelte und zwischen ihre knallroten Lippen steckte.

»Sie finden selbst raus, nehm ich an, ja?«

Matthew war froh, endlich gehen zu können. Im Flur drehte er sich allerdings noch einmal um.

»Für den Fall, dass Ihnen vielleicht doch noch etwas einfällt, die Nummer haben Sie ja.«

14

Lächelnd stellte Phyllis ein Tablett mit Tee und Keksen zwischen Agnes und den Reverend. Phyllis hatte es schon vor einigen Jahren zu ihrer Mission gemacht, ihn unter die Haube bringen zu wollen, das wusste er. Deswegen war sie stets besonders bemüht, wenn weibliche Gäste im Haus waren. Auch heute hatte sie das feine Porzellan genommen und die guten Kekse auf den Teller gelegt, die mit dem Schokoladenüberzug. Mit Rücksicht auf Andrews Figur servierte sie normalerweise nur einige Garibaldi-Kekse oder Haferplätzchen. Nicht, dass Andrew dick gewesen wäre, doch mit dem Alter war nun doch langsam ein sichtbares Bäuchlein gewachsen, dem Phyllis mit gesunder Kost entgegenzuwirken versuchte.

Andrew bedankte sich und rückte seine Brille zurecht.

»Du nimmst also mein Friedensangebot an?«

»Natürlich. Du weißt, dass ich dir nicht lange böse sein kann, Andrew. Ich war einfach so enttäuscht, dass mir niemand glaubt. Aber heute habe ich etwas herausgefunden, das mein Bauchgefühl eindeutig stützt.«

Der triumphierende Ausdruck in ihrem Gesicht entging Andrew nicht, und er musste lächeln. Die

Lehrerin in ihr genoss es, stets recht zu haben.

»Es tut mir wirklich leid, Agnes. Ich hätte dir wenigstens zuhören sollen. Aber jetzt erzähl, was hast du herausgefunden? Ich habe nämlich heute auch etwas erfahren, was mich nachdenklich gemacht hat.«

Agnes runzelte fragend die Stirn.

»Du zuerst.« Andrew lächelte.

Aufmerksam hörte er zu, als Agnes ihm erzählte, was sie bei der Post erfahren hatte.

»Das ist in der Tat merkwürdig. Sie beantragt einen Reisepass, und keine Woche später bringt sie sich um?« Der Pfarrer bearbeitete seine Unterlippe mit Daumen und Zeigefinger. »Natürlich könnte es auch sein, dass ihr eine vorübergehende Flucht vor Alltag und Sorgen nicht reichte.«

Eine steile Zornesfalte erschien über Agnes' Nasenwurzel.

»Agnes, ich weiß, du möchtest das nicht hören, aber wir müssen doch alles in Betracht ziehen«, sagte er und ihre Stirn glättete sich wieder.

»Gut. Ja, möglich ist es, aber doch eher unwahrscheinlich, findest du nicht?«

»Ich muss zugeben, dass es mich stutzig macht. Hinzu kommt, dass ich heute zufällig Doris Beaton im Laden getroffen habe und sie merkwürdige Andeutungen machte.«

»Doris? Die lebt noch?«

Agnes schien seinen missbilligenden Ausdruck zu bemerken. »Verzeihung, so etwas sollte man wirklich nicht sagen. Aber du sprachst von Andeutungen?«

»Sie glaubt, ein Mann habe Hazel am Mittwochabend besucht. Doris schien überzeugt davon, er habe

Hazel ermordet.«

»Hazel hatte an jenem Abend Besuch?« Agnes Augen weiteten sich. »Das würde auch erklären, warum sie vergessen hatte, ihre Eltern anzurufen.«

»Es ist nur ein vager Hinweis, vergiss das nicht. Doris ist – nun ja, du kennst sie ja. Sie ist nicht gerade ein Ausbund an Zuverlässigkeit.«

»Das weiß ich, Andrew. Aber es ist doch alles höchst merkwürdig. Weiß die Polizei Bescheid?«

»Ich habe Matt Jarvis angerufen. Er wollte sich umgehend darum kümmern.«

»Hervorragend«, freute sich Agnes. »Zu dem wollte ich ohnehin noch, und du wirst mich begleiten, Andrew Fletcher.«

»Was willst du ihm denn sagen, Agnes?«

»Na, dass es Ungereimtheiten gibt und es eben überhaupt nicht so glasklar ist, wie Chief Inspector Sinclair behauptet.«

Andrew wusste, dass Widerstand zwecklos war, wollte er nicht erneut ihren Zorn auf sich ziehen.

»Gut. Ich komme mit. Inzwischen hast du mich nämlich überzeugt, dass da irgendetwas nicht ganz stimmt. Zumindest sollte die Polizei meiner Meinung nach noch einmal ganz genau hinschauen.

15

Eine Weile später öffnete Agnes die blaugestrichene Tür der winzigen Polizeiwache von Tobermory. Das unscheinbare rechteckige Gebäude, das auf dem Weg zum Golfplatz lag, hatte das Flair einer Garage oder eines Lagerschuppens, und lediglich das blaue Schild an der Straße, der Schriftzug über der Tür sowie das im Hof parkende Einsatzfahrzeug verrieten, was sich im Innern befand. Andrew folgte ihr hinein.

Fiona Mackinnon sah von ihrem Schreibtisch auf, als sie eintraten.

»Wir möchten zu Sergeant Jarvis«, verkündete Agnes. »Wir hatten angerufen.«

»Oh natürlich, Mrs Munro, nicht wahr? Und Reverend Fletcher. Schön, Sie mal wieder zu sehen. Setzen Sie sich bitte noch einen Augenblick, ich sage dem Chef Bescheid, dass Sie da sind.«

»Nicht nötig, Fiona«, lachte Matthew Jarvis, der in der Bürotür erschienen war. »Ist ja nicht so, als hätten wir hier wirklich schalldichte Türen. Kommen Sie rein.«

Matthew holte einen Klappstuhl aus der Ecke und folgte Agnes und dem Reverend in sein Büro.

»Andrew, wir haben ja bereits heute Morgen telefoniert. Ich werde dir gleich kurz von meinem Besuch bei Dot... bei Ms Beaton berichten. Zunächst würde ich aber gerne wissen, was Sie auf dem Herzen haben, Mrs Munro.«

»Ach, sag doch Agnes, Matthew«, verbesserte sie ihn. Schließlich nannte sie den Sergeant auch lange nach der Schulzeit noch beim Vornamen.

»Agnes. Herrje, das ist schrecklich ungewohnt. Ich komme mir respektlos vor. Immerhin waren Sie meine Lehrerin.«

»Aber du bist kein kleiner Junge mehr, Matthew. Du bist ein erwachsener Mann und Leiter der Polizeidienststelle.«

Agnes machte eine ausladende Geste.

»Das stimmt auch wieder. Trotzdem, ich werde mich nur schwer daran gewöhnen, Agnes.« Er lächelte. »Es geht also um Hazel Thorburn?«

»Ganz genau. Ich bin mir nämlich sicher, dass Hazel sich nicht umgebracht hat, und ich habe auch einen Beleg dafür.« Agnes kramte in ihrer Tasche nach dem Flyer. Matthew hatte sich vorgebeugt und sah ihr gespannt zu. Gut, sie hatte seine Aufmerksamkeit. Agnes zog den Flyer hervor und legte ihn vor ihn auf den Tisch.

»Das hier habe ich mit einer Notiz an Hazels Pinnwand gefunden. Es hat mich stutzig gemacht, und ich habe Clara Anderson gefragt, ob sie weiß, was es damit auf sich hat. Und siehe da, Hazel hat zwei Tage nach Neils Beerdigung, fünf Tage vor ihrem Tod, noch einen Reisepass beantragt, weil sie plante, zu verreisen.«

Matthew runzelte die Stirn. »Wo wollte sie denn hin?«

»Genaue Pläne hatte sie offenbar noch nicht gemacht. Sie überlegte wohl, nach Kanada oder in die USA zu fliegen«, erklärte Agnes.

»Hm. Das ist in der Tat eigenartig«, gab Matthew zu.

»Eigenartig? Mehr fällt dir nicht dazu ein?« Agnes funkelte ihn herausfordernd an. »Für mich ist es ein eindeutiger Beleg dafür, dass Hazel sich nicht umgebracht hat. Man plant doch keine Reise und bringt sich nur Tage später um!«

»Unmöglich ist es nicht, Agnes. Sie könnte es sich anders überlegt, eine depressive Episode erlebt haben, es könnte etwas geschehen sein, das sie dazu gebracht hat. Wir wissen es nicht.«

»Und was ist dann mit dem Mann, den Doris Beaton gesehen hat?«

»Nun ja, es ist Doris. Ihr kennt sie beide. Ehrlich gesagt habe ich heute nicht viel Sinnvolles aus ihr herausbringen können. Sie war sich nicht einmal sicher, ob es ein Mann oder eine Frau war. Erst behauptete sie, der Besucher hätte dunkle Haare gehabt, dann meinte sie, es könnte genauso gut eine Mütze gewesen sein. Zunächst war sie sich sicher, dass sie ihn – oder sie – nach *Coronation Street*, also um 20 Uhr gesehen hat, dann meinte sie, es könne auch nach *Big Bang Theory* gewesen sein. Das ist nichts Belastbares. Nichts, das routinierte Ermittler wie DCI Sinclair überzeugen würde. Es wäre auch nicht das erste Mal, dass Doris mir irgendwelche abstrusen Geschichten auftischt. Ich habe für sie einen eigenen Ordner angelegt. Agnes – ich fürchte wirklich, du verrennst dich da in etwas.«

»Nicht du auch noch, Matthew!« Deutlich schwang

die Frustration in ihrer Stimme mit. »Du hast Hazel doch auch gekannt – mehr als das, wenn ich das so sagen darf. Hast du denn gar keine Zweifel, dass sie sich ...?«

»Agnes, ich war vor Ort. Ich habe den Tatort gesehen und kann kaum zu einem anderen Schluss kommen. Die Ergebnisse der Ermittlungen sind auch ziemlich eindeutig. Ich darf da nicht mit meinen privaten Gefühlen herangehen. Die muss ich außen vorlassen. Sonst könnte ich meinen Job nicht professionell machen.«

»Das habe ich doch heute schon einmal gehört.« Agnes schnaubte verächtlich. »DCI Sinclair tutet in dasselbe Horn.«

»Agnes, ich muss professionell bleiben. Bei den Kollegen vom Festland haben wir hier ohnehin schon einen schweren Stand. Sie glauben, wir haben es nur mit Eierdieben, Wilderern und Pub-Schlägereien zu tun – und eigentlich haben sie damit sogar recht. Doch das bedeutet nicht, dass wir keine Ahnung haben, wie man so einen Fall behandelt.«

»Du würdest also lieber einen Mörder frei herumlaufen lassen, als bei deinen Kollegen als unprofessionell dazustehen?«

Agnes kreuzte trotzig die Arme vor der Brust und schlug die Beine übereinander.

»Bitte versteh doch. Ich möchte es doch auch nicht glauben, aber es gibt bisher nichts Belastbares, das die Ermittlungsergebnisse eindeutig in Frage stellen würde.«

»Das heißt, du wirst nichts Weiteres unternehmen?«

Matthew schüttelte den Kopf. »Ich glaube, wir lassen

uns alle zu sehr von dem Wunsch leiten, dass Hazel es nicht getan hat.«

»Ist das dein letztes Wort, Matthew?« Agnes hielt seinen Blick fest.

»Ich fürchte ja. Zumindest solange es keinen eindeutigen Hinweis darauf gibt, dass es kein Selbstmord war. Ich kann doch nicht herumlaufen und alle Leute damit verrückt machen, dass hier ein Mörder sein Unwesen treibt, wenn es dafür nicht den geringsten Anhaltspunkt gibt. Möglich, dass Hazel nicht wie eine typische Selbstmörderin wirkte. Vielleicht sogar möglich, dass jemand sie am selben Abend noch besuchte. Das bedeutet aber noch lange nicht, dass jemand sie umgebracht hat, und es erklärt schon gar nicht, warum sie einen Abschiedsbrief hinterlassen hat und nichts – wirklich nichts – auf Gewalteinwirkung oder Zwang schließen lässt.«

»Und du? Hast du gar nichts dazu zu sagen?«, fuhr Agnes Andrew an, der in seinem Stuhl zusammenzuckte.

»Schon. Ich gebe Matthew recht. Auch wenn es einige Ungereimtheiten gibt, kann ich mir nicht erklären, wie ein vermeintlicher Mörder es angestellt haben sollte, dass es wie ein Selbstmord aussah. Davon abgesehen, wer hätte einen Grund gehabt, Hazel zu töten?«

»Das weiß ich doch auch nicht«, rief Agnes und fühlte verzweifelte Tränen in ihre Augen schießen. »Ich weiß bloß, dass sie es ganz sicher nicht selbst getan hat, und ich werde notfalls selbst herausfinden, wer es war.«

»Nun ja, es könnte doch nicht schaden, wenn Agnes und ich ein wenig die Augen aufhalten, nicht wahr,

Matthew?«

Matthew schüttelte den Kopf und verdrehte die Augen.

»Na gut, meinetwegen. Aber ich möchte nicht, dass ihr irgendwelche Gerüchte in die Welt setzt. Wenn ihr euch umhören möchtet, dann bitteschön diskret.«

»Du kennst mich, Matthew. Ich bin die Diskretion in Person.« Andrew grinste. »Und Agnes sowieso.«

16

Matthew Jarvis klopfte an die Tür. Hinter der Scheibe sah er Constable Mackinnon durch den Flur flitzen.

»Bin sofort da, Chef!«

Matthew trat einen Schritt zurück und betrachtete die schmucklose graue Fassade des Häuschens, während ihm bewusst wurde, dass er Constable Mackinnon noch nie zu Hause besucht hatte, obwohl sie doch nun schon seit über einem Jahr zusammen arbeiteten. Er hatte sie heute endlich einmal in den Pub eingeladen. Fiona war seine einzige Mitarbeiterin, und wenn sie als Team gut funktionieren sollten, fand Matthew, mussten sie auch eine persönliche Beziehung zueinander aufbauen.

Kurz später öffnete seine Kollegin die Tür. Ihre haselnussbraunen Haare hatte sie zu einem Knoten aufgesteckt und sie hatte ein dezentes Makeup aufgelegt. Es ließ die junge Frau mit der Stupsnase und den Sommersprossen ein wenig älter erscheinen.

»So, da bin ich«, verkündete sie fröhlich. Obwohl sie Schuhe mit Absatz trug, reichte Fiona Matthew nur bis knapp über die Schulter. »Finde ich nett, dass Sie mich eingeladen haben. Gibt es eigentlich einen speziellen Anlass?«

Matthew räusperte sich. »Nein. Ich dachte bloß, es

wird Zeit, dass wir uns als Kollegen ein bisschen näher kennenlernen. Sie sehen sehr hübsch aus heute Abend.«

Die Spitzen ihrer Ohren färbten sich rosa.

»Danke, Boss.«

»Ich hätte Sie längst schon einmal einladen und Ihnen für Ihre gute Arbeit danken sollen. Ich bin einfach ein schlechter Chef. Ich hoffe, Sie können mir verzeihen.«

Fiona lächelte und zog die Nase kraus, was Matthew entfernt an ein schnupperndes Kaninchen erinnerte.

»Ihnen kann man doch überhaupt nicht böse sein, Chef.«

Matthew lächelte. »Vielleicht sollten wir damit anfangen. Nennen Sie mich Matt. Das tun schließlich alle. Wir sollten endlich du zueinander sagen.«

Constable Mackinnon geriet für einen Augenblick aus dem Tritt, fing sich aber gleich wieder.

»Verfluchte Absätze«, murmelte sie. »Matt. Okay, merk ich mir.«

Die Bar im Mishnish Hotel war bereits gut gefüllt, als Matt und Fiona eintrafen. Während Matthew sich zur Theke durchschlug, um die Getränke zu bestellen, suchte Fiona ein freies Plätzchen und fand zwei freie Barhocker an einem zum Tisch umfunktionierten Whiskyfass. Von der niedrigen, getäfelten Decke über die holzvertäfelten Wände bis zum Teppich in blauem Tartanmuster war das Mishnish ein typischer schottischer Pub und zog Einheimische wie Touristen an.

Matthew bestellte zwei Bier. Während er wartete, lehnte er am Tresen und ließ den Blick durch den gefüllten Schankraum wandern. Eine bunte Mischung von Touristen und Einheimischen. Matthew liebte und hasste die Hochsaison gleichermaßen. Einerseits brachten die Touristen Leben und Abwechslung in das kleine Städtchen mit seiner ewig gleichen Routine, andererseits gab es für ihn in dieser Zeit mehr zu tun: mehr Verkehr, mehr Unfälle, mehr Diebstähle und Umweltsünden. Insbesondere die Adler mussten im Frühsommer um ihre Gelege fürchten, weil idiotische Sammler sich nicht darum scherten, dass diese Vögel um die letzte Jahrhundertwende herum in Großbritannien so gut wie ausgerottet waren.

An einem Stehtisch in der Nähe des Tresens erkannte Matthew Michael McAulay in einer Gruppe Männer im etwa gleichen Alter. Auch der Makler McVoren war darunter. Michaels Frau Bella hatte Hazel gefunden und stand vermutlich immer noch unter Schock. Matthew drängte sich zu dem Tisch durch und legte Michael die Hand auf die Schulter.

»Hey Michael! Wie geht es Bella?«

Michael wandte sich um und grüßte zurück. Er verzog das Gesicht zu einer resignierten Miene.

»Hm, na ja, wie soll es ihr gehen? So etwas vergisst man nicht so schnell. Den ersten Schock hat sie verdaut, aber es nimmt sie doch sehr mit. Und Lachie kann natürlich überhaupt nicht verstehen, was passiert ist. Verdammt traurig das alles.«

»Tut mir leid, dass Bella das sehen musste. Auch für mich ist so etwas noch immer nicht leicht zu ertragen. Zum Glück hat sie dich.«

»Was sie am meisten anfrisst, ist, dass sie nichts gemerkt hat. Sie glaubt, wenn sie besser aufgepasst hätte, könnte Hazel vielleicht noch leben. Aber ich sag ihr immer, man steckt nicht drin. Die, die es wirklich durchziehen, posaunen es nicht heraus.«

Matthew verkniff sich, ihn zu korrigieren. Es wäre unpassend gewesen. Das Gerücht, wer einen Selbstmord ankündigte, würde es nicht wirklich tun, hielt sich leider hartnäckig. Doch jetzt war nicht der Zeitpunkt für polizeiliche Aufklärung. Matthew zuckte mit den Schultern.

»Es ist schwer zu begreifen.«

Michael nippte an seinem Pint und brummte zustimmend.

»Aber man fragt sich schon, was hat sie so fertiggemacht? Es kann doch nicht nur Neils Unfall gewesen sein. Da muss doch noch mehr gewesen sein.«

Mit dem Kinn deutete er auf eine Gruppe an einem Tisch in der Fensternische. Matthews Blick folgte der Geste, und er entdeckte Henry McNiven, den Hotelier, mit dem Bella und Hazel wegen dieses Hotelneubaus in Lettermore im Clinch gelegen hatten.

»Klar, es gab noch den Ärger mit McNiven. Erst hat er versucht, Bella und Hazel zu bestechen. Musste aber schnell feststellen, dass nicht jeder hier käuflich ist. Hat ihn ziemlich gewurmt. Er hat Hazel hier vor allen Leuten aufs Übelste beschimpft. Aber ein schlecht gelaunter Geldsack treibt doch jemanden wie Hazel nicht so schnell in den Selbstmord.«

»Es bleibt mir auch ein Rätsel.«

Von ihrem eroberten Eckchen winkte Fiona ungeduldig zu Matthew herüber.

»Michael, ich muss los. Meine Kollegin verdurstet. Grüß Bella und Lachie von mir.«

»Mach ich. Schönen Abend, Matthew.«

Matthew stellte die Pintgläser vor Fiona auf dem Tisch ab. »Entschuldigung, dass ich dich habe warten lassen. Ich habe noch kurz mit Michael McAulay gesprochen.«

»Michael McAulay? Seine Frau hat Hazel Thorburn gefunden, nicht? Die Ärmste tat mir so leid. Wie geht es ihr?«

»Besser, aber es macht ihr natürlich noch zu schaffen. Sie waren beste Freundinnen.«

»Schon komisch, wie jemand so plötzlich und ohne irgendwelche Anzeichen so einen Entschluss fasst.« Fiona runzelte die Stirn. »Hast du irgendeine Ahnung, was Hazel dazu gebracht haben könnte?«

»Ich habe eine vage Ahnung, aber sicher ist es nicht. Natürlich war der Tod ihres Bruders ein Schock für sie, und sie stand unter Stress wegen dieser Sache mit McNiven, aber ...«

»McNiven? Henry McNiven? Der Besitzer vom *Crown & Thistle*?«

»Genau. Hazel versuchte, seinen Hotelneubau am Loch Frisa zu verhindern, und er hat sie öffentlich angepöbelt. McNiven kann ziemlich aufbrausend sein, vor allem, wenn er etwas getrunken hat. Aber Hazel war nicht zimperlich. Sie konnte ihm durchaus Paroli bieten. So etwas hätte sie nicht aus der Spur gebracht. Nein, es muss noch etwas anderes gewesen sein. Wenn ich ihren Abschiedsbrief richtig verstehe, dann fühlte sie sich verantwortlich für Neils Tod.«

»Weil er sie aus dem Auto angerufen hat, nicht wahr? Vielleicht hat sie geglaubt, sie hätte es verhindern können.«

»So sieht es aus. Es ist die einzige plausible Erklärung für mich. DCI Sinclair sieht es ähnlich.«

»Tragisch.« Fiona Mackinnon nippte an ihrem Bier.

»Lass uns das Thema wechseln, Fiona. Ich wollte uns nicht den Abend verderben. Möchtest du etwas zu essen bestellen? Die Specials klingen gut heute.«

»Gerne. Ich komme um vor Hunger.«

Während Fiona die Tafel über dem Tresen studierte, öffnete sich die Tür und Doris Beaton schlurfte in den Schankraum. Sie sah nicht so aus, als hätte sie unbedingt noch einen weiteren Drink nötig.

Matthew nahm Fionas Bestellung auf und schlängelte sich erneut zum Tresen durch. Unterwegs hielt ihn Doris Beaton auf.

»Na? Haben Sie ihn verhaftet, Sergeant?«

Ihre kratzige, laute Stimme übertönte die Musik und den Kneipenlärm. Einige Gäste wandten grinsend die Köpfe. Man war Doris Beatons schrulliges Benehmen gewöhnt.

»Verhaftet?«

Matthew brauchte einen Moment, um ihre Frage richtig einzuordnen, doch noch bevor er antworten konnte, kam ihm Doris zuvor.

»Na, den Kerl. Den, der Hazel Thorburn umgebracht hat!«, rief sie. »Da läuft ein Mörder frei herum, und die Polizei hat nichts Besseres zu tun, als sich in der Kneipe volllaufen zu lassen!« Sie fuchtelte aufgeregt mit den Händen vor seinem Gesicht und wedelte so ihren von Alkohol und Zigaretten geschwängerten Atem direkt in seine Nase. Matthew verkniff sich einen Kommentar.

»Wir konnten bisher keinen Hinweis auf einen Besucher finden, Ms Beaton«, entgegnete er stattdessen in ruhigem Ton. »Womöglich haben Sie sich geirrt.«

»Natürlich! Die verrückte Doris hat sich geirrt!«, schrie Doris Beaton aufgebracht. »Das hat man davon, wenn man dem Staat und der Polizei vertraut. Anscheinend haben sie dich inzwischen auch gekauft, Jarvis. Was haben die euch Bullen bezahlt, dass ihr Mörder einfach frei herumlaufen lasst?«

»Davon kann nicht die Rede sein, Ms Beaton. Wir haben Ihre Aussage sehr ernst genommen, doch es gab einfach keine Hinweise auf ...«

»Ein Skandal ist das! Mörder laufenlassen und unbescholtene Bürger als Lügner hinstellen«, tobte Doris Beaton. »Aber glaubt nicht, dass ihr mich damit mundtot machen könnt! Ich weiß, was ich gesehen habe und werde es auch gerne jedem erzählen, der es wissen will. Ich hab keine Angst vor euch!«

Damit drängte sie sich an Matthew vorbei zum Tresen. Er grinste in die Runde belustigt aussehender Gesichter und zog entschuldigend die Schultern hoch.

17

Es war früher Nachmittag, als Agnes die Uferpromenade entlangbummelte. Sie wollte zur Bank und bei der Gelegenheit Bella McAulays Galerie einen Besuch abstatten. Das Seifengeschäft nebenan verströmte ein intensives Gemisch aus Blütendüften und Gewürzaromen, als Agnes daran vorbeilief, und sie konnte nicht widerstehen. Mit einem Tütchen herrlich duftender Seife verließ sie das Geschäft und setzte ihren Weg fort. Vor der Tür standen zwei drehbare Ständer mit Künstlerpostkarten, ein Zeichen, dass die Galerie geöffnet war. Agnes ging hinein, und ein heller Glockenklang kündigte ihren Besuch an.

Die Wände und Schaufenster waren mit Gemälden und Landschaftsfotografien aus der Region in verschiedensten Formaten und Größen dekoriert, und neben der Ladentheke befand sich ein weiterer Ständer mit Postkarten und ein Regal mit diversen Bildbänden und Büchern. Ein dunkler Samtvorhang trennte den Verkaufsraum vom hinteren Teil des Ladens ab. Während Agnes die Auslage betrachtete, teilte sich der Vorhang und Bella McAulay erschien im Laden.

»Mrs ... Agnes«, verbesserte sich Bella. »Entschuldige, ich übe noch.«

Agnes lachte.

»Was kann ich für dich tun?«, wollte Bella wissen.

»Eigentlich wollte ich mich nur ein wenig umsehen und bei der Gelegenheit fragen, wie es dir geht.«

»Danke, den Umständen entsprechend gut. Lachlan hält mich auf Trab. Mit einem kleinen Kind im Haus kann man sich nicht hängen lassen. Haus, Garten und die Galerie brauchen auch meine Aufmerksamkeit. So komme ich nicht so viel zum Grübeln. Vielleicht ist das gut so, es macht jedenfalls einiges leichter. Na ja, eigentlich müsste ich mich auch noch um unseren Einspruch gegen McNivens Bebauungspläne kümmern, aber im Augenblick kann ich mich nicht dazu durchringen. Schließlich war es unser gemeinsames Herzensprojekt. Ich sag mir immer, ich sollte mich am Riemen reißen. Hazel hätte sicher nicht gewollt, dass ich aufgebe.« Bella stützte sich mit der Hand auf die Ladentheke.

Agnes nickte. »Aber das ist doch verständlich, Bella. Du hast eine Menge zu verdauen, da muss die Bürgerinitiative mal eine Zeit lang ohne dich auskommen.«

Bella schnaubte. »Bürgerinitiative! Das klingt immer so wichtig. Realistisch betrachtet waren es nur Hazel, ein paar Freunde, die sich solidarisch erklärten, und ich. Aber die treibende Kraft war eindeutig Hazel. Deswegen habe ich es auch ehrlich gesagt vorerst ruhen lassen. Eigentlich hätte ich am Montag nach Hazels Tod zur Planungsbehörde gemusst. Wir hatten einen Termin dort, aber nach Donnerstag ... ich war fix und fertig und musste das alles erst einmal verarbeiten. Ich habe abgesagt. Allerdings habe ich nicht vor, aufzugeben und McNiven das Feld zu überlassen.«

»Wie stehen denn eure Chancen, dass ihr den Bau stoppen könnt? Habt ihr Rechtsvertretung?«

Bella nickte. »Wir lassen uns von Hamish Murray vertreten. Er kennt sich in solchen Dingen ganz gut aus und soll sehr gut sein.«

»Ist das der, der sein Büro neben der Bank hat?«, fragte Agnes.

»Genau«, bestätigte Bella. »Daher kannte Hazel ihn ja auch. Er sagt, die Chancen stehen gar nicht schlecht. Zum einen, weil die Trockenlegungen, die McNiven vorhat, den Lebensraum einiger seltener Pflanzen und Tiere bedrohen, zum anderen, weil in dem Gebiet verstärkt wieder Seeadler ansässig geworden sind. *Scottish National Heritage* und die *Royal Society for the Protection of Birds* haben vor einigen Jahren recht erfolgreiche Wiederansiedlungsversuche auf der Isle of Rum begonnen. Mittlerweile haben sich die Seeadler auch hier auf Mull wieder verstärkt angesiedelt. Etwa zwanzig Paare brüten derzeit auf der Insel. Das ist eine erfreuliche Entwicklung, aber wir sind noch ganz am Anfang. Die Tiere brauchen besonderen Schutz. Wir können argumentieren, dass Verkehrsgeräusche, Touristen und Baulärm die Vögel beim Nisten stören könnten und die Wahrscheinlichkeit von Nesträuberei steigt.«

»Das klingt doch ziemlich vielversprechend«, fand Agnes.

»Ja. Ich hoffe sehr, dass wir damit durchkommen. Wir dürfen unsere einzigartige Natur nicht dem Tourismus opfern. Schließlich ist sie der eigentliche Grund, warum die Leute herkommen. Henry McNiven kann sein Hotel einfach an einer anderen Stelle bauen. Vielleicht sogar kostengünstiger, wenn er auf die Trockenlegungen verzichtet. Aber er ist ein ziemlich sturer Bock und wird so schnell nicht aufgeben.«

»Du hast davon gesprochen, dass er Hazel gegenüber ausfällig geworden ist?«

»Einen Abend im Pub sind die beiden aneinandergeraten. McNiven hatte ziemlich viel getrunken. Na ja, jedenfalls nannte er Hazel eine ›frustrierte, ungefickte Öko-Schlampe‹ und sagte, sie ... « Bella stockte und presste die Lippen aufeinander. »Er sagte, sie solle sich einen Strick nehmen.«

Agnes riss die Augen auf. »Oh wie schrecklich!«

»Tja, ironisch, nicht wahr? Jetzt kann er sich freuen«, sagte Bella bitter. Sie schluckte. »Na ja, ehrlich gesagt, ich glaube, er hat es nicht ernst gemeint. Er war eben betrunken und wütend. Manchmal sagt man dann Dinge, die man später bereut. McNiven ist eigentlich kein übler Kerl, glaube ich. Sonst wäre Charlie nicht mit ihm befreundet. Er schießt bloß manchmal übers Ziel hinaus. Sein Hotel jedenfalls soll er mal schön woanders bauen. Es gibt hier schließlich genug schöne Ecken.« Bella deutete mit der ausgestreckten Hand auf die Gemälde und Fotografien an den Wänden.

Agnes lächelte. »Da hast du allerdings recht, Bella. Die Bilder sind übrigens allesamt atemberaubend schön. Sind auch Aufnahmen von dir dabei?«

»Selbstverständlich. Jede Menge. Hier, die Schwarz-Weiß-Aufnahmen von den verwitterten Booten an der Salen Bay zum Beispiel. Das sind meine heimlichen Lieblinge.«

Agnes erinnerte sich, dass sie die Bootswracks mit

Hazel auf dem Weg von der Fähre hierher gesehen hatte. Damals hatte sie nicht im Entferntesten daran gedacht, dass dies ihre letzte gemeinsame Fahrt werden könnte.

»Hast du die vielleicht noch in einem etwas kleineren Format? Ich denke, das wäre ein schönes Geschenk für meine Freundin Susan. Die kümmert sich nämlich dankenswerterweise bei mir um Haus und Garten. Eigentlich sollten es ja nur ein paar Tage werden.«

»Ja, schau mal hier drüben.« Bella deutete auf zwei kleine, hell gerahmte Schwarzweiß-Aufnahmen mit Passepartout. Eine zeigte die verrottenden Schiffsskelette bei Salen, eine das Western Isles Hotel.

»Die sind wirklich sehr schön und haben genau die richtige Größe. Ich glaube, die könnten sich sehr gut in Susans Flur machen. Könntest du sie für mich reservieren? Ich würde Susan gerne noch einmal fragen, ob ihr so etwas gefallen könnte.«

»Selbstverständlich. Lass dir ruhig Zeit, ich werde sie solange für dich zurücklegen.«

»Das ist lieb, Bella«, bedankte sich Agnes.

»Bildhauerst und malst du eigentlich noch?«

»Neben der Schule bin ich nicht mehr dazu gekommen, zu malen oder Skulpturen zu machen. Es gab immer viel zu viel zu tun. Ab und zu aquarelliere ich noch ganz gern, aber nichts Großformatiges mehr.«

»Das finde ich sehr schade. Ich erinnere mich noch gut an deine Skulpturen. Die haben mich schon als Schülerin beeindruckt. Vielleicht findest du ja jetzt wieder Zeit dafür.«

»Vielleicht, ja«, murmelte Agnes. »Ich drücke dir jedenfalls die Daumen, dass die Sache mit dem Hotel in deinem Sinne entschieden wird.«

«Hoffen wir es. Hazel hat einmal behauptet, sie hätte noch eine Wunderwaffe, wenn alle Stricke reißen, und ich solle mir keine Gedanken machen. Keine Ahnung, was sie damit gemeint hat. Ich hoffe, ich werde sie nicht brauchen.« Bella lächelte kurz. «Wahrscheinlich war es ohnehin nur einer ihrer trockenen Scherze. Du kanntest sie ja.«

«Ja, so etwas hätte zu ihr gepasst«, sagte Agnes, doch sie war hellhörig geworden. Hatte Hazel etwas gegen McNiven in der Hand gehabt, von dem Bella nichts wusste? Hatte es einen tieferliegenden Grund gegeben, dass der Hotelier Hazel gegenüber verbal übergriffig geworden war? Womöglich konnte das ein Mordmotiv sein.

»Ich muss leider jetzt los, Bella. Ich wollte noch zur Bank und dann einkaufen. Charlie kommt für zwei Tage, um frische Sachen für Effy zu holen.«

»Dann muss sie wohl noch länger bleiben ...«

»Wir wissen es nicht. Die Ärzte sind vorsichtig optimistisch. Es war die Rede davon, dass sie womöglich schon Ende nächster Woche entlassen werden könnte.«

Bella sah erstaunt aus. »Wirklich? Oh, das wäre wundervoll.«

»Es ist gut zu wissen, dass die Thorburns Unterstützung haben. Wenn ich irgendetwas tun kann, zögere bitte nicht, mich anzusprechen, versprochen?«

»Versprochen Bella, vielen Dank. Bis bald.«

»Bis bald Agnes. Schön, dass du vorbeigeschaut hast.«

Agnes wandte sich um und verließ das kleine Ladengeschäft. Bei strahlendem Sonnenschein und einer leichten Brise setzte sie ihren Weg über die von bummelnden Touristen und Einheimischen belebte Uferstraße fort, vorbei an leuchtend bunt gestrichenen Häuschen und dem Uhrenturm am Fisherman's Pier, bis die Clydesdale-Filiale in Sicht kam.

Nachdem sie in der Zeitung von Neils Tod gelesen hatte, war sie in aller Eile aufgebrochen und hatte lediglich etwas Bargeld eingesteckt. Sie hatte schließlich nicht damit gerechnet, so lange zu bleiben. Und so lag ihre Bankkarte noch zu Hause in der Schublade. Sie hoffte darauf, dass man ihr in der Bankfiliale weiterhelfen konnte. Die meisten hier kannten sie schließlich noch und konnten sie eindeutig identifizieren. Womöglich gab es so einen Weg, auch ohne die Karte Geld vom Konto abzuheben.

Sie war froh, als sie Hugh Petrie entdeckte, den sie bereits bei Neils Beerdigung kennengelernt hatte. Er musste nach Tobermory gezogen sein, nachdem sie nach Edinburgh zurückgekehrt war. Den Gesprächen hatte sie jedoch entnommen, dass er von Mull stammte.

Ein hübscher junger Mann, dachte sie. Adrett, groß, blond ... als junge Frau wäre sie vermutlich auf ihn geflogen. Später hatten sie mehr die stillen Intellektuellen fasziniert. Was hatte sie John bewundert, den großen Literaten, der stets ein Notizbuch mit sich herumtrug, um Ideen niederzuschreiben, seine Kurzgeschichten, seine Gedichte ...

Sie wischte den Gedanken beiseite und trat an den

Tresen.

»Guten Tag, Mr Petrie!«

Der Filialleiter hob den Kopf und schenkte ihr ein professionell geschultes Lächeln.

»Mrs Munro. Wie schön, Sie zu sehen. Was kann ich für Sie tun?«

»Nun, äh ... ich habe ein Problem«, begann Agnes. »Ich habe meine Bankkarte zu Hause in Edinburgh gelassen, da ich nicht damit gerechnet hatte, so lange hierzubleiben. Nun brauche ich natürlich Bargeld, denn ich möchte Effy und Charlie nicht auf der Tasche liegen. Ist es wohl möglich, auch ohne die Karte Geld abzuheben?«

Hugh Petrie lächelte verbindlich. »Oje. Na ja, so etwas kann passieren. Aber machen Sie sich keine Gedanken, Mrs Munro. Wenn Sie Ihre Kontodaten kennen, dürfte es kein Problem sein. Wie geht es den Thorburns?«

»Mrs Thorburn scheint es etwas besser zu gehen«, ließ Agnes ihn wissen. »Wenn alles gutgeht, könnten die beiden nächstes Wochenende bereits nach Hause kommen.«

»Das sind gute Neuigkeiten«, entgegnete Mr Petrie. »Die beiden tun mir unendlich leid. Wie Sie vielleicht wissen, werden Hannah und ich gerade Eltern. Da denkt man über so etwas noch einmal aus einer ganz anderen Perspektive nach. Kommen Sie mit zum Kassenschalter, dann helfe ich Ihnen mit Ihrer Auszahlung.«

»Sie können dann jetzt in die Pause gehen, Miss Lamont. Ich kümmere mich um Mrs Munro«, sagte er zu der hübschen jungen Blondine hinter dem Schalter.

Agnes entging nicht, dass die Angesprochene kurz die Augen verdrehte, bevor sie ihren Platz räumte und im hinteren Teil des Schalterraums verschwand.

»Christie. Unsere Auszubildende«, erklärte Hugh Petrie mit gesenkter Stimme. »Sie kann manchmal ... nun ja, sie hat Taktgefühl und Höflichkeit noch nicht vollständig verinnerlicht, wissen Sie? Um ehrlich zu sein, habe ich mich gewundert, wie viel Geduld Hazel mit Christie hatte. Ich hätte sie schon beinahe entlassen, aber Hazel hat sich sehr für sie eingesetzt und mich überzeugt, dass jeder eine Chance verdient. Dabei eskalierte es regelmäßig zwischen den beiden.«

»Oh ja, ich glaube, Effy erwähnte am Telefon mal eine renitente Auszubildende, mit der Hazel sich herumschlagen musste.«

Hugh Petrie grinste. »Klingt nach Christie. Aber irgendwie hatte Hazel sie trotzdem im Griff, und ich glaube, sie hatte recht. Christie hat sich sehr gebessert. Hier und da hakt es noch, aber ich denke, es braucht einfach Zeit und guten Zuspruch.«

»Das ist eine löbliche Einstellung.« Agnes lächelte. »Sie wären ein guter Pädagoge geworden.«

Der Filialleiter lachte. »Verraten Sie es niemandem, aber ich habe in meiner Jugend tatsächlich mit dem Gedanken gespielt, Lehrer zu werden.«

»Und dann haben Sie doch etwas Vernünftiges gelernt.«

Agnes zwinkerte ihm zu.

»Hinzu kommt, dass wir hier auf der Insel nicht den Luxus einer großen Auswahl haben. Wir müssen mit den jungen Leuten arbeiten, die hier leben. Und es liegt in unserer Verantwortung, ihnen hier eine Zukunft zu bieten. Sonst wird es sie nur umso stärker in die großen Städte auf dem Festland ziehen. Wir müssen also in unsere Jugend investieren, wenn wir nicht irgendwann zu einem Altersheim werden wollen.«

»Das ist auch eine Art, es zu betrachten.« Agnes lächelte.

18

»Danke, dass du mir bei Matthew gerade doch noch Schützenhilfe gegeben hast, obwohl ich dich so angeblafft habe.«

Agnes und Andrew hatten sich im Pfarrhaus verabredet, um zu besprechen, was sie unternehmen konnten, nun, da Matthew es abgelehnt hatte, weitere polizeiliche Untersuchungen durchzusetzen.

»Immerhin hat er uns erlaubt, eigene Ermittlungen anzustellen.«

»Na ja, von Ermittlungen kann nicht die Rede sein, er hat gesagt, wir dürfen uns diskret umhören und die Augen offenhalten.«

»Wenn du ein Etikett draufkleben willst, meinetwegen. Für mich ist es ein und dasselbe. Ich frage mich bloß, wo wir anfangen sollen. Schließlich sind wir keine Kriminalisten.«

»Vielleicht sollten wir uns ein wenig bei Hazel umsehen. Ich meine, ob es irgendwelche Hinweise gibt, die uns weiterhelfen«, schlug Andrew vor.

»Das habe ich eigentlich schon«, gab Agnes zu. »So habe ich ja herausgefunden, dass sie einen Pass beantragt hat. Weiter habe ich aber nichts ... Moment. Da fällt mir noch etwas ein. Ich hatte mir etwas notiert. Augenblick.«

Sie nahm ihre Handtasche und kramte den Notizzettel hervor. »Ich habe in ihrem Kalender einen Termineintrag für den Montag nach ihrem Tod gefunden. Ich wusste nicht, was LPA bedeutet, aber ich glaube, die Antwort hat mir Bella McAulay bereits gegeben.«

»LPA?« Andrew sah sie neugierig an.

»Local Planning Authority. Die regionale und kommunale Planungsbehörde. Hazel und Bella wollten dort wegen McNivens Hotelneubau in Lettermore vorsprechen. Und so wie Bella es darstellt, standen ihre Chancen nicht schlecht, zumindest den Baubeginn aufschieben zu können, bis geklärt werden kann, wie sich der Bau auf die Umwelt dort auswirkt.«

»Du willst sagen, McNiven hat damit ein Motiv, nicht?« Andrew runzelte die Stirn. »Aber traust du ihm so etwas zu?«

»Wenn es danach ginge, wem ich so etwas zutraue, wäre die Welt vermutlich ein ziemlich friedlicher Ort«, gab Agnes zu bedenken. »Hazel machte Andeutungen, er habe sie grob beleidigt. Und in der Bank habe ich heute erfahren, dass Hazel Ärger mit ihrer Auszubildenden hatte.«

»Christie Lamont. Ich weiß«, Andrew nickte. »Ihre Oma arbeitet im Café beim An Tobar Arts Centre, wo wir unsere Chorproben halten. Hazel hat ihr bereits mit Kündigung gedroht und Christie hat sie daraufhin wüst beschimpft und bedroht. Flora hatte große Sorge, dass ihre Enkelin damit ihren Job aufs Spiel gesetzt haben könne, aber Hazel hatte ihr wohl verziehen.«

»Hmm.« Agnes überlegte. »Klingt nicht gerade wie ein Mordmotiv. Aber wir sollten auch Christie im Auge behalten.«

»Das Mädchen ist sicher schwierig, aber eine Mörderin? Das erscheint mir doch recht unwahrscheinlich«, warf Andrew ein.

»Wenn es nicht um Macht oder Geld geht, haben die meisten Morde doch wohl einen persönlichen Hintergrund«, überlegte Agnes. »Neid, Rache, Eifersucht, unerwiderte Liebe ...«

Ihr entging nicht, wie Andrew bei dem Stichwort zusammengezuckt war. Er rieb sich den Nacken.

»Allerdings war sie alleinstehend, soweit ich weiß. Von einem Freund hätte Effy sicher erzählt. Aber am besten fragen wir Bella. Sie waren beste Freundinnen. Einer Freundin erzählt man mehr als seiner Mutter, nicht wahr? Dabei fällt mir noch ein ... im Frühjahr ist Hazel spontan nach Venedig gereist. Ich wollte noch versuchen herauszufinden, ob sie allein da war oder mit jemandem zusammen gereist ist.«

»Vielleicht sollten wir das tun. Mehr fällt mir für den Moment auch nicht ein. Aber wie stellst du dir das vor? Wir können doch nicht einfach bei McNiven oder Christie auftauchen und sie befragen. Wir sind schließlich nicht die Polizei.«

»Nein, das sind wir nicht.« Agnes seufzte. »Ich fürchte, wir müssen uns damit begnügen, den Buschtrommeln zu lauschen. Hören wir uns einfach ein wenig um.«

»Bei der nächsten Chorprobe könnte ich Flora Lamont fragen, ob ihr bei ihrer Enkelin irgendetwas aufgefallen ist. Aber zu McNiven habe ich auch keinen näheren Kontakt.«

»Er war zwar Schüler bei mir, aber mir will kein Vorwand einfallen, ihm einen Besuch abzustatten.

Aber vielleicht ergibt sich noch eine Möglichkeit. Danke, dass du mir nun doch helfen willst, Andrew. Ich war ziemlich enttäuscht.«

Sie zögerte einen Augenblick. »Kannst du dir denn wirklich nicht vorstellen, mich nach Calgary zu begleiten?«

Andrew furchte die Stirn und sah aus, als habe er einen unangenehmen Geschmack im Mund, den er loswerden wollte.

»Agnes, ich ...«

»Andrew, ich schaffe das alleine nicht, und ich wüsste sonst niemanden, dem ich mehr vertraue. Ich bitte dich. Um unserer Freundschaft willen ...«

Andrew Fletcher wich ihrem Blick aus. Er wirkte wie ein Tier, das man in die Ecke getrieben hatte.

»Glaub mir, Agnes, ich würde so gut wie alles für dich tun, aber diese eine Sache – da wäre es mir wirklich lieber, wenn du jemand anderen findest.«

»Aber warum, Andrew? Du hast John doch auch gekannt. Er hat große Stücke auf dich gehalten. Ich verstehe einfach nicht, warum du mir diesen Gefallen nicht tun willst.«

»Es wäre einfach nicht richtig«, druckste Andrew.

»Nicht richtig? Ich weiß nicht, was du meinst.« Agnes zog die Augenbrauen zusammen. Eine Ahnung schlich sich in ihr Bewusstsein, und ihr Herz begann schneller zu schlagen.

Andrew starrte seine Füße an.

»Wahrscheinlich ist genau das der Grund, Agnes. John hat mir vertraut, und ich mochte ihn sehr, aber ... aber ich war nicht ganz ehrlich mit ihm ... mit euch. Es ist einfach kompliziert. Bitte frag mich nicht weiter,

Agnes. Unsere Freundschaft ist mir wichtig. Ich möchte nicht, dass du schlecht von mir denkst.«

Sie sah auf. Ihre Handflächen fühlten sich verschwitzt an, und ein Prickeln lief ihrer Nacken hinauf bis über die Kopfhaut.

»Ich möchte es aber wissen, Andrew.«

Er nickte stumm und schluckte, schien sich zu sammeln. Sein Blick wanderte zu der Fotografie seiner Frau.

»Ich habe sie so früh verloren. Bevor sie starb, hat sie immer wieder gesagt, sie wünsche sich, dass ich noch einmal heiratete, falls sie ... falls sie es nicht schafft. Und doch habe ich mir nie vorstellen können, eine andere Frau zu lieben.«

Agnes spürte, wie ihr Mund trocken wurde, und ein Gefühl zwischen Übelkeit und Panik ließ ihren Magen rebellieren.

»Aber die Zeit damals, als ich dich und John durch die Krankheit begleitete – es war so intensiv, so persönlich und berührend. Ihr wart einander so nah, so fest miteinander verwoben in all dem, und ich stellte fest, dass ich euch manchmal um diese Nähe beneidete.« Er räusperte sich.

»... dass ich John beneidete. Es war nicht ganz uneigennützig, dass ich dir zugeraten habe, die Stelle in Edinburgh anzunehmen, Agnes. Das war reiner Selbstschutz. Es hat vieles leichter gemacht. Diese Gefühle, die weder der Situation noch meines Amtes angemessen waren und gegen die ich mich doch nicht wehren konnte ...«

»Willst du damit sagen, dass ... « Weiter musste Agnes nicht sprechen. Sie las es in Andrews Gesicht: Erleichterung darüber, sich endlich Luft gemacht zu haben und Angst vor ihrer Reaktion.

»Andrew, ich ... ich weiß nicht, was ich dazu sagen soll.«

»Du musst dazu gar nichts sagen, Agnes. Ich hoffe nur, dass du verstehst, warum ich denkbar ungeeignet bin, dir in dieser Sache zu helfen.«

Agnes rieb sich mit der Hand über die Stirn. »Ja. Ja, ich denke, das tue ich. Danke für deine Ehrlichkeit. Ich fürchte nur ... ich weiß nicht so recht, wie ich damit umgehen soll.« Sie erhob sich und strich ihren Rock glatt.

»Ich denke, ich gehe jetzt besser.«

»Ich begleite dich noch zur Tür. Du bist mir hoffentlich nicht böse?«

Agnes zögerte einen Augenblick, bevor sie den Kopf schüttelte. »Nein. Das bin ich nicht. Nur etwas verwirrt.«

19

Matthew grunzte und griff nach dem Telefon auf seinem Nachttisch.

»Was zum Geier ... ? Hallo?«

Er unterdrückte ein Gähnen, während er der Stimme am anderen Ende zuhörte.

»Nein, nein. Schon gut, dafür müssen wir nicht die Jungs aus Oban hier rausrufen. Ich bin gleich da.«

Er schlug die Decke zurück und schwang die Beine aus dem Bett.

»Ade lieber Schlaf, war nett mit dir, die Pflicht ruft«, murmelte er und begann sich anzuziehen.

Als er vor dem Haus eintraf, stand der Wagen des Kollegen von der Feuerwehr bereits dort. Er durchquerte den Vorgarten und klopfte.

»Alec? Ich bin's, Matt.« Er drückte die Klinke, und die Tür ließ sich öffnen. Ein Stoß Zugluft riss ihm die Tür aus der Hand, und sie knallte hinter ihm ins Schloss. Offenbar hatte Alec die Fenster geöffnet. Als er den Flur betrat, musste er husten. Zu dem Geruch nach muffigen Textilien und kaltem Zigarettenrauch hatte sich ein Gestank gesellt, der Matthew an verbrannte Haare erinnerte.

Im Wohnzimmer fand er Alec Downey, der die traurigen Überreste eines Sofakissens begutachtete, dessen Bezug und Schaumstofffüllung reichlich verschmort aussahen. Auch in die bunte Wolldecke hatte sich ein Loch gebrannt. Die Wand hinter dem Sofa war verrußt, und der Brandgeruch war noch immer deutlich wahrnehmbar.

»Hi Matt! Entschuldige nochmal, dass wir dich rausgerufen haben und dann noch am Samstag.«

»Kein Thema, Alec. Das ist nun mal unser Job, nicht wahr? Was genau ist denn überhaupt passiert?«

»Sieht aus, als ob die alte Doris mit der Kippe im Mund eingeschlafen ist. Wundert mich ehrlich gesagt kein bisschen.« Er deutete auf die Brandlöcher im Teppich. »Musste ja mal so kommen. Saufen wie ein Seemann und ständig eine Fluppe im Mund, das kann doch auf die Dauer nicht gutgehen. Dass ihr nicht die komplette Bude abgefackelt ist, hat sie nur Haggis zu verdanken.«

»Haggis?« Matthew runzelte die Stirn. Während er sich noch fragte, wie man mit Schafsinnereien und Hafergrütze wohl einen Brand verhindern mochte, lachte Alec.

»Haggis. Der Hund von Tom Henderson von nebenan. Ein Australian Ridgeback. Wunderschönes Tier.«

»Ach so!« Matthew lachte. »Der Hund. Und der hat bemerkt, dass es brennt?«

»Tom hat noch eine schnelle Runde mit Haggis gedreht, als der Hund plötzlich anfing zu winseln und zu fiepen. Und dann lief er auch schon los, aufs Grundstück von Doris. Hat wie verrückt an der Haustür gekratzt und gebellt. So ein gescheites Tier! Da soll noch einmal einer sagen, Tiere hätten keinen Verstand. Die merken sofort, wenn etwas nicht stimmt.«

»Und dann hat Tom sie gefunden?«

»Sie lag hier auf der Couch. Hat Glück gehabt, dass das Sofa wohl nur geschwelt hat und nicht gleich alles in Flammen aufgegangen ist. Die alte Schreckschraube ist echt eine Gefahr für sich und ihre Umwelt«, schimpfte Alec.

»Sie kann einem schon irgendwie leidtun. Ist halt nicht ganz richtig im Kopf, die Ärmste. Sie ist soweit in Ordnung, hast du gesagt?«

»Eine leichte Rauchvergiftung, soweit ich weiß. Die Kollegen haben sie nach Craignure gebracht. Wahrscheinlich kann sie direkt morgen wieder nach Hause. Aber sie kann wirklich von Glück reden, dass Tom sie gefunden und den Brand gelöscht hat. Es hätte viel schlimmer enden können.«

Matthew furchte die Stirn. Es war schon etwas merkwürdig, dass es bei Doris so kurz nach ihrem Auftritt im Pub gebrannt hatte. Natürlich konnte es genauso sein, wie Alec vermutete, und Doris war schlicht betrunken mit der Zigarette im Mund eingeschlafen. Und doch hatte Matthew ein ungutes Gefühl bei der Sache. Konnte das wirklich noch Zufall sein?

»Ich denke, wir sollten Ms Beatons Nichte verständigen und ihr nahelegen, ihre Tante nun endgültig zu sich zu nehmen. Sie sollte wirklich nicht mehr allein wohnen.«

»Das ist eine gute Idee, Matthew. Übernimmst du das?«

Matthew nickte. Auch wenn es tatsächlich ein Zufall sein sollte, war Matthew wohler bei dem Gedanken, dass Doris zu ihrer Nichte zog.

»Würdest du sagen, dass es auch Brandstiftung gewesen sein könnte?«

Alec sah Matthew an, als habe er gerade behauptet, ein Einhorn gesehen zu haben. Er lachte.

»Brandstiftung? Aber wer sollte denn der alten Doris die Couch unter dem Hintern anzünden wollen?«

»Ich weiß nicht. Aber nur mal so theoretisch.«

Alec verzog nachdenklich das Gesicht.

»Schwer zu sagen. Ich kann ja nicht mehr genau feststellen, in welcher Position Doris gelegen hat, daher kann ich nur Vermutungen anstellen. Sicher ist auf jeden Fall, dass kein Brandbeschleuniger oder Ähnliches eingesetzt wurde. Das würde ganz anders aussehen, und das müsste man auch riechen. Und dann würde die Alte wohl auch nicht mehr leben.«

»Das Einzige, das ein bisschen seltsam ist ...« Alec kratzte sich am Hinterkopf. »Die Kippe ist so weit dort rüber gerollt.« Alec legte sich auf die Couch.

»Ich bin natürlich jetzt etwas größer, aber wenn sie ungefähr so gelegen hat, dann müsste die Zigarette eher nach hier herunterfallen. Dort gibt es aber keine Brandspuren. Allerdings könnte es sein, dass ihr die Kippe auf die Hand oder in den Schoß gefallen ist und sie diese zur Seite gefegt hat, so dass sie auf der anderen Seite der Couch zu liegen kam. Ich kann beide Szenarien nicht vollkommen ausschließen.«

Matthew knetete seine Unterlippe. »Könnte also theoretisch jemand eine brennende Zigarette auf das Sofa gelegt haben, während Doris schlief?«

Der Feuerwehrmann kratzte sich am Kopf und schien nachzudenken. »Ja, schon möglich. Aber wer sollte so etwas tun? Bei Doris war bestimmt nichts zu holen und – klar, sie ist sicher 'ner Menge Leute auf die Nerven gegangen, aber na ja, da zündet man sie doch nicht gleich an, oder?«

»Nein, natürlich nicht«, bestätigte Matthew. »Ich möchte nur gründlich arbeiten und sichergehen, dass ich diese Möglichkeit ausschließen kann.«

Er betrachtete nachdenklich das verbrannte Sofakissen.

»Wenn jemand eine Zigarette benutzt hätte, um einen Brand zu verursachen, hätte derjenige sie erst einmal zum Brennen bringen müssen. Das ist schwierig, ohne daran zu ziehen. Hast du den Filter sicherstellen können?«

»Leider nein. Ich fürchte, der ist mit verkohlt. Aber glaub mir, Matt. Bei Doris war es vermutlich nur eine Frage der Zeit, bis so etwas passiert. Da musste niemand nachhelfen.«

»Wahrscheinlich hast du recht, Alec. Danke für deine Einschätzung.«

20

»Ich bin so froh, dass du zurück bist.«

Agnes drückte Effy fest an sich. »Es ist sicher besser, wenn ich euch allein lasse.«

Effy drückte Agnes noch fester. »Nein. Du musst unbedingt noch bleiben. Ich bin doch froh, dass du hier bist.«

»Okay. Wenn ich euch damit helfen kann, bleibe ich natürlich. Aber wenn ich euch zur Last falle, lasst es mich bitte wissen, ja?«

»Das könntest du nicht einmal, wenn du es versuchen würdest.« Effy ließ ihre Freundin los und lächelte schwach.

»Es ist gut, wieder zu Hause zu sein. Auch wenn ... na ja ...«

»Ich weiß, Effy. Ich weiß doch.«

Nachdem auch Charlie Agnes begrüßt hatte, nahm er Effys Koffer und trug ihn ins obere Stockwerk, während die beiden Frauen in die Küche gingen, wo Agnes bereits Tee aufgesetzt hatte.

»Nein, lass nur, ich mach das. Setz dich.« Effy deutete auf einen Stuhl, während sie Tassen aus dem Schrank holte und den Tee eingoss. »Ich muss wieder auf eigenen Beinen stehen können, nicht wahr?«

Effy stellte die Tassen und ein Milchkännchen auf

den Tisch und setzte sich. Einen Augenblick schwiegen die beiden, während Effy nach ihrer Tasse griff, hineinblies und vorsichtig nippte.

»Wer hätte gedacht, dass ich einmal eine Therapie brauche? Ich dachte immer, das wäre etwas für Verrückte und reiche Amerikanerinnen. Aber ohne Unterstützung ... wer weiß, wo ich jetzt wäre. Ich habe mehr als einmal auch darüber nachgedacht, Schluss zu machen.«

Wortlos griff Agnes nach Effys Hand.

»Nein, keine Sorge, Agnes. Ich könnte Charlie niemals allein lassen mit all dem. Es ist bloß nicht leicht. Weißt du, meine Kinder, meine Familie, das war für mich alles. Jetzt muss ich mir den Sinn im Leben langsam zurückerobern.«

Agnes nickte. »Das stelle ich mir schwer vor.«

»Das ist es. Aber Charlie braucht mich auch. Und die Leute hier sind unglaublich. Bella und Michael haben so einen herzlichen und berührenden Brief geschrieben. Sie möchten, dass ich die Patenschaft für Lachie übernehme.«

Agnes lächelte. »Das ist schön. Du bist ja ohnehin so etwas wie eine Ersatzoma für den Kleinen.«

»Es haben sich so viele Leute gemeldet und Anteil genommen. Charlie hat mir die Briefe nach und nach vorgelesen, weil er und die Ärzte fürchteten, auf einmal könnte es zu viel für mich werden. Aber ich habe alles Tröstende aufgesaugt wie ein Schwamm.« Effy legte die Hände um ihre Tasse. »Du hast es früher gehasst, erinnerst du dich? So klein und eng und provinziell.«

»Natürlich erinnere ich mich. Ich habe mich mit

Händen und Füßen gewehrt, hierher zu ziehen. Ich habe es nur John zuliebe getan. Er glaubte, er könne nur hier in der Abgeschiedenheit wirklich kreativ sein.«

»Es kann erdrückend sein, wenn jeder jeden kennt. Man kann keinen Pups lassen, ohne dass es der halbe Ort mitbekommt.« Effy lachte leise. »Letzten Endes war das wohl der Grund, warum Neil gleich nach der Schule nach Glasgow geflüchtet ist. Und doch ist er zurückgekommen. Es fängt dich auch auf, dieses Netz, weißt du? Du kannst hier nicht jahrelang neben jemandem wohnen, ohne seinen Namen zu kennen. Wenn dich ein paar Tage niemand auf der Straße gesehen hat, fangen die Leute an zu fragen. So viele haben mir geschrieben und mir gezeigt, dass ich gebraucht werde, dass ich hier meinen Platz habe.« Effy wischte sich mit der Hand über das Gesicht. Tränen schimmerten in ihren Augen. »Du glaubst nicht, wie sehr mir das geholfen hat.«

Agnes schwieg und starrte in ihre Tasse. Sie spürte den Blick ihrer Freundin und wusste, was ihr durch den Kopf ging.

»Warum kommst du nicht zurück? Jetzt, wo du pensioniert bist. Du warst hier mal sehr glücklich.«

Sie griff nach Agnes' Hand und drückte sie. »Ich weiß, es ist egoistisch, und ich möchte hier nicht die Opferkarte ausspielen, aber ... du fehlst mir einfach. Wir könnten gemeinsam alt werden. Wer weiß, wie lange wir noch so mobil bleiben, dass wir einander besuchen können.«

Agnes wich Effys Blick aus. Sie mochte es nicht, über das Alter nachzudenken, über die Krankheiten, die

Einschränkungen. Sie wollte lieber glauben, dass sie bis dahin noch viel Zeit hatte. Doch sie wusste auch, wie schnell zehn, fünfzehn oder sogar zwanzig Jahre vergehen konnten.

»Natürlich habe ich Charlie«, fuhr Effy fort. «Und so viele Freunde und Bekannte im Ort. Doch was wir beide haben – das ist etwas ganz Besonderes. Das Glück, eine wirklich gute Freundin zu finden, das hat man nicht so oft im Leben.«

»Ach, Effy. Liebes ...«

Agnes fehlten für einen Moment die Worte. Sie war ehrlich gerührt. Sie nahm ihre Freundin in den Arm und drückte sie. »Dabei konnte ich dich anfangs genauso wenig leiden wie dieses schreckliche Provinznest.« Sie löste die Umarmung und ergriff Effys Hände.

»Ich weiß. Du warst aber auch eine arrogante Großstadt-Kuh! Hast dich immer für was Besseres gehalten.« Effy lachte kurz.

»Aber ich bin froh, dass du uns letzten Endes eine Chance gegeben hast. Der Insel, der Schule, mir ... Ob du es willst oder nicht, Agnes. Du bist im Herzen ein echter Mulloch.«

Agnes schüttelte den Kopf. »Nein, seit John tot ist, gehöre ich hier nicht mehr hin. Aber ich bin für euch da, solange ihr mich braucht. Das habe ich versprochen, und darauf kannst du dich auch verlassen.«

»Zunächst mal wäre es mir eine große Hilfe, wenn du mich bei der Organisation der Beerdigung unterstützt. Ich weiß nicht, wie ich das alles über mich bringen soll. Reverend Fletcher hat mir auch schon seine Hilfe angeboten. Aber da ist noch etwas, um das ich dich bitten möchte ...«

Agnes sah auf. »Natürlich. Was denn?«

»Hazels Haushalt muss aufgelöst werden. Und Neils Sachen stehen auch noch hier. Ich habe es bisher nicht fertiggebracht, die Kartons auch nur zu öffnen. Ich schaffe das nicht. Wenn es dir nichts ausmacht, würde ich dich bitten, Hazels Sachen zu sortieren. Es gibt eine Organisation, die in Craignure einen Second-Hand-Laden betreibt. Charlie hat schon Kontakt aufgenommen. Die würden einiges übernehmen. Die Möbel müssten wir inserieren. Das Haus muss verkauft werden, ein Makler kontaktiert ... das kann ich einfach nicht. Das übersteigt meine Kräfte, wenn ich nur daran denke.«

»Ja, das verstehe ich.« Agnes goss etwas Milch in ihren Tee und nahm einen Schluck. »Hast du etwas dagegen, wenn Andrew mir ein wenig dabei hilft? Er kennt sicher auch Leute in der Gemeinde, die sich über Möbel oder Kleidung freuen würden.«

»Reverend Fletcher?« Effy hob den Kopf und sah ihre Freundin forschend an. »Du magst ihn, nicht wahr?«

»Selbstverständlich mag ich ihn. Er ist ein herzensguter Mensch und ein Freund. Aber mehr nicht.« Agnes bemerkte, dass sie schärfer geklungen hatte als beabsichtigt. »Ich ... John war meine große Liebe, und meine Gefühle für Andrew sind ... nun, sie sind anders.«

»Natürlich sind sie das. Er ist ein anderer Mensch.« Effy wandte den Blick wieder ihrer Tasse zu. »Aber wenn ... ich meine nur. Das Leben ist kurz und nichts bereut man mehr als verpasste Gelegenheiten. Ich denke ständig an all die Dinge, die ich Hazel und Neil hätte sagen sollen.«

Agnes räusperte sich und leerte ihre Teetasse. »Manches muss man nicht aussprechen, damit es verstanden wird. Ich bin sicher, deine Kinder wussten, wie sehr du sie geliebt hast.«

Sie nahm ihre Tasse und stellte sie in die Spülmaschine, als Charlie die Küche betrat.

»Alles in Ordnung bei euch?« Er nahm sich eine Tasse und goss Tee hinein. »Ich würde gerne im Betrieb vorbeischauen. Das Auftragsbuch ist voll, und Howard schafft es nicht allein.«

»Schon in Ordnung, Schatz, ich komme zurecht«, entgegnete Effy. »Ich wollte heute Reverend Fletcher anrufen, um einen Gesprächstermin zu machen.«

»Das ist eine gute Idee«, fand Agnes. »Soll ich dich zum Gespräch begleiten?«

»Nein, danke. Das geht schon allein. Aber es wäre mir eine große Hilfe, wenn du dich um den Bestatter kümmern könntest.«

»Natürlich. Ich rufe gleich an und mache einen Termin.«

»Die Nummer liegt noch auf dem Schreibtisch«, sagte Effy und verzog den Mund zu einem bitteren Lächeln. »Ich hätte nicht gedacht, dass ich sie so schnell noch einmal brauchen würde.«

21

Es war wie ein unheilvolles Déjà-vu. Während Agnes den Gürtel schloss, dachte sie über die Ironie nach, die darin lag, dass sie den eigens für Neils Beerdigung gekauften schwarzen Hosenanzug nun bereits zum zweiten Mal trug. In ihrem Kleiderschrank daheim befand sich – mit Ausnahme einer schwarzen Lederjacke im Biker-Stil – kein einziges schwarzes Kleidungsstück. Sie verabscheute diese Farbe, die eigentlich keine war, und lediglich durch das gierige Verschlingen allen Lichts gekennzeichnet. Sie hatte das unangenehme Gefühl, dass jede Begegnung mit dem Tod sie abgestumpfter zurückließ. Sie redete sich ein, dass sie sich Effy und Charlie zuliebe zusammenriss, um für sie der Fels in der Brandung zu sein. Die Wahrheit jedoch war, dass sie sich scheute, den Schmerz zuzulassen, der sie damals bei John mit voller Wucht getroffen hatte. Es erschien einfacher, den Stachel im Fleisch stecken zu lassen, als ihn herauszuziehen, und doch wusste sie, dass er irgendwann unter Schmerzen herauseitern würde.

Sie betrachtete sich noch einmal im Spiegel, der korallenrote Lippenstift wie ein Blutstropfen auf diesem Schwarz-Weiß-Porträt, dann ging sie hinunter, um Effy und Charlie zu helfen, bevor die Gäste kommen würden.

Agnes war sich überhaupt nicht sicher, ob es so eine gute Idee war, die Totenwache im Haus der Thorburns zu halten. Sie hatte vorgeschlagen, mit der Tradition zu brechen und einfach nach der Beisetzung zu einem Essen in den Pub einzuladen. Doch davon wollte Effy nichts wissen. Womöglich betrachtete sie es als eine Art von Verrat an Hazel, wenn sie auf diese Zusammenkunft verzichtete.

Agnes warf einen besorgten Blick auf ihre Freundin, die bei Bella, Michael und Lachie stand. Sie schien wild entschlossen, sich mit der für sie so typischen stoischen Tapferkeit durch diese wohl schwierigste Zeit in ihrem Leben zu kämpfen, und Agnes konnte den Mut ihrer Freundin nur bewundern.

In einer Gruppe jüngerer Leute, die offensichtlich zu Hazels Bekanntenkreis gehört hatten, entdeckte Agnes Stephen McVoren, der die meisten um etwa einen halben Kopf überragte. Bei seinem Anblick erinnerte sich Agnes an Effys Bitte, ihr beim Verkauf von Hazels Haus behilflich zu sein. Da sie die letzten fünfzehn Jahre auf dem Festland verbracht hatte, kannte sie vor Ort natürlich keinen Makler. Auch wenn McVoren, wie sie wusste, sein Maklerbüro in Fort William hatte, konnte er ihr sicher in dieser Sache weiterhelfen. Zumindest würde er ihr jemanden in der Umgebung empfehlen können.

»Hallo Stephen«, grüßte sie den attraktiven, dunkelhaarigen Mann.

»Mrs Munro. Schön, sie zu sehen.« Er lächelte kurz, dann seufzte er. »Auch wenn ich mir andere Umstände für unser Wiedersehen wünschen würde.«

»Nicht nur Sie, Stephen.« Agnes nickte ernst. »Ich weiß, es ist vermutlich weder der richtige Ort noch der richtige Zeitpunkt, aber Effy hat mich gebeten, mich um den Verkauf von Hazels Haus zu kümmern. Vielleicht dürfte ich mich, wenn es soweit ist, an Sie wenden? In dieser Hinsicht kenne ich mich hier nämlich überhaupt nicht mehr aus.«

»Selbstverständlich, Mrs Munro. Ich freue mich, wenn ich wenigstens etwas tun kann, um zu helfen.« Stephen tastete in seinem Jackett nach seinen Visitenkarten und reichte Agnes eine. »Sie können mich jederzeit gerne anrufen. Am besten unter der angegebenen Handy-Nummer. Bis zum Ende der Woche werde ich noch bei meiner Familie in Tobermory bleiben.«

»Danke, Stephen. Das ist sehr nett.« Agnes steckte die Karte ein.

»Keine schöne Aufgabe, so eine Haushaltsauflösung. Ich finde es großartig von Ihnen, dass Sie das für Mrs Thorburn übernehmen möchten, Mrs Munro. Die Ärmste hat so viel mitgemacht. Wenn ich irgendwie helfen kann, tue ich das sehr gern«, bot Stephen an.

»Ich werde darauf zurückkommen. Vielen Dank für das Angebot. Ich werde zunächst einmal alles sichten und sortieren müssen. Das meiste wird an eine Wohltätigkeitsorganisation gehen. Einige persönliche Dinge möchte ich allerdings verwahren. Vielleicht möchte Effy sie später doch noch als Erinnerung behalten. Es ist noch eine Menge Arbeit. Neils Sachen sind ja auch noch da. Aber sobald ich einen Überblick habe, melde ich mich wegen des Hausverkaufs.«

»Dann verbleiben wir so. Und wie gesagt, wenn Sie

in irgendeiner Form Hilfe brauchen ...« Der Immobilienmakler hielt Daumen und kleinen Finger wie einen Telefonhörer ans Ohr.

»Vielen Dank, Stephen. Das werde ich tun.«

Beim Fenster entdeckte sie Henry McNiven und eine leicht rundliche, schwarzhaarige Frau. Sie blickten beide in den Garten hinaus und sahen etwas verloren aus.

Agnes witterte ihre Chance, McNiven auf den Zahn zu fühlen.

Dieser Anflug detektivischer Neugier bereitete ihr ein schlechtes Gewissen, doch sie versuchte sich selbst zu überzeugen, dass in diesem Falle der Zweck schließlich die Mittel heiligte. Letztlich wollte sie nur Klarheit – und das, sagte sie sich, war sie Hazel und Effy schuldig.

Agnes bewaffnete sich kurzerhand mit einem Sandwich-Tablett und ging auf das Paar am Fenster zu. Sie streckte den beiden den Teller entgegen.

»Gurkensandwiches? Die hat Phyllis Campbell gemacht.«

Die Frau schüttelte lächelnd den Kopf. »Vielen Dank.«

Henry McNiven bedankte sich und nahm eine Sandwichecke vom Teller. Er runzelte die Stirn.

»Mrs Munro, nicht wahr? Mensch, das ist verflucht lange her. Ich habe Sie auf Neils Beerdigung gesehen, aber es ergab sich keine Gelegenheit zu sprechen.« Er wandte sich seiner Begleitung zu.

»Ich glaube, meine Frau haben Sie noch nicht kennengelernt. Sheila, das ist Mrs Munro. Ihr habe ich zu verdanken, dass ich kein vollkommener Literaturbanause mehr bin.«

Sheila McNiven reichte Agnes lächelnd die Hand. »Nett, Sie kennenzulernen. Henry hat oft von Ihnen gesprochen und von seiner Kindheit und Jugend hier. Ich stelle es mir wundervoll vor, hier draußen aufzuwachsen. Ich selbst stamme aus Perth.« Sie lächelte, offenbar dankbar, einen Gesprächspartner gefunden zu haben. Ihr Ausdruck wurde wieder ernst, als sie zu den Thorburns hinüberdeutete.

»Ist das nicht schrecklich? Innerhalb so kurzer Zeit zwei Kinder zu verlieren? Die beiden tun mir unglaublich leid.«

»Es ist ein schlimmer Schicksalsschlag«, bestätigte Agnes. »Aber sie sind wahnsinnig tapfer. Und es hilft, dass so viele Leute Anteil nehmen.«

Henry McNiven schüttelte den Kopf. »Es will mir immer noch nicht in den Kopf. Ausgerechnet Hazel. Sie war doch überhaupt nicht der Typ dafür!«

«Haben Sie sie denn näher gekannt? Ich hatte den Eindruck, Sie waren eher mit Neil befreundet.«

«Sie wissen doch selbst, wie es hier ist, Mrs Munro. Man hat zwangsläufig miteinander zu tun. Auch wenn Hazel etwas älter war und natürlich nicht immer ihren kleinen Bruder mitschleppen wollte. Aber in der Zeit vor dem Schulabschluss haben Neil und ich viel mit Hazel gemeinsam unternommen. Das war eine tolle Zeit. Hazel war eine tolle Frau. Mutig, schlagfertig, clever ... ich fürchte bloß, sie hatte nicht die beste Meinung von mir.« Er zuckte mit den Schultern und lächelte schief.

Agnes räusperte sich. Ihr war der säuerliche Seitenblick von Sheila McNiven nicht entgangen.

»Das könnte man so sagen.«

»Sie brauchen nichts zu beschönigen, ich weiß, dass sie mich nicht leiden konnte. Und da haben wir uns nichts geschenkt. Ich bin auch nicht zimperlich mit ihr gewesen, nicht wahr? Mit ihrer Meinung hat Hazel jedenfalls nicht hinter dem Berg gehalten. Trotzdem ist es eine verdammte Tragödie. Bei allem Ärger um das Bauvorhaben in Lettermore – ich mochte Hazel. Sie hat eben mit Leidenschaft für ihre Überzeugungen gekämpft. Im Grunde kann man das doch nur bewundern.«

»Wie stehen denn die Chancen für Ihr Hotel in Lettermore?«, forschte Agnes vorsichtig nach.

Henry nahm einen Biss von seinem Sandwich und kratzte sich am Kinn.

»Ehrlich gesagt mag ich darüber im Augenblick gar nicht nachdenken. Es wird davon abhängen, ob und wie sehr Bella McAulay sich weiter in der Sache engagiert.«

»Soweit ich das richtig verstanden habe, standen die Chancen für Bella und Hazel ganz gut.« Agnes gab sich Mühe, ein unschuldiges Gesicht zu machen.

McNiven machte eine abwehrende Geste. »Wir werden sehen. Es kommt, wie es kommt. Ich werde mich zum gegebenen Zeitpunkt noch einmal mit Bella und ihrem Anwalt zusammensetzen. Vielleicht können wir eine Lösung finden. Im Augenblick möchte ich mir darüber nicht den Kopf zerbrechen. Es erscheint mir einfach unpassend.«

»Sie haben recht, Henry. Vielleicht findet sich ein Kompromiss, der allen gerecht wird.«

»Das wäre wünschenswert.« McNiven steckte den letzten Rest Sandwich in den Mund.

»Kann ich dich einen Augenblick sprechen, Agnes?«
Andrew Fletcher war an ihrer Seite aufgetaucht und bedeutete ihr, ihm in den Flur zu folgen. Er griff nach einer kleinen Schachtel auf der Kommode und reichte sie Agnes.

»Die hat mir der Bestatter gegeben. Das ist der Schmuck, den Hazel getragen hat, als ... Effy wollte, dass du entscheidest, was damit geschieht. Sie hat dem Bestatter Kleidung und eine Kette gebracht, die Hazel bei der Beisetzung tragen soll, aber sie schafft es noch nicht, sich mit solchen Dingen zu befassen.«

»Verstehe. Ich werde die Sachen so lange aufbewahren. Nach der Beerdigung wollte ich anfangen, Hazels und Neils Sachen zu sortieren. Ich muss sagen, dass ich mich davor scheue. Es kommt mir falsch vor, in ihren persönlichen Dingen zu wühlen.«

Andrew nickte. »Das kann ich verstehen, aber du bist eine große Hilfe für Effy. Sie ist wirklich noch nicht in der Verfassung, das durchzustehen. Wenn du meine Hilfe brauchst, weißt du ja, wo du mich findest.« Er senkte die Stimme etwas und beugte sich näher zu Agnes.

»Was sagt dein Bauchgefühl zu McNiven? Traust du ihm tatsächlich zu, dass er ...«

Agnes zuckte mit den Schultern. »Schwer zu sagen. Er spielt seinen Streit mit Hazel für meinen Geschmack etwas zu sehr herunter, aber das muss nichts heißen. Hazel hat allerdings Bella gegenüber eine merkwürdige Andeutung gemacht. Sie habe so etwas wie eine Wunderwaffe gegen McNiven.«

Andrew senkte die Stimme. »Du meinst, Hazel könnte McNiven erpresst haben oder so etwas?«

Agnes versuchte, sich Hazel als Erpresserin vorzustellen, doch es wollte ihr nicht gelingen.

»Wir sollten das auf jeden Fall im Kopf behalten.«

»Es würde zu Doris Beatons Geschichte vom ominösen Besucher passen«, überlegte Andrew. »Denkst du, es könnte McNiven gewesen sein, den Doris gesehen hat?«

»Möglich, dass er von ihrem Termin im Planungsamt wusste und sie deshalb aufgesucht hat«, mutmaßte Agnes.

Andrew sah sie über den Rand seiner Brille an. »Wir müssten herausfinden, was er an dem fraglichen Abend getrieben hat.«

»Wie stellst du dir das vor? Wir können doch nicht einfach zu ihm hingehen und ihn ausfragen«, flüsterte Agnes zurück.

»Und Matthew werden wir nicht überreden können. Das hat er deutlich gemacht.« Andrew seufzte. »Am Ende wird uns allerhöchstens Kommissar Zufall helfen können.«

22

Matthew Jarvis kaute auf dem Ende seines Kugelschreibers und ließ den Bürostuhl hin- und herpendeln. Es war doch nur zu verrückt. Jetzt hatte er sich von Agnes und ihren Mordfantasien anstecken lassen. Dabei war er von Anfang an dabei gewesen, hatte Hazels Leiche in der Badewanne gesehen, das Messer am Boden, die kurzen, zögerlichen Schnitte in ihrem Arm, die Überwindung gekostet hatten und den langen, klaffenden. Das Bild hätte aus einem Lehrbuch stammen können. Der Brief in der Küche, die fast leere Whiskyflasche daneben ...

Matthew versuchte sich vorzustellen, wie Hazel zunächst den Brief geschrieben, dann das Badewasser hatte einlaufen lassen, während sie die Whiskyflasche leerte und wie sie sich schließlich das Küchenmesser genommen hatte und in die Badewanne gestiegen war. Obwohl sich alles in ihm sträubte, zu glauben, dass es genauso abgelaufen war, dass Hazel, seine Hazel, zu so etwas fähig gewesen wäre, sprachen doch sämtliche Indizien eine eindeutige Sprache.

Und doch erschien es ihm mehr als nur merkwürdig, dass Hazel noch so kurz vor diesem radikalen Entschluss einen Reisepass beantragt hatte, dass Doris Beaton zunächst lautstark herumposaunte, sie habe in jener Nacht einen Mörder beobachtet und kurz später beinahe auf ihrem Sofa verbrannt wäre.

Die Kollegen in Craignure würden sie verhören, doch Matthew fürchtete, aus Doris würde nicht viel herauszubekommen sein, und jeder, der sie kannte oder sich nach ihr erkundigte, würde sich recht schnell mit der Erklärung zufriedengeben, dass sie einfach betrunken mit der Zigarette auf dem Sofa eingeschlafen war. Das mochte sein, aber warum gerade jetzt? Matthew seufzte.

Er war überglücklich gewesen, als er die Dienststelle in seinem Heimatort hatte übernehmen können. Hier, so hatte er geglaubt, sei die Welt noch in Ordnung. Jeder kannte jeden. Die Probleme, mit denen sich Kollegen aus den Großstädten herumschlagen mussten, gab es hier kaum. Bandenkriminalität, Drogen, Gewalt, Mord, all das verband Matthew mit Glasgow, Edinburgh, Aberdeen oder Dundee, grauen Vorstädten und hässlichen Betonsilos. Nicht umsonst spielten Krimiserien wie *Taggart* im Großraum Glasgow. So etwas gab es doch hier alles nicht. Tobermory taugte nur zur Kulisse für Kinderserien, Liebesschnulzen oder Naturreportagen über bedrohte Tierarten. Dies war kein Ort, an dem man Leichen in blutgefüllten Badewannen fand und schon gar kein Ort, an dem Mörder frei herumliefen. Jetzt war er sich da plötzlich nicht mehr so sicher.

Was, wenn Agnes recht hatte? Wenn sie etwas übersehen hatten? Doch wie erklärte sich der Abschiedsbrief, der eindeutig in Hazels Handschrift verfasst war? Ihre Eltern hatten die Handschrift identifiziert und der Graphologe hatte es bestätigt. Ebenso wenig konnte der Experte anhand der Schrift Hinweise auf Zwang oder Druck feststellen. Wenn Hazel den Brief also tatsächlich selbst geschrieben hatte, wäre das ein ziemlich eindeutiges Indiz dafür, dass sie das Unvorstellbare doch getan hatte. Matthew griff nach der Akte und zog die Kopie des Briefbogens heraus. Er überflog noch einmal die Zeilen, die er mittlerweile fast auswendig konnte.

Es ist komisch, ich habe lange keinen handschriftlichen Brief mehr verfasst. Doch es fühlt sich falsch an, so persönliche Dinge der Technik anzuvertrauen.

Ich kann immer noch nicht fassen, dass Neil tot ist. Kann nicht glauben, dass er nie wiederkommt, ich nie mehr seine Stimme hören werde.

Als ich sie zum letzten Mal hörte, habe ich ihn angeblafft. Wahrscheinlich bin ich einfach ein schlechter Mensch. Ich frage mich, ob er womöglich noch rechtzeitig angehalten hätte, wenn ich irgendetwas anders gemacht hätte.

Natürlich habe ich eine Ahnung, was er mir mitteilen wollte. Und ich habe das Gefühl, wenn ich ihm nur besser zugehört hätte oder mich vielleicht mehr für sein Buch interessiert hätte, hätte ich ihm helfen können.

Bis jetzt habe ich es für mich behalten können. Doch ich fühle mich so schrecklich schuldig. Ich weiß, es war ein tragischer Unfall, und es trifft niemanden eine Schuld. Dennoch lässt es mich nicht los. Ich habe mir vor einiger Zeit geschworen, dass ich mich nie mehr schuldig fühlen möchte. Für nichts. Deshalb kann ich nicht so weitermachen. Ich kann nicht ein-

fach weiterleben, als wäre nichts geschehen, nicht nach Neils Tod. Es tut mir leid.

Ich möchte diese Fassade nicht länger aufrechterhalten, ich möchte sie einreißen, ein für alle Mal einen Schlussstrich ziehen.

Matthew blickte auf. Er massierte sich den Kiefer mit Daumen und Zeigefinger. Warum sollte sie so etwas schreiben, wenn sie nicht vorhatte, es zu tun, beziehungsweise, wie sollte jemand sie dazu gebracht haben, diese Zeilen zu schreiben, ohne dass ein versierter Graphologe Anzeichen für Zwang oder Druck sah?

Und doch konnte Matthew es nicht fertigbringen, die Akte zu schließen. Da waren noch zu viele Fragen in seinem Kopf, zu vieles, was nicht ganz zu passen schien. War er womöglich einfach emotional zu nah dran an diesem Fall? Schließlich hatte er Hazel mehr also nur gerngehabt, wenn sie auch nie Interesse gezeigt hatte.

Es klopfte und Fiona steckte den Kopf hindurch.

»Ich mache gerade Tee, möchtest du auch einen, Matt?«

»Fiona, ich brauche einmal deine ehrliche Meinung.«

»Zu der Sache mit Hazel Thorburn?«

»Ja. Ich werde das Gefühl nicht los, dass Mrs Munro recht haben könnte. Irgendetwas stimmt da doch nicht. Obwohl die Beweislage etwas anderes sagt, habe ich nach wie vor Zweifel. Glaubst du, ich habe mich da in etwas verrannt?«

Fiona runzelte die Stirn und betrat das Büro. »Du meinst, es könnte womöglich ein Mord gewesen sein?«

Matthew nickte. »Es ist doch seltsam, dass sie noch eine Reise plante. Doris Beaton will an dem Abend jemanden bei ihr gesehen haben und etwas später liegt sie im Krankenhaus und ist nur mit Glück einem schlimmeren Schicksal entgangen ... außerdem ... außerdem finde ich es schwer zu glauben, dass Hazel je so etwas getan hätte.«

Fiona zwirbelte eine Haarsträhne um den Finger, die sich aus ihrem Pferdeschwanz gelöst hatte. »Hm. Die Indizien sind eine Sache. Ich habe Hazel Thorburn nicht so gut gekannt wie du. Und wenn du fest überzeugt bist, dass Hazel so etwas nie getan hätte – das muss doch etwas zu bedeuten haben. Im Übrigen bist du da ja nicht der Einzige. Mrs Munro und Reverend Fletcher sehen es ja auch so.«

Sie setzte sich auf die Ecke des Schreibtisches und spielte mit einer herumliegenden Büroklammer. »Ich arbeite zwar erst ein Jahr mit dir zusammen, aber was mir von Anfang an imponiert hat, ist deine Menschenkenntnis. Wie oft hast du mit deinem ersten Eindruck recht behalten, Matthew? Ich wünschte, ich wäre nur halb so instinktsicher. Wenn du Zweifel daran hast, dass Hazel Thorburn sich umgebracht hat, dann solltest du die auch ernst nehmen.«

»Und wenn es nur Wunschdenken ist?« Matthew schaute an Fiona vorbei auf die Tür.

»Du hast Hazel sehr gemocht, nicht wahr?« Fiona sah auf.

Matthew nickte stumm.

»Würdest du dich denn besser fühlen, wenn du wüsstest, dass sie jemand umgebracht hat?«

Matthew tippte mit dem Kugelschreiber auf der

Schreibtischunterlage herum. Er überlegte, ob der Gedanke für ihn einfacher zu ertragen wäre.

»Nein«, sagte er schließlich. »Nein. Es würde sie schließlich nicht zurückholen. Aber ich hätte vielleicht ein weniger schlechtes Gewissen, wenn ich den Mörder dingfest machen könnte. Ich hätte das Gefühl, etwas getan zu haben und müsste mich nicht ständig fragen, ob ich etwas hätte merken müssen.«

23

Agnes stellte ihre Handtasche auf die Kommode, neben die Schachtel mit Hazels Sachen. Sie hatte bisher weder Gelegenheit noch den Mut gehabt hineinzusehen. Es war ein merkwürdiges Gefühl, dass diese Schachtel die Gegenstände enthielt, die Hazel in den Tod begleitet hatten.

Sie nahm den Karton mit ins Wohnzimmer und stellte ihn vor sich auf den Couchtisch. Mit zittrigen Fingern hob sie den Deckel.

In Kunststoffbeuteln verpackt sah sie zwei Ringe, ein Paar silberner Ohrstecker, das Hazel auch bei Neils Beerdigung getragen hatte, ein Kettchen mit einer keltischen Triskele, sowie eine elegante, silberne Damenuhr. Sie erinnerte sich daran, sie bei der Autofahrt an Hazels Handgelenk gesehen zu haben.

Eines ums andere nahm sie die Schmuckstücke aus dem Karton und legte sie in ihre Handfläche, um sie zu betrachten. Sie konnte diese Dinge doch nicht einfach, wie Hazels Kleider, an den Second-Hand-Laden verschenken. Schmuck war etwas wesentlich Persönlicheres als ein paar Jeans oder eine Bluse. Vielleicht sollte sie diese Schmuckstücke einfach eine Zeit lang verwahren, bis Effy in der Lage war, darüber zu entscheiden. Sie drehte die silberne Uhr in den Händen.

Nein, sie hatte eine bessere Idee. Bella sollte sie bekommen. Bella war Hazels beste Freundin, und die Familien standen sich nahe. Sicher war es auch in Effys Sinne. Und wenn Effy zu einem späteren Zeitpunkt einmal anders empfinden sollte, wären die Sachen nicht aus der Welt. Bella wäre sicher nur allzu gern bereit, sie Effy zurückzugeben. Zufrieden mit sich und ihrem Einfall wollte Agnes die Uhr gerade zurück in den Karton legen, als ihr die Gravur auf der Rückseite auffiel. Wenn jemand die Uhr hatte gravieren lassen, ließ das darauf schließen, dass es sich um ein Geschenk handelte. Dann wäre zu überlegen, ob man die Uhr nicht dem Schenker zurückgeben sollte.

»Für geschenkte Stunden – ♡ H.«

Agnes runzelte die Stirn. Hatte Hazel doch eine Liebesbeziehung gehabt, von der sie nichts wusste? H. Wofür das stehen mochte? Sicher nicht für »Hazel«. Man widmete eine solche Gravur schließlich im Allgemeinen nicht sich selbst.

Im Kopf ging Agnes Männer in Hazels Umfeld durch: Henry McNiven – wohl weniger, Hazel hatte ihn nicht leiden können, und er hatte sie wüst beschimpft. Obwohl … Agnes knetete nachdenklich ihre Unterlippe. Gerade Liebende konnten doch zu erbitterten Feinden werden. Womöglich ging es in vorderster Front gar nicht um den Hotelneubau. Natürlich war diese Theorie etwas gewagt, aber nicht auszuschließen. Sheila McNiven jedenfalls hatte es offensichtlich nicht behagt, als das Gespräch auf Hazel kam.

Dann war da noch Hamish Murray, der Anwalt, der die Bürgerinitiative vertrat. War das nicht viel naheliegender?

Oder Hugh Petrie, Hazels Chef. Auch der war verheiratet und erwartete obendrein noch Nachwuchs. Möglicherweise Motiv genug?

Vielleicht auch Charlies Mitarbeiter Howard Colquhoun? Der ging schließlich bei den Thorburns ein und aus. Agnes seufzte. Es gab für ihren Geschmack eindeutig zu viele männliche Vornamen mit H. Sie legte die Uhr zurück in die Schachtel und verschloss diese. Vielleicht wusste Bella mehr darüber.

Auf dem Weg in den Flur blieb ihr Blick abermals an der Venedig-Collage hängen. Sie nahm das Bild noch einmal von der Wand und betrachtete es mit zusammengezogenen Brauen. Irgendetwas störte sie an den Aufnahmen. Alle Fotos zeigten Hazel allein vor venezianischer Kulisse. Dann wurde ihr bewusst, was sie stutzig machte.

Wer hatte die Bilder aufgenommen? Waren es womöglich einfach Selfies? Schließlich knipsten die jungen Leute sich zu jeder Gelegenheit mit ihren Telefonen selbst. Aber dann wären doch nur das Gesicht und der Oberkörper zu sehen. Vielleicht hatte Hazel einen dieser dämlichen Selfie-Sticks. Aber auf einem Foto, dem, auf welchem Hazel dem Betrachter eine Kusshand zuzuwerfen schien, waren eindeutig beide Hände zu sehen. Hatte sie vielleicht doch eine Begleitung gehabt? Laut Bella war Hazel kurzentschlossen ganz allein nach Venedig geflogen. Sie hatte es als einen ihrer verrückten Spontaneinfälle gesehen, so wie sie vor einem Jahr zu Weihnachten überraschend zum

Shopping nach New York geflogen war.

Hazel hatte es besser gemacht als sie selbst. Sie war fest mit der Isle of Mull verwurzelt und liebte ihre Heimat, aber sie hatte sich dennoch Neugier und Erlebnishunger bewahrt, ein Interesse für die Welt da draußen.

Aber wenn sie doch jemand begleitet hatte, warum gab es kein gemeinsames Bild oder eines ihrer Begleitung? Natürlich hätte sie auch einfach einen Passanten ansprechen können, um sich knipsen zu lassen. Agnes kniff die Augen zusammen. Ja, vermutlich war das die einfachste Erklärung. Sie hängte das Bild zurück an die Wand. Wieder blieb ihr Blick an Hazels Kusshand-Pose hängen. Ein Gedanke drängte sich in ihr Bewusstsein. Würde sie so posieren, wenn eine fremde Person das Foto geschossen hätte?

Sie erinnerte sich an ihre erste Vermutung bezüglich Henry McNiven. Was, wenn ihre Begleitung darauf bedacht gewesen war, eben keine Beweise für einen gemeinsamen romantischen Venedig-Aufenthalt zu hinterlassen? Was, wenn derjenige zum Beispiel eine Ehe oder eine Familie aufs Spiel gesetzt hatte? War das Grund genug, Hazel zu töten?

24

Andrew Fletcher drückte das Gespräch weg und stellte das Telefon zurück in die Ladestation. Er sah aus dem Fenster in den Garten des Pfarrhauses und ließ das Gespräch mit Sergeant Jarvis im Geiste Revue passieren. Das waren erschreckende Neuigkeiten. Im Lichte dieser neuen Entwicklung gefiel es ihm gar nicht, dass Agnes weiter nachzuforschen gedachte. Der Gedanke, dass ihr etwas passieren könnte, schnürte ihm die Kehle zu. Wenn Doris tatsächlich Opfer eines versuchten Mordanschlags geworden war, hieß das nichts anderes, als dass sich ein Mörder unter ihnen bewegte. In den langen Jahren als Gemeindepfarrer war Andrew natürlich kaum ein menschlicher Abgrund fremd, doch mit wirklich schweren Verbrechen hatte man es hier selten zu tun.

Er war gespannt, was Matthew vorhatte. Es würde ihn deutlich beruhigen, wenn er sich der Sache annähme.

Doch wie sollte er mit dem umgehen, was er gerade von Agnes erfahren hatte? Sie schien sich darauf zu versteifen, dass Hazel eine heimliche Liebesbeziehung hatte und diese etwas mit ihrem Tod zu tun haben könnte.

Mit Unruhe dachte er an das Gespräch zurück, das er

vor fast einem Jahr in genau diesem Zimmer geführt hatte. Musste er Matthew darüber in Kenntnis setzen, was er damals erfahren hatte? Deckte er womöglich mit seinem Schweigen ein Verbrechen?

Und doch war die Haltung der Kirche in Sachen Beichtgeheimnis ziemlich eindeutig. Dies war sicherlich kein Härtefall, zumal es bisher weder Anhaltspunkte dafür gab, dass überhaupt ein Mord stattgefunden hatte, noch dass diese Sache damit in Zusammenhang stand.

Er musste abwarten, was Matthew ihnen mitzuteilen hatte und ob sich aus dem Gespräch eine neue Dringlichkeit ergeben würde.

Er schaute auf die Uhr. Es lohnte sich jetzt nicht mehr, noch etwas anderes anzufangen. Gleich war es Zeit für die Chorprobe. Nachdem er seine Sachen zusammengepackt hatte, machte er sich auf den Weg zum An Tobar Arts Centre. Das Zentrum befand sich im Gebäude der ehemaligen Grundschule in der Argyll Terrace, nicht weit von der Kirche. Bis in die Siebziger hatten in dem dunklen Steinbau aus viktorianischer Zeit noch Kinder aus Tobermory die Schulbank gedrückt. Die Grundschule hatte unter dem Dach der Tobermory High School ihr neues Zuhause gefunden, und das Gebäude war immer weiter verfallen, bis man es nach einer umfangreichen Renovierung seinem heutigen Zweck zugeführt hatte.

Es war direkt an einer der terrassenartig in den Hang gebauten Straßen gelegen und blickte über die Bucht hinaus. Innen war das Zentrum unerwartet modern eingerichtet. Es gab ein gemütliches Café, einen Lounge-Bereich und mehrere Ausstellungsräume. Außerdem verfügte das An Tobar Zentrum über einen kleinen Bühnenraum für Aufführungen und Live-Musik. Dort probte seit einiger Zeit auch der Kirchenchor.

»Einen wunderschönen Nachmittag, die Herrschaften!«, grüßte der Reverend, als er den Proberaum betrat. »Ich hoffe, es geht Ihnen gut.«

»Bestens. Danke der Nachfrage. Sie sind heute früh dran, Reverend. Wir sind noch nicht vollzählig«, bemerkte Heather Buchanan. »Vielleicht sind Sie so lieb und besorgen uns nebenan noch eine Thermoskanne Tee. Die hier ist schon fast leer.« Die Chorleiterin goss den verbliebenen Rest in ihre Tasse und drückte Andrew die leere Kanne in die Hand, der sich damit auf den Weg in die Küche des Cafés machte.

»Hallo Flora!«, grüßte Andrew die ältere Dame, die dort damit beschäftigt war, Geschirr in die Spülmaschine zu räumen.

»Reverend Fletcher. Schön, Sie zu sehen.« Flora Lamont lächelte und deutete auf die Thermoskanne. »Nachschub, nehme ich an?«

»Wenn Sie so freundlich wären ...« Andrew reichte ihr die Kanne. »Wie geht es zu Hause, Flora?«

»Ich kann soweit nicht klagen. Die üblichen Zipperlein, aber wir müssen dankbar sein, nicht wahr?« Sie lächelte und machte sich daran, die Thermoskanne mit frischem Tee zu füllen.

»Und was machen die Enkel?« Andrew hoffte, die Gelegenheit nutzen zu können, um sich unauffällig nach Christie zu erkundigen.

»Na ja, Sie wissen ja. Kleine Kinder, kleine Sorgen – große Kinder, große Sorgen.« Sie lachte. »Scott spart auf einen Motorradführerschein. Bonnie ist natürlich strikt dagegen – ich im Übrigen auch. Viel zu gefährlich, wenn Sie mich fragen.«

»Und Christie?«

»Ach, da weiß ich gar nicht, wo ich anfangen soll, Reverend! Das Mädchen hat nur Flausen im Kopf und überhaupt keinen Respekt vor ihren Eltern. Ich schätze, Bonnie und Frank haben sie einfach zu sehr verwöhnt. Hat sich bis vor kurzem ja ständig mit der Chefin angelegt.« Flora schraubte den Deckel auf die Kanne und reichte sie dem Pfarrer. »Schlimme Sache mit Hazel Thorburn, nicht wahr? Christie war total neben der Spur, als sie davon erfahren hat. Auch wenn sie nicht besonders gut miteinander ausgekommen sind, hat es sie hart getroffen.«

»Es kann sehr belastend sein, wenn man im Streit auseinandergeht und der andere stirbt, ohne dass man eine Chance hatte, den Konflikt zu lösen.« Andrew witterte seine Chance. »Soll ich vielleicht einmal mit ihr sprechen?«

»Sie wissen ja, dass Christie ihren eigenen Kopf hat. Ich weiß nicht, ob sie darüber sprechen möchte, aber Sie können es versuchen. Abends hängt sie meistens mit Freunden im Mishnish oder einem der anderen Pubs herum. Gefällt mir gar nicht.«

»Werde ich tun, Flora. Aber jetzt muss ich schnell zur Probe, sonst fangen die anderen ohne mich an. Danke für den Tee.«

Nach der Chorprobe machte sich Andrew gleich auf, um Christie zu suchen. Die gelbgestrichene Fassade des Mishnish Hotels leuchtete in der Abendsonne besonders kräftig und war sicher auch auf See schon von Ferne zu sehen wie ein zweiter Leuchtturm. Bis vor einigen Jahren war das Gebäude noch schwarz gestrichen gewesen. Doch die Entscheidung, ihm die kräftige gelbe Farbe wiederzugeben, die Bobby MacLeod ihm in den sechziger Jahren verpasst hatte, gefiel Andrew. Wer konnte schon an den leuchtend bunten Häusern der Main Street vorbeiflanieren und den wippenden Booten auf dem glitzernden Wasser der Bucht zusehen, ohne augenblicklich gute Laune zu bekommen?

Reverend Fletcher betrat die Bar und sah sich um. Die meisten Besucher konnte man schon an der Kleidung als Touristen erkennen, doch es hatten sich auch bereits einige Einheimische unter die Gäste gemischt, um ein Feierabendbier zu genießen.

Am Billardtisch wurde Andrew schließlich fündig. Christie hockte, einen Queue in der Hand und ein Pint Eighty Shilling vor sich, auf der rotgepolsterten Bank gegenüber und beobachtete konzentriert, wie Craig Wallace seinen Stoß durchführte.

»Loser!«, kommentierte sie, als Craig das anvisierte Loch knapp verfehlte und hüpfte von der Bank. Sie trat an den Tisch und betrachtete das Bild, während sie nachdenklich ihre Unterlippe knetete.

»Guten Abend, Craig. Hallo, Christie«, grüßte Andrew und wandte sich dem Mädchen zu. »Könnte ich dich vielleicht mal einen Augenblick sprechen?«

Misstrauisch runzelte Christie die Stirn, nahm die Kreide vom Rand des Billardtisches und begann, die Spitze ihres Queues damit zu bearbeiten.

»Was gibt's denn, Reverend?«

»Deine Nan sagte, du hast dir die Sache mit Hazel Thorburn sehr zu Herzen genommen. Ich dachte, wir könnten uns vielleicht ein bisschen darüber unterhalten.«

Christie verdrehte die Augen und wandte sich dem Billardtisch zu. Sie setzte die Hand auf und legte den Queue an. »Ich wüsste nicht, was es da zu quatschen gibt. Wir mochten uns nicht, sie hat sich umgebracht, Problem gelöst, nicht wahr?«

Mit einem lauten Krachen stieß die weiße Kugel gegen die rote Nummer Sieben und versenkte sie mit einem Poltern im Eckloch.

Craig Wallace lachte leise und nahm sein Pintglas vom Tisch.

»Ich glaube nicht, dass du das wirklich ernst meinst«, entgegnete Andrew in ruhigem Ton. »Ich habe gehört, dass Hazel sich sehr für dich eingesetzt hat. Vielleicht ...«

»Soll das hier ein Verhör werden?«, schnappte Christie nach Luft und warf scheppernd den Queue auf den Tisch. »Was kann ich dafür, wenn die Tussi meint, es wäre eine gute Idee, sich die Pulsadern aufzuschlitzen? Ich habe nichts damit zu tun, klar? Können mich nicht einfach mal alle in Ruhe lassen?!«

Christie würdigte den Pfarrer keines weiteren Blickes und stürmte aus dem Raum.

»Schätze, Sie haben da einen Nerv getroffen.« Craig Wallace nahm einen Schluck aus seinem Glas. »Sie reagiert echt empfindlich, wenn man sie drauf anspricht. Keine Ahnung, vielleicht fühlt sie sich schuldig oder so'n Scheiß. Oh ... sorry. Jetzt hab ich Scheiß gesagt.«

»Schon in Ordnung. Das kannst du mit IHM ausmachen.« Andrew deutete mit dem Finger Richtung Decke. »Wieso sollte Christie sich schuldig fühlen?«

»Na ja. Sie hatte doch immer mächtig Ärger mit der Thorburn. Ich war einmal dabei, als die sich gefetzt haben. Christie hat sich wohl krankgemeldet und ist dann abends hier aufgeschlagen. Sowas hat sie öfter gebracht. Jedenfalls hat es der Thorburn irgendwann gereicht und sie ist hier aufgetaucht, um Christie auf den Pott zu setzen. Das war ziemlich krass, was die sich an den Kopf geschmissen haben. Christie hat gemeint, die Thorburn solle sich an ihre eigene Nase fassen, sie hätte schließlich selbst genug Dreck am Stecken. Das hat sie natürlich wütend gemacht, und sie hat gedroht, Christie zu entlassen. Christie meinte nur, das solle sie mal wagen, dann werde sie sich noch wundern. Sie haben sich eine Weile ziemlich angeschrien und Christie ist rausgestürmt. Und die Thorburn ist hinter ihr her.«

Craig nahm einen tiefen Schluck aus seinem Bierglas. »Ist so'n Ding von Christie, dieses Rausstürmen. Tja, jetzt fehlt mir der Partner. Spielen Sie Pool, Reverend?«

Andrew lachte. »Ich bin sogar gar nicht schlecht. Aber vielleicht ein anderes Mal, danke. Hast du eine Ahnung, was Christie gemeint hat, als sie behauptete, Hazel Thorburn habe *Dreck am Stecken*?«

»Nee, keine Ahnung.« Craig schüttelte den Kopf. »Wahrscheinlich war nichts dran. Christie redet viel, wenn der Tag lang ist. Eigentlich ist sie ganz in Ordnung. Sie hat nur ein echtes Aggressionsproblem, wenn Sie mich fragen.«

»Das kann sein.« Andrew nickte. »Na ja, falls sie noch zurückkommt, sag ihr, sie kann jederzeit gerne mit mir sprechen, wenn sie etwas bedrückt. Ich nehme niemandem so schnell etwas übel.«

»Alles klar. Sag ich ihr.«

25

Als Agnes das kleine Restaurant am Hafen betrat, saßen Matthew und Andrew bereits an einem Tisch in der Ecke und winkten sie herüber. Sie war sehr gespannt zu erfahren, warum Matthew sie hergebeten hatte. Als sie näherkam, erkannte sie Fiona Mackinnon, die neben ihm Platz genommen hatte. Ob Matthew es sich anders überlegt hatte?

Es duftete nach Curry und frischem Naan-Brot und Agnes merkte erst jetzt, wie hungrig sie eigentlich war.

Nachdem sie alle begrüßt hatte, wollte sie sich setzen, doch noch bevor sie Anstalten machen konnte, war Andrew bereits aufgestanden und hatte ihr den Stuhl vorgezogen. Sie musste schmunzeln. Ein Kavalier, wie er im Buche stand. »Dankeschön, Andrew«, quittierte sie die Geste und nahm Platz. »Habt ihr schon bestellt?«

»Nur Getränke. Wir haben auf dich gewartet.«

»Ich hoffe, ihr habt nichts dagegen, dass ich Fiona ins Vertrauen gezogen habe«, sagte Matthew.

»Nein, natürlich nicht.« Agnes schenkte der jungen Polizistin ein Lächeln. Warum eigentlich nicht? Schließlich war sie Matthews Kollegin.

Das unscheinbare indische Restaurant lag etwas zurückgesetzt in einer kleinen Seitenstraße direkt am Fähranleger. Agnes vermutete, dass Matthew es vielleicht gerade deswegen gewählt hatte. Es verirrten sich nur wenige Touristen hierher, und die Einheimischen beschränkten sich in der Woche meist darauf, den Lieferdienst zu bemühen. So war der Gastraum beinahe leer. Der ideale Ort für eine ungestörte Unterhaltung.

Nachdem sie bestellt hatten, blickte Matthew in die Runde. »Ich denke, Andrew hat dir bereits erzählt, was Doris Beaton passiert ist.«

Agnes nickte.

»Gemeinsam mit den Kollegen in Craignure ist es mir gelungen, sie zu überreden, zumindest vorübergehend zu ihrer Nichte nach Soroba zu ziehen. Ihr wisst, ich bin ziemlich skeptisch, was die ganze Angelegenheit angeht, doch das Timing gibt mir zu denken. So kurz nachdem Doris im Pub lautstark herumerzählt hat, sie habe einen Mörder gesehen, kommt sie beinahe bei einem Brand um? Hinzu kommen Hazels Reisepläne und der Mann, den Doris an dem fraglichen Abend gesehen haben will. Und niemand, der Hazel Thorburn persönlich kannte, kann glauben, dass sie in der Lage gewesen wäre, Selbstmord zu begehen. Kurzum, es gibt noch eine Menge ungeklärter Fragen, und ich bin der Meinung – und Fiona unterstützt mich darin – wir sollten dem nachgehen.«

Agnes warf Andrew einen Seitenblick zu. Er lächelte ihr zu.

»Also habe ich mit Detective Chief Inspector Sinclair telefoniert, und sie stimmt mir zu, dass all das etwas merkwürdig anmutet. Allerdings reichen die Indizien nicht aus, um zu rechtfertigen, dass sie uns mehr Ressourcen oder Personal zur Verfügung stellen könnte. Dennoch ist sie einverstanden, dass wir weiter nachforschen. Sollten wir dabei Hinweise finden, die die Beurteilung des Falls grundsätzlich verändern, wird sie ihn entsprechend neu aufrollen.

»Das sind doch gute Neuigkeiten, nicht wahr, Agnes?« Andrew lächelte ihr erneut aufmunternd zu.

»Dann hältst du es nicht mehr für unmöglich, dass Hazel ermordet wurde?«, wollte Agnes wissen.

»Ich halte es für unwahrscheinlich, aber keineswegs unmöglich. Und solange nur der Funken eines Zweifels besteht, widerstrebt es mir, den Fall zu den Akten zu legen. Ich möchte aber noch einmal betonen, dass ich keinerlei Alleingänge dulden werde! Es schadet sicher nicht, wenn ihr die Augen und Ohren offenhaltet. Die Ermittlungsarbeit überlasst ihr aber Fiona und mir. Wenn es wirklich jemandem gelungen sein sollte, Hazel umzubringen und es so erfolgreich als Selbstmord durchgehen zu lassen und er kurze Zeit später beinahe Doris Beaton tötet, ohne dass es den geringsten Hinweis gibt, dann hätten wir es mit einem sehr intelligenten und hochgefährlichen Täter zu tun. Jemandem, der bereit ist, aus Angst vor Entdeckung auch weitere Morde zu begehen.«

So bestimmt hatte Agnes Matthew bisher nicht erlebt. Er schien in seine Autoritätsposition hineinzuwachsen.

»Tragen wir zusammen, was wir bisher wissen. Wir haben einen, wenn auch fragwürdigen, Zeugenbericht von Doris über einen männlichen Besucher bei Hazels Haus am Abend ihres Todes. Drei Tage nachdem Doris dies lauthals in der Mishnish Bar verkündet hat, brennt es bei ihr. Die Feuerwehr kann Brandstiftung nicht vollkommen ausschließen, geht aber zunächst von einem Unfall aus«, resümierte Matthew.

»Nicht zu vergessen die gravierte Uhr und die Venedig-Fotos.« Agnes fasste kurz zusammen, was sie in Hazels Haus entdeckt hatte. »Ich denke, sie könnten ein Hinweis darauf sein, dass Hazel eine Liebesbeziehung hatte und diese aus ungeklärten Gründen sowohl vor ihren Eltern als auch vor Bella geheim hielt. Die Gravur bringt uns auch nur bedingt weiter, denn es gibt eine Menge Namen, die mit H beginnen.«

Andrew hüstelte und nahm einen Schluck Wasser. Agnes wandte sich ihm zu. »Was ist? Bist du anderer Meinung, was die Fotos und die Uhr betrifft?«

»Nein, nein. Ich hatte nur so ein Kratzen im Hals.« Er griff erneut nach dem Glas und nahm einen tiefen Schluck.

Agnes betrachtete ihn noch eine Weile aus dem Augenwinkel. Sie wurde das Gefühl nicht los, dass Andrew etwas auf der Seele lag.

»Die Sache mit dem Liebhaber würde doch schon mal zu dem vermeintlichen Besucher passen, oder nicht?«, schaltete sich Fiona Mackinnon ein.

»Das sehe ich auch so«, bestätigte Matthew. »Es würde ins Bild passen und uns unter Umständen auch ein Motiv liefern. Schließlich steht und fällt alles mit der Frage: Wer hätte einen Grund gehabt, Hazel zu ermorden?«

Fiona stieß ihn mit dem Ellenbogen in die Seite, als die Kellnerin mit dem Essen erschien.

»Hmmm! Das riecht fantastisch«, fand Agnes. »Vielleicht sollten wir erst einmal essen und dann weitersprechen.«

»Klingt nach einem bombastischen Plan«, stimmte Fiona zu und reichte ihr den Korb mit dem Brot. »Greifen Sie zu, Mrs Munro.«

»Wo waren wir stehengeblieben?«, fragte Andrew, als die Teller abgeräumt wurden.

»Das Motiv. Wer hätte ein Motiv gehabt?«, nahm Matt den Faden wieder auf.

»Wenn Hazel eine Affäre mit einem verheirateten Mann hatte, wäre das auf jeden Fall schon mal ein Motiv«, begann Fiona.

Andrew massierte sich mit einer Hand den Nacken. »Möglich. Ja, aber ... wäre das wirklich Grund genug, sie zu ermorden? Schließlich gehen eine Menge mehr Leute fremd als es Morde gibt.«

Agnes zog eine Augenbraue hoch. Andrew schien diese Theorie aus irgendeinem Grund nicht zu behagen. Sie bekam immer mehr den Eindruck, dass er etwas verheimlichte.

»Gut. Hast du andere Ideen?«, warf sie herausfordernd ein.

»Nun ja, da wären Henry McNiven und sein Bauvorhaben und dieses Mädchen Christie. Ich habe versucht, mit ihr zu sprechen, aber sie ist direkt in die Luft gegangen. Sie hat da ein paar merkwürdige Andeutungen gemacht.«

Andrew berichtete von seiner Begegnung mit Christie in der Mishnish Bar.

»Dreck am Stecken? Was könnte sie damit gemeint haben?«, überlegte Fiona laut. »Vielleicht irgendwelche Mauscheleien in der Bank?«

»Oder eine Affäre, von der Christie gewusst hat?« Agnes funkelte Andrew triumphierend an. So leicht würde sie sich nicht von dem Thema abbringen lassen. Welchen Grund auch immer Andrew dafür haben mochte, dass er offenbar nicht weiter in diese Richtung denken wollte.

»Hugh Petrie!«, rief Matt etwas zu laut in die Runde. Er zog entschuldigend die Schultern hoch und sprach dann leiser weiter. »Nehmen wir mal an, sie hatte was mit Hugh. Da läge es doch auf der Hand, dass Christie etwas mitbekommen hat, oder?«

»Schon. Ja«, gab Andrew zu. »Das klingt durchaus plausibel. Trotzdem sollten wir aufpassen, dass wir niemanden vorschnell verurteilen.«

»Natürlich. Wir sind uns vollkommen klar, dass das rein theoretische Überlegungen sind«, betonte Matthew. »Schließlich sind wir uns immer noch nicht sicher, ob es überhaupt ein Mord gewesen ist. Aber wir müssen alle Möglichkeiten in Betracht ziehen, auch die unwahrscheinlichen.«

»Das bringt uns zu McNiven.« Fiona Mackinnon rührte in ihrem Tee.

»McNiven klang ziemlich gelassen, was die Geschichte mit dem Neubau angeht«, überlegte Agnes. »Allerdings hat er auch recht ausweichend geantwortet und seinen teilweise doch sehr heftigen Streit mit Hazel verharmlost.«

»Was steht denn für ihn auf dem Spiel?«, wollte Fiona wissen. »Ich meine, wäre es wirklich so katastrophal, wenn er einen anderen Standort für sein Hotel suchen müsste?«

»Finanziell kann ich das schlecht einschätzen«, gab Matthew zu. »Aber ich hatte eher den Eindruck, es ging bei der Sache ums Prinzip. McNiven möchte nun mal den schönen Ausblick.«

»Das ist wahr«, stimmte Agnes zu. »Ich bin mir auch nicht sicher, ob dieser Streit Grund genug für einen Mord wäre, zumal McNiven auch damit rechnen muss, dass Bella die Sache der Bürgerinitiative weiter vertreten wird.«

»Aber Henry beginnt auch mit einem H«, gab Fiona zu bedenken. Ihre Miene spiegelte eine gewisse Sensationslust wider. Eine mögliche Hass-Liebe schien ganz nach ihrem Geschmack zu sein. »Das wäre doch nicht auszuschließen, oder? Man hat schon merkwürdigere Sachen gesehen. Sie streiten wegen des Hotels, haben aber eine leidenschaftliche Affäre. Ich kann mir vorstellen, dass bei so einem Szenario genug böses Blut entstehen könnte, oder nicht? Ich meine, sie hätte zum Beispiel versuchen können, ihn zu erpressen.«

»Hazel war nicht der Typ für Erpressungen«, wehrte Matthew unwirsch ab. Fionas Blick hatte etwas Trotziges.

»Aber du hast gesagt, wir müssen ...«, begann Fiona.

»Ja, ich weiß. Tut mir leid. Wir müssen alle Möglichkeiten in Betracht ziehen«, kam Matthew ihr zuvor. »Vielleicht hat DCI Sinclair recht und mir fehlt die professionelle Distanz.«

»Da geht es uns nicht anders als dir«, beschwichtigte Agnes. »Bis auf Fiona haben wir Hazel alle mehr oder weniger nahegestanden und es fällt uns schwer, uns vorzustellen, dass sie in irgendetwas Unmoralisches oder Kriminelles verwickelt gewesen sein könnte.

Fiona könnte so etwas wie unser Advocatus Diaboli sein, oder nicht? Sie kann die Sachlage etwas neutraler betrachten.«

»Natürlich. Es tut mir leid, Fiona. Ich wollte dich nicht so abbügeln.«

»Schon gut, Chef. Du hast sie halt sehr gemocht.« Sie griff nach ihrem Teeglas und nippte, doch Agnes war der bedauernde Ausdruck in Fionas Gesicht nicht entgangen. Liebe war doch manchmal zu grausam. Matthew hatte an Hazels Desinteresse gelitten, dafür nahm er offensichtlich nicht wahr, dass Fiona ihn ganz klar nicht nur als Vorgesetzten schätzte. Unwillkürlich schweifte ihr Blick zu Andrew, der sie mit einem leichten Lächeln wissend ansah. Sie konnte nicht umhin, das Lächeln zu erwidern. Für einen Augenblick waren sie Komplizen.

»Ich werde McNiven jedenfalls auch überprüfen. Vor allem sollte ich in Erfahrung bringen, wo er an dem besagten Mittwochabend war. Wenn er ein glaubhaftes Alibi hat, kann er schließlich nicht der mysteriöse Besucher gewesen sein«, sagte Matthew.

»Bei der Gelegenheit solltest du auch mal mit diesem Anwalt sprechen«, erinnerte ihn Agnes. »Hamish Murray. Er hatte Kontakt mit Hazel und sein Name beginnt mit einem H – er käme also auch in Frage. Ebenso wie Howard Colquhoun, Charlies Mitarbeiter. Allerdings ist der Single. Sie hätte also eher keinen Grund gehabt, eine Beziehung mit ihm zu verheimlichen.«

»Vielleicht hätte ihr Vater etwas dagegen gehabt?«, schlug Fiona vor.

»Das denke ich nicht. Charlie hält große Stücke auf

Howard. Und außerdem hätte Charlie sich nicht in Hazels Liebesleben eingemischt. Höchstens, wenn es Anlass zur Sorge geboten hätte.«

»Wie wollen wir weiter vorgehen?«, fragte Agnes und erntete einen strengen Blick von Matthew.

»Ich habe nichts dagegen, wenn ihr euch unverbindlich im Ort umhört oder euch zu unseren Theorien Gedanken macht. Aber den Rest überlasst ihr bitte den Profis.« Er tauschte einen Blick mit Fiona, die ihn anstrahlte. »Ich möchte nicht, dass ihr euch in irgendeiner Weise in Gefahr bringt, ist das klar?«

»Ja, natürlich«, murmelte Agnes kleinlaut und Andrew nickte eifrig.

»Gut. Wenn ihr irgendetwas hört oder euch noch etwas einfällt, könnt ihr Fiona und mich jederzeit per Handy erreichen.«

Matthew hielt vor dem Pfarrhaus, um Andrew aussteigen zu lassen.

»Mich kannst du auch hier rauslassen. Ich habe es ja nicht mehr weit.« Agnes löste den Sicherheitsgurt.

»Dann bringe ich dich aber noch nach Hause«, sagte Andrew bestimmt.

»Das ist wirklich nicht nötig, ich muss doch nur kurz um die Ecke«, protestierte Agnes. Auch wenn sie sich in Begleitung sicherer fühlte, scheute sie sich seit seinem Geständnis davor, mit Andrew allein zu sein.

Sie verabschiedeten sich und sahen den Rücklichtern hinterher, die um die Ecke verschwanden. Andrew lächelte und bot Agnes den Arm. Sie zögerte einen Augenblick, bevor sie sich bei ihm einhakte.

Es war noch immer hell genug, um die Umgebung

erkennen zu können, und die Luft war trotz einer frischen Brise vom Meer her noch lau und angenehm. Einen Augenblick sahen sie schweigend auf die Bucht hinaus.

»Vermisst du das nicht?«, fragte Andrew schließlich.

Agnes sog tief den würzigen Duft von Seetang und Salz ein. »Schon. Hin und wieder.«

Andrew kommentierte diese Aussage nicht. Er lächelte nur still in sich hinein, während sie sich in Bewegung setzten.

Ein lang vergessenes Gefühl begann mit Macht von Agnes Besitz zu ergreifen. Nicht unangenehm, aber in seiner Intensität beängstigend. Natürlich war es nicht verwerflich, so zu empfinden. »Bis dass der Tod uns scheidet«, hatte sie versprochen, und das hatte sie gehalten. Dennoch fühlte sie sich, als ob sie sich in gefährlichen Treibsand begab, sich verletzlich machte. Sie hatte so lange gebraucht, sich mit ihrem Schmerz zu arrangieren. Womöglich gelang es ihr nie, sich vollkommen damit zu versöhnen. Sollte sie sich dem wirklich ein zweites Mal aussetzen, ihr Herz noch einmal so an jemanden binden? Und was, wenn sie ihn dann auch verlor?

Andrew war stehen geblieben. Agnes war so in Gedanken versunken gewesen, dass sie gar nicht gemerkt hatte, dass sie vor dem Haus der Thorburns angekommen waren.

»Woran denkst du?« Andrews Stimme klang heiser, zögerlicher als gewöhnlich.

Als er nach ihren Händen griff, wurde Agnes unangenehm bewusst, dass ihre Handflächen sich ganz verschwitzt anfühlten. Ihr Herz flatterte wie ein Kolibri. Für einen Augenblick fühlte sie sich wie ein Teenager. Doch es fehlte diesem Gefühl die Leichtigkeit der jugendlichen Verliebtheit. Sie beide wussten wohl um die Klippen und Untiefen.

»Ich habe Angst«, flüsterte sie.

»Ich auch.« Andrew zog sie näher zu sich heran und hauchte ihr einen Kuss auf die Wange. Seine Arme schlossen sich zaghaft um sie und hielten sie. Sie spürte seinen Atem an ihrem Hals. »Ich auch, Agnes. Aber ich glaube, das ist es wert.«

Seine Stimme war jetzt ruhig und sanft. Es war, als ob die Welt einen Moment lang innehielt, einen kleinen Augenblick, in dem sich Agnes ganz und gar sicher und aufgehoben fühlte.

»Ich weiß noch nicht, ob ich dazu bereit bin, Andrew«, flüsterte sie.

»Nimm dir alle Zeit, die du brauchst.« Andrew lockerte die Umarmung und drückte noch einmal ihre Hände. »In unserem Alter haben wir es nicht mehr eilig.« Er drückte noch einen sanften Kuss auf ihren Scheitel, bevor er ihr eine gute Nacht wünschte.

Mit klopfendem Herzen stand Agnes im Flur und lauschte in die Stille des Hauses. Sie würde sicher nicht so bald in den Schlaf finden.

Leise öffnete sie die Tür zum Schrank unter der Treppe und zog einen der Kartons hervor, die Matt am Abend vor Neils Beerdigung vorbeigebracht hatte. Sie öffnete ihn und sah hinein. Er schien hauptsächlich Kleidung zu enthalten.

Kurzentschlossen holte sie sich einen Hocker aus der Küche und machte sich daran, den Inhalt der Kartons zu inspizieren.

Wie Peggy Morgan bereits angekündigt hatte, waren darin vor allem Bücher und Kleider. Der dritte Karton enthielt neben diversen Kabeln und Technikzubehör zwei Ordner und einen Schuhkarton mit Papierkram und Büroutensilien – vermutlich der Inhalt seines Schreibtisches.

Sie sah die Ordner durch. Sie enthielten wenig Aufschlussreiches: Versicherungsunterlagen, Bankauszüge, Abrechnungen und dergleichen mehr. Sie öffnete den Schuhkarton, in dem sich ein Sammelsurium von alten Briefen, Zeitungsausschnitten, Fotos und Notizen befand.

Sie stellte ihn zur Seite, verschloss ihn und verstaute ihn wieder unter der Treppe. Nachdem sie den Hocker wieder in die Küche gebracht hatte, stieg sie mit dem Schuhkarton unter dem Arm die Treppe zum Gästezimmer hoch. Den Inhalt wollte sie ganz in Ruhe in Augenschein nehmen.

26

Matthew stellte sein Fahrrad vor dem *Crown and Thistle* ab. Das Hotel befand sich hügelaufwärts direkt an der Küste, nicht weit entfernt vom Golfclub, in einem hübschen Steingebäude in viktorianischem Stil. Der Rasen hatte eine sattgrüne Farbe und wirkte fast ebenso akkurat geschnitten wie das Putting Green auf dem Golfplatz. Kletterrosen rankten sich zwischen den in hellem Stein eingefassten Fenstern und ließen das Hotel trotz seiner geringen Größe wie ein herrschaftliches Anwesen wirken.

Matthew betrat die hübsch gefliese Eingangshalle mit dem hohen Deckengewölbe, das ebenfalls die Illusion von Größe erweckte, und trat an den Empfangstresen.

»Sergeant Jarvis«, grüßte die Rezeptionistin. »Was bringt Sie hierher?«

»Ich würde gern den Chef sprechen. Ist der im Haus?«, erkundigte sich Matthew.

»Sie haben Glück, er ist vor einer Viertelstunde gekommen und ist in seinem Büro. Einen Augenblick bitte.« Die junge Frau nahm den Telefonhörer und wählte.

Etwas später folgte Matthew ihr den Flur entlang in den hinteren Teil des Gebäudes, wo sich das Büro des

Managers befand. Sie klopfte und ließ Matthew eintreten.

Henry McNiven hatte sich von seinem Schreibtischstuhl erhoben und sah fragend zur Tür. Mit der Hand deutete er auf den leeren Stuhl vor seinem Schreibtisch.

»Was kann ich für Sie tun, Sergeant?«, fragte er und wartete, bis Matthew Platz genommen hatte, bevor auch er sich wieder setzte.

»Es geht um Hazel Thorburn«, begann Matthew und beobachtete McNivens Gesichtsausdruck, der zwischen Erstaunen und Misstrauen pendelte.

»Ja? Wieso kommen Sie da zu mir?« Die Frage wirkte defensiv.

»Ich untersuche den Tod von Ms Thorburn. Es gibt Grund zu der Annahme, dass sie am Abend ihres Todes Besuch hatte.«

Für einen kurzen Moment flackerte so etwas wie Unsicherheit in McNivens Blick auf.

»Besuch? Und da vermuten Sie, das könnte ich gewesen sein? Glauben Sie etwa, jemand hat sie dazu gebracht, sich ... das ist doch absurd!« Zornesröte überzog das Gesicht des Hoteliers.

»Ich vermute überhaupt noch nichts, Mr McNiven«, beschwichtigte Matt in ruhigem Ton. »Ich erwäge nur Möglichkeiten. Dabei muss ich alle Personen in Betracht ziehen, die mit Ms Thorburn in Kontakt standen.«

Henry McNiven zupfte sich am Ohrläppchen.

»Und da kommen Sie auf mich, wegen dieser Sache mit der Baugenehmigung, richtig?«

»Unter anderem.« Matthew hielt seine Antworten

bewusst knapp.

»Was wollen Sie mir unterstellen? Glauben Sie, ich habe Hazel irgendwie in den Selbstmord getrieben? Nur weil mir einmal im Suff etwas wirklich Dummes herausgerutscht ist? Wie sollte ich das bitte angestellt haben?«

»Ich sagte doch bereits, dass ich überhaupt nichts unterstelle. Es würde mir schon sehr weiterhelfen, wenn Sie mir sagen könnten, wo Sie am fraglichen Mittwochabend zwischen acht und zehn Uhr waren. Wir müssen einfach alle Zweifel ausräumen.«

»Das ... das war der Dreizehnte, oder?« McNiven blätterte durch den Kalender auf seinem Schreibtisch.

Matt nickte. »Genau.«

Henry McNiven hatte gefunden, wonach er gesucht hatte und drehte dem Sergeant mit einem zufriedenen Gesichtsausdruck den Kalender zu. Für den Abend des Dreizehnten war um 20 Uhr ein Geschäftsessen eingetragen.

»Da habe ich mit meinem Steuerberater im *Am Birlinn* in Dervaig zu Abend gegessen. Die Reservierung lief auf meinen Namen, das können Sie also gerne überprüfen. Sie können gerne dort anrufen.«

»Danke, das werde ich tun.« Matthew notierte sich die Daten und erhob sich. »Bitte entschuldigen Sie, wenn Sie sich belästigt fühlten, aber wir müssen allen Hinweisen nachgehen. Dafür haben Sie doch sicher Verständnis, nicht wahr?«

»Natürlich. Selbstverständlich.« Mr McNiven lächelte. »Es ist nur ... na ja, ist eben ein komisches Gefühl, von der Polizei befragt zu werden, als wäre man ein Verbrecher. Tja, aber ... nun, Sie machen wohl nur ihren Job, stimmt's?«

»So ist es«, stimmte Matt zu und hielt dem Hotelier die Hand hin. »Nichts für ungut, Mr McNiven. Vielen Dank für Ihre Mithilfe.«

Matthew verließ das Hotel und stieg wieder auf sein Fahrrad. Er konnte den Eindruck nicht abschütteln, dass er bei McNiven in ein Wespennest gestochen hatte. Sicher war es ein unangenehmes Gefühl, von der Polizei befragt zu werden, speziell wenn es um einen Todesfall ging. Dennoch war da irgendetwas an McNivens Reaktion, das ihn störte. Er hätte nicht einmal genau sagen können, warum. Er radelte die kurze Strecke bis zum Polizeirevier und stellte sein Fahrrad im Hof ab.

In seinem Büro zog er die Notizen aus der Tasche und rief das Büro des Steuerberaters an, wo ihm die Sekretärin den Termin bestätigte. Seine Erkundigungen beim *Am Birlinn* in Dervaig brachten dasselbe Ergebnis. McNiven hatte also tatsächlich am Abend des Dreizehnten einen Termin in Dervaig gehabt. Als mysteriöser Besucher fiel er also aus.

Matthew pikste mit dem Kugelschreiber Löcher in die Schreibtischunterlage, während er darüber nachdachte. Trotz dieser neuen Erkenntnis konnte er das Gefühl nicht abschütteln, dass Henry McNiven etwas zu verbergen hatte. Ihre Verdächtigenliste war ihren Namen ohnehin schon nicht wert gewesen, und nun konnte er bereits den Hauptverdächtigen streichen.

Wesentlich wahrscheinlicher war, dass es keinen Mörder gab und somit auch kein Motiv. Und doch hatte Agnes ihn mit ihren beharrlichen Zweifeln angesteckt. Irgendetwas stimmte ganz und gar nicht an diesem vermeintlichen Selbstmord. Doch er wusste einfach nicht was. Und das, so musste er sich frustriert eingestehen, machte es nicht gerade leichter, es zu finden.

27

Agnes half Effy beim Abwasch und verabschiedete sich dann auf ihr Zimmer. Nachdem sie am vorigen Abend so spät ins Bett gekommen war, wollte sie sich noch etwas Schlaf gönnen.

Auf dem Stuhl in der Ecke stand noch immer der Schuhkarton, den sie gestern in Neils Sachen gefunden hatte. Sie trug den Karton zum Bett und begann, den Inhalt zu untersuchen. Der Karton schien eine ungeordnete Sammlung von Erinnerungsstücken zu beinhalten: Konzert-Tickets, alte Briefe, diverse Fotos von Freunden und Familienmitgliedern. Ein Foto aus Neils Abschlussjahr zeigte ihn und Hazel zusammen mit einigen Freunden bei den Highland Games. Agnes erkannte unter anderem Stephen McVoren und Henry McNiven. Auch Matthew Jarvis war zu erkennen, stand aber abseits von der Gruppe, die gemeinsam posierte. Es gab alte Zeitungsartikel über Schulaufführungen und Sport-Wettkämpfe und einen tragischen Unfall in der Nähe des Leuchtturms.

Zwischen den Fotos und Artikeln entdeckte Agnes ein zusammengefaltetes rosa Zettelchen. Sie lächelte. Ein Liebesbrief? Sie kam sich schäbig vor, doch die Neugier trieb sie dazu, das Briefchen zu entfalten. Darauf waren lediglich die Worte »Ruf an!« sowie eine

Mobiltelefonnummer zu lesen. Unterzeichnet war der Zettel mit »Alles Liebe, Inès xxoxo«. Daneben war ein Herz gezeichnet. Agnes kannte keine Inès in Neils Alter auf der Insel, und die besonders akkurate und gefällige Handschrift erinnerte sie an ihre französischen Austauschschülerinnen. Vielleicht eine Urlaubsliebe.

Es gab ein kleines schwarzes Büchlein, in das Neil Ideen und Stichworte sowie Gedichte oder Songtexte notiert hatte. Hinten im Buch steckte ein Foto von einem sehr hübschen blonden Mädchen mit langen, braungebrannten Beinen, die in recht kurzen Jeansshorts steckten. Das Mädchen saß auf einer Mauer aus groben Natursteinen, und im Hintergrund waren Meer und Berge zu erkennen. Agnes drehte die Fotografie um. »Ich auf Korsika letzten Sommer«, stand dort in derselben ordentlichen Handschrift. Das bestätigte ihre Vermutung. Ein Urlaubsflirt, der Neil offenbar nachhaltig beeindruckt hatte. Es machte sie traurig, wenn sie darüber nachdachte, was Neil noch alles hätte erleben können. Doch es war auch schön, die Erinnerungen an all die glücklichen Momente in seinem Leben zu sehen.

Sie steckte das Bild zurück zwischen die Seiten. Irgendwann würde Effy diese Sachen bestimmt gerne haben wollen. Agnes gähnte. Ihre Augenlider fühlten sich schwer an, und die traurigen Gedanken trugen nicht gerade dazu bei, ihre Lebensgeister zu wecken.

Sie legte das Notizbuch zurück in den Karton, schloss den Deckel und schob das Kistchen unter ihr Bett. Erschöpft streifte sie die Schuhe von den Füßen, stellte sich einen Wecker und rollte sich auf dem Bett zusammen, wo sie etwas später eindöste.

Agnes fühlte sich benommen, als der Wecker sie aus dem Schlaf holte. Sie streckte sich, um die wirren Traumbilder abzuschütteln, die noch immer nachhallten. Sie konnte nichts Konkretes mehr greifen, aber sie erinnerte sich, dass sie mit dem Auto irgendwohin unterwegs gewesen war. Andrew war dagewesen und John. Der Traum hatte sie aufgewühlt und die Ereignisse der vorletzten Nacht wieder klar in ihr Bewusstsein gerufen. Sie würde eine Entscheidung treffen müssen, wie sie mit Andrews Geständnis und dem, was vorgestern geschehen war, weiter umgehen wollte. Doch noch fühlte sie sich dazu nicht in der Lage, ihre Beziehung näher zu definieren.

Sie stand auf und suchte nach Effy, die sie schließlich kniend im Garten vorfand, wo sie Unkraut zupfte.

»Soll ich dir helfen?«, bot Agnes an.

»Wenn du Lust hast, ja. Aber ich komme ganz gut alleine zurecht.« Effy stellte ein Knie auf und wischte sich mit dem Handrücken eine Haarsträhne aus dem Gesicht. »Die Gartenarbeit tut gut. Es hat etwas Beruhigendes, mit den Händen im Dreck zu wühlen.« Ein wehmütiges Lächeln umspielte ihre Lippen. »Hazel hat Gartenarbeit gehasst. Das war mehr Neils Ding. Er hatte ein Händchen für Pflanzen und Tiere. Vielleicht hat ihm das gefehlt in Glasgow.«

»Soll ich dir etwas zu trinken rausbringen?«, fragte Agnes. »Dann helfe ich dir anschließend.«

»Ja, etwas Kaltes zu trinken und ein paar Minuten Pause im Schatten wären wirklich eine gute Idee.« Effy legte Hacke und Hühnerkralle ordentlich in den

Eimer und wusch sich mit dem Gartenschlauch die Erde von den Händen. Agnes ging ins Haus zurück, um Gläser und Limonade zu holen.

Gerade als sie die Kanne auf dem Tablett abstellte, klopfte es an der Haustür. Agnes streifte die Hände an der Hose ab und ging in den Flur, um zu öffnen. Draußen stand Stephen McVoren, der Makler.

»Stephen, kommen Sie herein. Ich habe gerade frische Limonade gemacht. Vielleicht möchten Sie auch etwas?«

Stephen sah sich um. »Danke, das wäre sehr nett, aber ich möchte wirklich nicht stören. Ich wollte wegen des Hausverkaufs mit Ihnen sprechen.«

»Oh. Ja, verstehe. Ich habe so schnell gar nicht mit Ihnen gerechnet. Das besprechen wir besser in der Küche. Effy hat darum gebeten, dass ich diese Dinge noch von ihr fernhalte. Kommen Sie.«

Sie führte den jungen Mann in die Küche und bat ihn, sich zu setzen. Nachdem sie ein weiteres Glas aus dem Schrank geholt und Stephen und sich selbst eingeschenkt hatte, brachte Agnes den Rest der Limonade zu Effy auf die Terrasse. Als sie in die Küche zurückkehrte, hatte Stephen bereits einige Unterlagen auf dem Küchentisch ausgebreitet und nippte an seiner Limonade.

»Sehr erfrischend.« Er lächelte und setzte das Glas ab.

Agnes holte ihre Lesebrille aus dem Wohnzimmer und setzte sich zu ihm an den Küchentisch. Neugierig betrachtete sie die Papiere.

»Nach unserem Telefonat habe ich mir schon einmal ein paar Gedanken gemacht. Zunächst einmal muss ich für das Objekt ein Portfolio erstellen. Ich habe mir erlaubt, Ihnen einmal ein paar Muster mitzubringen, wie so etwas dann aussieht.« Er deutete auf die ausliegenden Prospekte.

Agnes nahm einen zur Hand und blätterte ihn durch. Er enthielt Fotos und Beschreibungen aller Räumlichkeiten.

»Es wäre hilfreich, wenn Sie eventuell Unterlagen zum Haus hätten, Baupläne oder Ähnliches. Dann müsste ich nicht selbst ausmessen. Und natürlich brauchen wir Fotos von den Räumen. Ich dachte, es wäre vielleicht günstiger, die Fotos jetzt aufzunehmen, solange das Haus noch möbliert ist. Leere Räume wirken weniger wohnlich und attraktiv. Die Käufer sehen lieber, wie es wirkt, wenn es eingerichtet ist«, erklärte Stephen. »Ich fahre übermorgen bereits wieder nach Fort William. Ich lasse Ihnen die Muster hier. Wenn ich die Fotos und die nötigen Daten habe, reicht das ja fürs Erste. Sie können mir telefonisch Bescheid geben, welches Design Sie bevorzugen.«

»Ach, das überlasse ich, glaube ich, ganz dem Experten.« Agnes winkte ab. »Sie wissen sicher besser, wie man so ein Haus ins rechte Licht rückt. Ich hole eben die Schlüssel und wir laufen rüber.«

Sie stand auf und war schon auf halbem Weg in den Flur, wo ihre Handtasche mit dem Schlüssel stand, als ihr noch etwas einfiel. »Haben Sie zufällig den Wagen dabei?«, wollte sie wissen.

»Sie haben mich erwischt. Ich war heute tatsächlich zu faul zu laufen oder zu radeln«, gab Stephen zu. »Meine Eltern wohnen ja ein gutes Stück außerhalb.«

»Das trifft sich hervorragend. Sie könnten mir helfen, die Umzugskisten aus dem Schrank unter der Treppe zu Hazel zu bringen.«

»Umzugskisten?« Stephens Gesicht nahm einen fragenden Ausdruck an, erhellte sich dann aber gleich wieder. »Ach so. Sicher Neils Sachen, nicht wahr?«

Agnes nickte. »Es ist nicht viel. Drei große Umzugskartons und eine etwas kleinere Bücherkiste. Allein könnte ich sie nicht transportieren.«

»Natürlich. Überhaupt kein Problem. Ich helfe doch gern!« Stephen lächelte und folgte ihr in den Flur.

Nachdem sie die Kartons im erstaunlich geräumigen Kofferraum von Stephens sportlichem Zweisitzer verstaut hatten, fuhren sie die kurze Strecke zu Hazels Haus. Dort angekommen, klaubte Agnes die Post von der Fußmatte, legte sie auf die Kommode und führte Stephen durch die Räume, wobei er von jedem Zimmer detaillierte Aufnahmen machte.

»Für die Fotos ist jetzt am Nachmittag das ideale Licht«, kommentierte er. »Das wirkt hell und einladend.«

Nachdem sie die Runde durch das Haus beendet hatten, machte sich Stephen daran, die Umzugskisten aus dem Auto zu tragen.

»Stellen Sie die Kisten einfach hier hinten im Flur ab. Ich kümmere mich dann später darum. Ich werde bald anfangen, die Sachen zu sortieren, damit das Haus möglichst schnell verkauft werden kann. Es würde eine große Last von Effys Schultern nehmen, das weiß ich.«

»Das kann ich verstehen. Man kann es kaum fassen, nicht? Zwei Kinder innerhalb so kurzer Zeit zu verlieren. Und Hazel ...« Er stockte und schüttelte den Kopf. »Ich glaube es immer noch nicht. Wir waren am Tag nach Neils Beerdigung noch gemeinsam Mittag essen, haben über alte Zeiten geredet. Schule, Lehrer, die verrückten Dinge, die wir in unserer Jugend angestellt haben.«

Agnes hob die Augenbrauen. Davon hatte Hazel gar nichts erzählt.

»Niemand hier kann wirklich glauben, was geschehen ist«, sagte Agnes.

Stephen legte den Kopf schief. »Ich meine, die Polizei muss es ja wissen. Es ist bloß schwer zu glauben. Sie wirkte schon ziemlich niedergeschlagen, doch man denkt ja nicht daran, dass jemand ... ich fürchte, das nostalgische Gerede hat es nicht besser gemacht, es hat vielleicht vieles aufgewühlt. Ich mache mir arge Vorwürfe, dass ich nicht bemerkt habe, wie verzweifelt sie wirklich war.« Er zuckte resigniert mit den Schultern. «Tja, man kann die Zeit leider nicht zurückdrehen, nicht wahr?«

Stephen deutete auf Neils Sachen. »Soll ich Ihnen vielleicht dabei helfen? Ich habe gerade nichts Wichtiges vor. Zu zweit geht es sicher schneller.«

»Nein danke, Stephen. Das ist nicht nötig. Ich werde schon allein damit fertig. Außerdem weiß ich nicht, ob es Effy recht wäre.«

»Sie hätte sicher nichts dagegen. Ich war damals fast ein Teil der Familie.« Stephen ließ einen Seufzer hören. »Das waren noch sorglose Zeiten.«

Agnes lächelte. »Danke, Stephen. Sie helfen mir wirklich schon genug. Es ist auch gar nicht viel. Ein bisschen Kleidung, ein paar Fotos, Papiere, etwas

Technikkram. Das habe ich schnell sortiert.«

»Technikkram?«, hakte Stephen nach. »Ein Computer vielleicht? Ich bin zwar kein Experte, aber ich kenne mich soweit ganz gut aus. Dabei könnte ich Ihnen sicherlich helfen.«

Agnes lehnte ab. »Schon in Ordnung. Ich schaffe das. In meinem Job musste ich up to date bleiben, was diese Sachen angeht. Ein Computer war allerdings nicht dabei. Nur Kabel und solche Sachen.«

«Dann hole ich jetzt die restlichen Kisten.« Stephen lief zurück zum Auto, während Agnes in der Abstellkammer nach einem Wäschekorb für Neils Kleidung suchte.

Nach zwei Stunden hatte sie die Kartons leergeräumt. Sie hatte jedes Kleidungsstück gesichtet, zusammengelegt und sortiert, die Aktenordner durchgesehen und nur die Dokumente herausgenommen, die womöglich auch nach Neils Tod noch wichtig sein konnten. Den Rest würde sie Charlie in die Firma bringen. Im Büro gab es sicher einen Aktenvernichter. Die Kabel hatte sie weitgehend den dazugehörenden Geräten zuordnen können. Stecker für den elektrischen Rasierer und ein Handy-Ladekabel – das Handy hatte die Polizei am Unfallort sichergestellt und mit ein paar weiteren Gegenständen bereits der Familie übergeben.

Es gab noch USB-Kabel. Agnes stellte fest, dass sie zu den Anschlüssen an dem kleinen externen CD-Laufwerk gehörten. Ein Netzteil war ebenfalls übrig geblieben. Seltsam, das kein Computer zu finden war. Was sollte Neil mit einem CD-Laufwerk, wenn er überhaupt keinen Computer hatte? Außerdem – hatte Peggy nicht einen erwähnt?

28

»Sie hat doch wohl nichts Schlimmes ausgefressen?« Bonnie Lamont stand die Sorge ins Gesicht geschrieben.

»Nein, nein. Alles in Ordnung, Mrs Lamont«, beeilte sich Fiona Mackinnon, Christies Mutter zu beruhigen. »Ich möchte einfach nur mit ihr sprechen, wenn ich darf.«

Bonnie sah noch nicht überzeugt aus, ließ die junge Polizistin aber eintreten und rief nach ihrer Tochter.

Eine Weile später erschien Christie auf der Treppe und sah zunächst ähnlich besorgt aus wie ihre Mutter. Der Ausdruck wich jedoch relativ schnell einer Miene grimmiger Entschlossenheit.

»Was wollen Sie?«, blaffte sie.

»Christie! Nun sei doch bitte nicht so unhöflich«, rügte Mrs Lamont ihre Tochter, wie Fiona fand, viel zu sanft, um ernst genommen zu werden.

»Ich möchte mich nur kurz mit dir unterhalten«, entgegnete Fiona Mackinnon.

»Wüsste nicht, was ich mit Ihnen zu bereden hätte. Habe schließlich nichts verbrochen«, wehrte Christie ab.

»Es wäre sehr freundlich, wenn wir kurz unter vier Augen sprechen könnten«, wandte sich Fiona an Mrs

Lamont.

Bonnie schien einen Augenblick zu zögern, trat aber dann doch den Rückzug an und ließ die beiden allein.

»Natürlich. Ich ... bin in der Küche, falls Sie mich brauchen.«

»Hör zu, Christie. Es geht um Hazel Thorburn und die Andeutungen, die dein Freund Craig gegenüber Reverend Fletcher gemacht hat. Etwas, das du zu Hazel Thorburn gesagt hast.«

»Warum können mich nicht einfach alle damit in Ruhe lassen?«, schrie Christie. »Es war doch überhaupt nicht ernst gemeint! Was kann ich dafür, wenn sie es tatsächlich tut?«

Fiona runzelte die Stirn. Sie sah Tränen in Christies Augen schimmern.

»Es war nicht meine Schuld, okay? Warum will das niemand kapieren?! Ich hab doch niemals gedacht, dass ...«

Christie schluchzte auf und Fiona machte einen vorsichtigen Schritt auf sie zu. Sie legte dem Mädchen die Hand auf die Schulter. »Komm, wir gehen nach draußen und unterhalten uns da in Ruhe, okay?«

Mit zusammengepressten Lippen nickte Christie, während Tränen ihre Wangen hinabliefen.

Fiona steuerte mit Christie auf die Bank im Vorgarten zu und nahm neben ihr Platz.

»Es ist alles gut, Christie. Beruhige dich. Warum glaubst du, dass dir jemand die Schuld geben möchte?«

»Na, weil ich ... weil ich zu ihr ...« Das Mädchen schniefte. »Ich war echt wütend. Sie hat mir hinterhergeschnüffelt und mir gedroht, mich rauszuschmeißen. Aber ich hab es wirklich nicht so gemeint.«

»Was hast du nicht so gemeint?«, hakte Fiona nach.

»Ich hab sie angeschrien und gesagt, sie soll sich umbringen«, würgte Christie unter Tränen hervor.

Fiona legte dem Mädchen den Arm um die Schultern. »Und du glaubst, dass sie es deswegen getan hat?«

Christie zuckte mit den Schultern. »Ich glaube, sie hatte Angst, dass alles rauskommt.«

Fiona zog die Augenbrauen zusammen. »Dass was rauskommt? Das, was du im Streit angedeutet hast?«

Christie nickte. »Ich ... ich war doch bloß so wütend. Mann, ich habe mir solche Mühe gegeben, und dann habe ich einmal, ein einziges Mal, blaugemacht. Man kann in diesem Scheißkaff nichts tun, ohne dass es alle gleich mitkriegen. Ich hatte Angst, dass sie mich rausschmeißt. Dann hätte ich hier doch nirgends mehr einen Job gefunden. Na ja ... und da dachte ich, ich versuch mal, den Spieß umzudrehen. Ich habe ihr gesagt, dass ich allen erzähle, dass sie ...« Christie unterbrach sich. »Miss Mackinnon, ich möchte echt nicht, dass irgendjemand Ärger bekommt.«

»Es ist gut, Christie. Wenn es für den Fall nicht relevant ist, werde ich es niemandem erzählen.« Christies Augen weiteten sich plötzlich. »Fall? Sie meinen ... hat Ms Thorburn sich gar nicht ...? Wurde sie etwa ...?« Das Mädchen wurde bleich.

Fiona biss sich auf die Innenseite der Unterlippe. Das hatte sie ja gründlich versaut. Hoffentlich war Matthew nicht allzu wütend.

»Nein, nein«, versuchte sie es mit Schadensbegrenzung. »Wir müssen nur alle Möglichkeiten überprüfen. Bisher besteht kaum ein Zweifel daran, dass es Selbstmord war.«

Christies Züge entspannten sich wieder etwas. »Es ist nämlich so. Ich war mir nicht hundert Prozent sicher, aber ich hatte irgendwie das Gefühl, da war was zwischen Ms Thorburn und Mr Petrie, wissen Sie? Ich dachte, ich wage mal einen Schuss ins Blaue, und ihre Reaktion hat echt Bände gesprochen. Sie ist total in die Luft gegangen. Ich wollte doch eigentlich nur, dass sie mich in Ruhe lässt. Aber was, wenn sie Angst hatte, dass alles rauskommt und sie deshalb ...«

»Nein, Christie. Ganz bestimmt nicht«, beruhigte sie Fiona. »Es ist ganz sicher nicht deine Schuld. Ich glaube nicht, dass Ms Thorburn sich wegen so etwas gleich das Leben genommen hätte.«

Es gelang Fiona, überzeugt zu klingen, jedoch hatte sie durchaus ihre Zweifel. Immerhin wäre es ein ziemlicher Skandal gewesen, noch dazu, wo Hannah Petrie schwanger war. Die Aussicht auf soziale Ächtung, in Kombination mit einer unerfüllten Liebe, hatte schon das Potenzial dazu, jemanden in den Selbstmord zu treiben. Doch das musste sie Christie nicht auf die Nase binden.

29

Es dämmerte bereits, als Agnes vor dem Häuschen in der Victoria Street stehen blieb. Obwohl Charlie und vor allem ihre Freundin Effy nicht müde wurden, ihr das Gegenteil zu versichern, fühlte sich Agnes zunehmend wie ein Eindringling. Um den beiden etwas Privatsphäre zu gönnen, hatte sie beschlossen, nach dem Abendessen noch in Hazels Haus zu gehen. Vielleicht konnte sie schon einmal mit dem Sortieren der Kleidung anfangen. Das war einfacher als das Sichten des Hausrats und der Papiere. Außerdem könnte sie die Textilien dann bereits abholen lassen, um Platz zu schaffen.

Sie zog den Schlüssel aus der Tasche und steckte ihn ins Türschloss.

Nanu? Hatte sie heute Nachmittag vergessen, abzuschließen? Eigentlich meinte sie, sich klar erinnern zu können, wie sie den Schlüssel im Schloss gedreht und anschließend in die Handtasche gesteckt hatte. Bisher hatte sie sich noch immer fest auf ihr Gedächtnis verlassen können. Ob es sie nun allmählich doch im Stich ließ?

Agnes drehte den Knauf, und die Tür gab nach. Sie betrat den Flur und stellte ihre Handtasche auf die Kommode. Im Dämmerlicht bemerkte sie einen schwachen Lichtschein, der unter der geschlossenen Schlafzimmertür hindurchschimmerte. Aber im Schlafzimmer war sie doch überhaupt nicht gewesen. Sofort war Agnes alarmiert. Mit jagendem Herzen sah sie sich im Flur nach etwas um, das sich als Waffe eignete und griff sich einen schweren metallenen Schuhlöffel.

Langsam und vorsichtig bewegte sie sich durch den Flur.

»Hallo?«, rief sie. Ihre Stimme kam ihr in der Stille überdimensional laut vor. »Ist da jemand?«

Im Haus rührte sich nichts. Für einen kurzen Augenblick überlegte sie, ob es klüger wäre, den Rückzug anzutreten und Matthew anzurufen. Doch dann beschloss sie, ihren Mut zusammenzunehmen und stieß die Schlafzimmertür auf. Die Nachttischlampe brannte, aber es war niemand zu sehen.

»Hallo?«, rief sie noch einmal und machte noch einen Schritt vorwärts. Sie suchte den Raum ab, sah auch in den Spiegel, der über der Kommode hing, und betrat dann das Schlafzimmer. Soweit sie sich erinnerte, sah alles noch genauso aus wie sie es verlassen hatte. Vielleicht war die Lampe auf dem Nachttisch schon länger an gewesen und sie hatte es übersehen? Sie war sonst immer bei Tageslicht im Haus gewesen. Schon möglich, dass sie nicht bemerkt hatte, dass die Lampe brannte.

Agnes schreckte auf, als sie ein Geräusch im Flur hörte. Sie hob den Schuhlöffel über den Kopf und näherte sich der Tür. »Hallo? Wer auch immer da ist, kommen Sie raus!«

Das hatte nicht besonders selbstsicher geklungen.

Agnes wünschte, ihre Stimme hätte weniger gezittert.

Kurzentschlossen machte sie einen Schritt hinaus in den Flur, den Griff des Schuhlöffels fest umklammert.

»Halt! Bleiben Sie stehen! Was haben Sie hier zu suchen?«

Sie spürte die Anspannung bis in die Haarspitzen, während sie auf die Konturen der Gestalt starrte, die sich im dämmrigen Gegenlicht abmalte, das durch die Haustür einfiel.

Der Gestalt im Flur entfuhr ein spitzer Schrei. Von einer auf die andere Sekunde wurde es taghell, und Agnes musste für einen kurzen Augenblick geblendet die Augen zukneifen.

»Ach Sie sind es, Mrs Munro!«, hörte sie eine weibliche Stimme.

Agnes blinzelte und erkannte Hannah Petrie.

»Mrs Petrie! Sie haben mich zu Tode erschreckt!«, stieß Agnes erleichtert hervor. Dann runzelte sie die Stirn.

»Was tun Sie hier? Noch dazu um diese Zeit?«

Hannah Petrie blickte zu Boden und kratzte sich am Arm. »Hören Sie, es ist mir ziemlich peinlich. Ich ... es ist so: Kurz bevor Hazel – also, kurz vor ihrem Tod, habe ich Hazel noch ein Buch von mir geliehen. Ich wollte nicht, dass es weggegeben wird, aber ich wollte die Thorburns auch nicht mit so einer Lappalie belästigen. Es wäre mir schrecklich unangenehm gewesen.«

Agnes sah sie aufmerksam an. »Und da schleichen Sie einfach abends hier ins Haus?«

»Ich wollte einfach kein großes Aufhebens darum machen. Ich meine, es ist ein lächerliches Taschenbuch, nicht wahr?«

Sie hielt ihr ein Buch entgegen, von dem Agnes meinte, es schon einmal gesehen zu haben. Es war eines der drei Bücher, die auf dem Tischchen neben dem Sitzsack gelegen hatten. Agnes schwieg, aber ihre Skepsis spiegelte sich deutlich in ihrem Gesicht.

»Sie verstehen doch, dass ich Mr und Mrs Thorburn mit so etwas nicht behelligen konnte. Aber das Buch wird nicht mehr aufgelegt. In der Bank hat Hazel einen Ersatzschlüssel hinterlegt. Also dachte ich, ich hole es einfach schnell heraus, es würde schließlich niemandem schaden.«

Agnes wurde bewusst, dass sie immer noch drohend den Schuhlöffel über dem Kopf erhoben hatte. Sie ließ ihn sinken und sah Hannah Petrie prüfend an.

»Warum haben Sie nicht einfach auf mein Rufen geantwortet?«

»Ich war vollkommen erschrocken, als ich jemanden an der Haustür gehört habe. Ich dachte, es wären die Thorburns. Ich habe mich schrecklich geschämt und dann einfach schnell das Licht ausgemacht und mich still verhalten.« Sie wandte verlegen den Blick zur Seite.

»Mein Gott, es wäre mir so furchtbar peinlich gewesen, wenn sie mich hier überrascht hätten. Ich weiß, dass war eine dumme Idee, aber in meiner Panik habe ich beschlossen, mich einfach unauffällig hinauszuschleichen. Herrje, das Ganze ist mir so unglaublich unangenehm.«

Hannah hatte den Blick auf ihre Füße geheftet, als ob sie hoffte, dass sich der Boden unter ihr auftun und sie verschlucken würde. Schließlich sah sie auf und fixierte Agnes mit einem flehentlichen Blick, den die nur zu gut von ihren Schülern kannte.

»Bitte erzählen Sie den Thorburns nichts davon. Was müssen die sonst für eine Meinung von mir haben?«

Es war ihr deutlich anzusehen, dass sie sich in ihrer Haut extrem unwohl fühlte. Sie tat Agnes beinahe ein bisschen leid.

»Dann will ich mal nicht so sein.« Agnes stellte den Schuhlöffel zurück in den Schirmständer, in dem sie ihn gefunden hatte. »Es ist schließlich nichts passiert.«

Sie lächelte Hannah zu. »Ist es denn gut?«

»Was?« Hannah sah perplex aus.

»Na, das Buch.« Agnes deutete auf das Taschenbuch in Hannahs Hand.

»Oh ja, natürlich. Ich habe es schon mehrmals gelesen. Deswegen habe ich es Hazel ja geliehen. Ich dachte, es könnte ihr auch gefallen. Es ist schrecklich, was passiert ist. Ich kann es immer noch nicht richtig glauben.«

»So geht es uns allen. Sie waren mit Hazel befreundet?«, wollte Agnes wissen.

»Nicht besonders eng. Wir kannten uns durch Hugh. Sie hat uns oft besucht, und wir sind ein paarmal gemeinsam ausgegangen. Wir haben uns gut verstanden.«

Hannah Petrie nickte Agnes zu. »Ich denke, ich sollte jetzt lieber wieder gehen. Vielen Dank für Ihr Verständnis, Mrs Munro. Ich kann Ihnen gar nicht sagen, wie erleichtert ich bin. Es war eine schrecklich dumme Idee, wie ein Einbrecher ins Haus zu schleichen. Ich wollte einfach niemanden verärgern, und als ich dann im Büro den Schlüssel liegen sah ...«

»Schon gut«, beruhigte sie Agnes. »Es ist ja nichts

passiert. Ich habe mich bloß fürchterlich erschrocken.«

»Das tut mir so leid!«, sagte Hannah noch einmal. »Bitte seien Sie so lieb, und sagen Sie den Thorburns nichts.«

»Seien Sie unbesorgt, das bleibt unter uns«, versprach Agnes und begleitete Hannah hinaus. »Ich hoffe, das Baby hat den Schreck gut verkraftet.«

Mrs Petrie lachte. »Ich denke schon. Vielen Dank, Mrs Munro, und wenn Sie bei irgendetwas meine Hilfe brauchen, melden Sie sich bitte jederzeit. Ich kann mich zwar nicht mehr so gut bücken oder schwer tragen, aber ich könnte zum Beispiel beim Papierkram oder beim Sortieren helfen.«

»Danke, Hannah. Wenn ich Hilfe brauche, melde ich mich.«

Agnes blieb noch eine Weile stirnrunzelnd im Flur stehen. Schließlich holte sie ihr Handy aus der Tasche und gab den Titel des Buches ein. Es dauerte nicht lange, bis ihr etliche Suchergebnisse angezeigt wurden.

»Na, das ist ja interessant«, murmelte sie.

30

»Und du bist sicher, dass Peggy einen Computer erwähnt hat?« Matthew runzelte die Stirn. »Aber wo sollte der hingekommen sein? Ich habe Neils Sachen persönlich bei Peggy in Empfang genommen und sie euch gebracht. Natürlich habe ich die Kisten nicht aufgemacht, also kann ich nicht sagen, ob zu dem Zeitpunkt noch ein Laptop darin gewesen ist.«

»Effy und Charlie haben die Kisten, soweit ich weiß, nicht angerührt. Außer uns beiden hatte also eigentlich nur Hazel Gelegenheit, etwas herauszunehmen. Aber bei Hazel habe ich keinen Laptop gefunden«, überlegte Agnes.

»Den hat das SI-Team zur Untersuchung mitgenommen und mir anschließend ausgehändigt. Er steht noch in meinem Büro. Ich wollte abwarten, bis es Effy wieder etwas besser geht, bevor ich sie damit behellige.«

»Das ist seltsam.« Agnes drehte nachdenklich das Wasserglas auf dem Tisch hin und her. »Ein Computer kann sich doch nicht einfach in Luft auflösen. Und wer sollte ihn gestohlen haben? Die Kisten standen verschlossen im Schrank unter der Treppe bei den Thorburns. Es hätte schon jemand gezielt dort suchen müssen.«

»Vielleicht hat Peggy vergessen, ihn einzupacken. Als ich die Sachen bei ihr abgeholt habe, hat sie noch ein paar Dinge hineingeräumt.« Matthew klappte die Speisekarte auf. »Wir sollten sie fragen.«

»Das werde ich gleich heute Nachmittag machen«, schlug Agnes vor. »Andrew rief gerade an. Er wird sich etwas verspäten. Wir sollen ruhig schon bestellen, weil er nicht weiß, wie lange es dauern wird.«

Das Café Fish war um die Mittagszeit hauptsächlich mit Touristen gefüllt. Sie hatten sich einen Tisch in der Ecke geben lassen, um sicherzugehen, dass sie ungestört reden konnten.

Als die Kellnerin an den Tisch kam, bestellten sie Sandwiches und Salat von der Mittagskarte. Agnes berichtete von ihrer Begegnung mit Hannah Petrie am vorigen Abend.

»Eigenartig«, fand Matthew. »Warum hat sie nicht einfach dich gefragt?«

»Vielleicht wusste sie nicht, dass ich einen Schlüssel zu Hazels Haus habe.« Agnes knetete ihr Kinn, während sie überlegte. »Wenn es wirklich nur um das Buch ging, ist es einleuchtend, dass sie niemanden fragen mochte. Immerhin haben Effy und Charlie gerade beide Kinder verloren. Aber ich bin mir sicher, dass das Buch nur ein Vorwand war.«

»Wieso das?« Matthew setzte sich auf und sah sie gespannt an.

»Sie behauptete, das Buch sei nicht mehr lieferbar, aber das ist eine Lüge. Es wird noch immer aufgelegt. Es war kein Problem, das herauszufinden. Ich habe mich daran erinnert, dass es eines der Bücher war, die offen in Hazels Wohnzimmer lagen. Ich nehme an, dass sie mich gehört, das Licht ausgemacht und das nächstbeste Buch in Reichweite gegriffen hat.«

»Das ist natürlich gut möglich. Aber wenn es nicht um das Buch ging, was hat sie dann gesucht?« Matthew legte den Finger an die Oberlippe.

Agnes stieß mit ihrem Fuß sanft an sein Bein, als die Kellnerin mit den Sandwiches zurück an den Tisch kam. In einem kleinen Ort wie diesem war man besser vorsichtig.

Als die Bedienung den Tisch wieder verlassen hatte, beugte sich Agnes so weit es ging über den Tisch und senkte die Stimme.

»Jetzt erinnere ich mich, dass die Nachttischlampe gebrannt hat, obwohl ich mir sicher war, sie ausgemacht zu haben. Womöglich hat Hannah zuvor etwas in Hazels Schlafzimmer gesucht.« Agnes senkte die Stimme nun zu einem Flüstern. »Glaubst du, dass Hannah Petrie zu einem Mord fähig wäre?«

Matthew kaute auf seiner Unterlippe herum und ließ den Blick aus dem Fenster schweifen.

»Statistisch betrachtet ist unter den entsprechenden Umständen so ziemlich jeder zu so etwas fähig. Stellt sich also die Frage nach dem Motiv.« Matt sah sich um, bevor er weitersprach. »Wenn Hazel allerdings tatsächlich eine Affäre mit Hugh Petrie hatte, wie Christie Lamont behauptet ...«

»Dann hätte Hannah einen guten Grund, die Konkurrenz aus dem Weg zu räumen, besonders in ihrer Situation«, wisperte Agnes. »Himmel, Matthew! Wir könnten da wirklich auf etwas gestoßen sein. Und jetzt? Stellen wir Hannah zur Rede?«

Matthew schüttelte den Kopf. »Das halte ich für verfrüht. Wir haben nichts in der Hand – einmal abgesehen von der Lüge mit dem Buch.«

»Da hast du auch wieder recht.« Agnes spießte etwas Salat auf ihre Gabel. »Was schlägst du vor?«

»Ich weiß es nicht. Wir haben zwar eine Reihe Theorien, aber keine davon ergibt bisher durchgehend Sinn. Und Beweise haben wir auch nicht.« Matthew nahm einen Bissen von seinem Sandwich und kaute, während er auf die Bucht hinausblickte.

»Venedig!« Agnes hatte laut gedacht. Matthew sah sie an und runzelte die Stirn.

»Wie bitte?«

»Hazels Venedig-Reise. Ich bin der festen Überzeugung, dass sie nicht allein dort war. Die Fotos, die sie dort gemacht hat, sehen nicht aus, als ob sie ein Fremder geknipst hat. Wenn sie mit einer Begleitung gereist ist, müsste das doch herauszufinden sein.«

Sie reckte sich und blickte über Matthews Schulter hinweg zur Tür. »Da ist Andrew.«

Sie winkte, und kurze Zeit später kam der Reverend zu ihnen an den Tisch.

»Bitte entschuldigt, ich musste noch meinen Seelsorgepflichten nachkommen. Es hat etwas länger gedauert. Wie ich sehe, habt ihr schon bestellt.« Er setzte sich neben Agnes und griff nach der Speisekarte. »Gibt es neue Erkenntnisse?«

Während Agnes ihre Überlegungen zusammenfasste, starrte Andrew mit zusammengezogenen Brauen angestrengt in die Karte. Er räusperte sich.

»Ich denke, ich sollte euch noch etwas erzählen«, sagte er mit gesenkter Stimme. »Es gibt da etwas, das ich bisher für mich behalten habe, weil es ein vertrauliches Gespräch betrifft, das ich im vergangenen Jahr geführt habe. Ihr versteht hoffentlich, dass ich durch das Beichtgeheimnis gebunden bin.«

Agnes und Matthew hatten ihren Blick beide fest auf ihn geheftet.

»Hazel Thorburn hat mich im vergangenen Herbst aufgesucht. Sie sprach von Geheimnissen, die sie belasteten.« Unschlüssig schob Andrew den Salzstreuer auf dem Tisch herum. »Ich weiß nicht, ob es richtig ist, darüber zu sprechen, aber ich möchte der Aufklärung eines Verbrechens natürlich nicht im Weg stehen.«

Matthew nickte. »Das verstehe ich. Du musst uns ja keine Details geben. Nur das, wovon du denkst, es könnte für den Fall wichtig sein.«

Andrew leckte sich über die Lippen und kratzte sich am Ohr. Es war ihm anzusehen, dass es ihm widerstrebte, darüber zu sprechen.

»Hazel sprach davon, dass es Geheimnisse gebe, die sie belasteten. Vor allem machte ihr wohl eine Liebesbeziehung zu schaffen, die – so ihre Worte – eine Familie zerstören könnte. Details habe ich nicht hören wollen, sie hat also keine Namen genannt.«

»Das heißt aber, dass wir mit unserer Vermutung richtig lagen. Sie hatte also eine Affäre – höchstwahrscheinlich mit Hugh Petrie«, folgerte Matthew.

Andrew zuckte mit den Augenbrauen und reckte den Kopf Richtung Tresen, und Matthew verstummte, als die Kellnerin zum Tisch kam, um Andrews Bestellung aufzunehmen.

Als sie wieder unter sich waren, sprach Andrew leise weiter.

»Ich habe Hazel natürlich dazu geraten, die Beziehung

zu beenden, und sie schien entschlossen, es auch zu tun, auch wenn es ihr offensichtlich sehr schwerfiel.«

Agnes kniff die Augen zusammen und überlegte. »Im Herbst, sagst du? Dann war Hannah Petrie zu dem Zeitpunkt allerdings noch nicht schwanger.«

Matthew runzelte die Stirn. »Macht das wirklich einen Unterschied? Ein Motiv hätten dennoch beide Petries. Eifersucht oder Angst vor Entdeckung.«

»Natürlich«, pflichtete ihm Agnes bei. »Allerdings halte ich es für unwahrscheinlich, dass man ein Kind in die Welt setzt, wenn man die Ehe für gescheitert hält. Wenn es kein Unfall war, schließe ich daraus, dass Hazel klargeworden sein könnte, dass aus ihrer Liebelei nichts Dauerhaftes werden würde. Zwischen den Petries hat sich doch offensichtlich alles wieder eingerenkt. Also gab es doch eigentlich keinen Grund ...« Sie unterbrach sich und wartete abermals, bis die Kellnerin verschwunden war, die Andrews Bestellung brachte.

»Ich meine, wenn die Affäre tatsächlich endete und die Petries sich danach zusammenrauften und entschlossen, ein Kind zu bekommen – wo bleibt dann das Motiv?«, fragte Agnes.

»Wenn es nicht um Hazel ginge, würde ich vermuten, sie könnte Hugh erpresst oder unter Druck gesetzt und gedroht haben, Hannah alles zu erzählen.« Matt hatte einen Gesichtsausdruck, als ob er gerade etwas scheußlich Bitteres gegessen hätte. »Aber das kann ich mir beim besten Willen bei ihr nicht vorstellen.«

Andrew schüttelte den Kopf. »Nein. Ich eigentlich auch nicht, zumal sie in dem Gespräch bei mir den deutlichen Eindruck machte, dass sie Gewissensbisse hatte. Sie rang lediglich noch mit ihren Gefühlen.«

»Und wenn sie die Beziehung doch nicht beendete?«, überlegte Matthew. »Hannah erwartet ein Kind und findet heraus, dass Hugh sie betrügt. Wäre das nicht ein Motiv? Und es war Hannah, nicht Hugh, die in Hazels Haus herumgeschnüffelt hat.«

»Dafür hat Doris einen Mann vor Hazels Haustür gesehen. Das bringt uns alles nicht weiter«, seufzte Agnes frustriert.

»Sie war sich nicht ganz sicher, ob es ein Mann war, aber sie sagte, der Besucher sei groß und kräftig gewesen. Von Hannah Petrie kann man das wohl nicht gerade behaupten«, warf Matthew ein.

»Wir können nur mutmaßen, und wir könnten uns auch immer noch irren, was Hugh Petrie angeht. Es wäre naheliegend, aber Hazel könnte auch von jemand anderem gesprochen haben.«

»Denk an die Gravur auf der Armbanduhr. H. Das könnte für Hugh Petrie stehen«, erinnerte sie Andrew.

»Aber auch genauso gut für Henry McNiven, Hamish Murray oder Howard Colquhoun zum Beispiel. Das bringt uns nicht wirklich weiter.« Agnes stöhnte.

»Ich weiß.« Matthew tippte mit dem Stiel seines Messers auf dem Tisch herum. «Das ist einer der Gründe, warum ich es für unklug halte, die Petries zu befragen. Wir haben keine Beweise für unsere Theorien. Es sind bisher alles reine Spekulationen. Wenn ich in eine Ehe hineinplatze und Fragen über eine Affäre stelle, dann möchte ich sicher sein, dass diese auch wirklich stattgefunden hat. Bisher stochern wir in einem Dickicht aus Hinweisen, Vermutungen und Annahmen. Dabei haben wir uns um die vielleicht wichtigste Frage bisher noch immer gedrückt.«

Agnes und Andrew setzten sich beinahe gleichzeitig auf und fixierten Matthew interessiert.

»Welche Frage?«, wollte Agnes wissen.

»Wenn es wirklich Mord war, wie zum Teufel hat es der Täter – oder die Täterin – geschafft, es so unzweifelhaft nach Selbstmord aussehen zu lassen? Warum hat Hazel diesen Brief geschrieben?«

Agnes atmete hörbar aus. «Zusammengefasst könnte man also sagen: Wir wissen, dass wir nichts wissen.«

31

Agnes bahnte sich einen Weg durch die leeren Kartons, die Tommy, der Lehrling aus dem Supermarkt, am Morgen vorbeigebracht hatte. Kleidung und sonstige Textilien hatte ein Mitarbeiter des Second-Hand-Ladens in Craignure bereits abgeholt. Heute waren die Bücher an der Reihe.

Agnes nahm sich einen Karton und machte sich daran, die Bücher aus den Regalen zu nehmen, abzustauben und in die Kartons zu verpacken. Da sie die Angewohnheit hatte, alles Mögliche als Lesezeichen zu verwenden, fächerte sie jedes der Bücher einzeln auf, bevor sie es verstaute. Dabei fiel ihr ein kleines Foto entgegen. Sie bückte sich und betrachtete es. Das junge Mädchen auf dem Passbild kam ihr vage bekannt vor. Vermutlich eine von Hazels Schulfreundinnen. Während ihrer Zeit an der Tobermory High School hatte sie zwar alle Schüler vom Sehen her gekannt, erinnerte sich aber nicht im Detail an diejenigen, die weder Kunst noch englische Literatur belegt hatten. Sie legte das Bild auf den Schreibtisch und verstaute das Buch in einem der Kartons.

Nach und nach leerten sich die Regale, und im Flur wuchs die Mauer aus gefüllten Bücherkartons. Zuletzt fanden die zwei verbliebenen Bücher auf dem Tischchen neben dem Sitzsack ihren Weg in eine Kiste. Agnes stemmte die Hände in ihr schmerzendes Kreuz und betrachtete ihr Werk. Im Nachhinein ärgerte sie sich, Andrews Hilfsangebot abgelehnt zu haben. Doch seit dem Abendessen am letzten Mittwoch scheute sie sich, mit ihm allein zu sein. Sie wusste, dass sie ihn nicht ewig hinhalten konnte. Doch sie fühlte sich noch in keiner Weise bereit, eine Entscheidung zu treffen. Und das war eigentlich bereits ein Fortschritt. Denn genauso wenig wie sie es wagte, einen Schritt nach vorn zu machen, sah sie sich imstande, Andrew eine klare Abfuhr zu erteilen.

Sie ging in die Küche, um Teewasser aufzusetzen und sich eine kleine Pause zu gönnen.

Die dampfende Tasse stellte sie auf dem Tischchen ab und ließ sich in den ungemein bequem aussehenden Sitzsack sinken. Sie sank ein wie in eine Wolke und überlegte, ob sie je wieder würde aufstehen können. Es war wohl eher ein Möbelstück für die jüngere Generation. Doch ihr vom vielen Bücken und Tragen geschundener Rücken dankte es ihr mit einem Gefühl nachlassender Spannung.

Agnes Blick fiel auf ein Frauenmagazin, das auf der unteren Ablage des Tischchens lag. Sie nahm es und begann darin zu blättern. Wie bei ihrem Taschenbuch hatte Hazel auch hier eine Seite mit einem Eselsohr markiert.

Auf den markierten Seiten fand sich ein mit atemberaubenden Naturaufnahmen bebilderter Bericht über geführte Kanutouren in den kanadischen Rocky Mountains. Die Telefonnummer in der Info-Box unter dem Artikel hatte Hazel mit Kugelschreiber eingekreist.

Agnes kaute auf ihrem Daumennagel. Hazel hatte Clara gegenüber Kanada erwähnt, als sie den Reisepass beantragt hatte. Hatte Hazel mit dem Gedanken gespielt, eine solche Reise zu machen? Dann waren ihre Reisepläne doch bereits konkreter gewesen, als sie angenommen hatten. Wenn sie wirklich nur vor der Welt hätte fliehen wollen, hätte sie doch sicher keine Gruppenreise ins Auge gefasst.

Agnes verspürte den Drang, ihre Entdeckung mit jemandem zu teilen und beschloss, Andrew anzurufen. Sie wählte die Nummer des Pfarrhauses. Natürlich hätte sie genauso gut mit Matthew sprechen können, dachte sie, während das Freizeichen ertönte. Doch Andrew war spontan ihr erster Gedanke gewesen.

Während sie weiter auf Antwort wartete, blätterte sie gedankenlos in dem Stapel Unterlagen und Prospekte vor sich. Es klickte und Phyllis meldete sich.

»Hallo Phyllis. Hier ist Agnes Munro. Ist der Reverend zu sprechen?«

»Einen Augenblick«, bat die Haushälterin. »Ich hole ihn.«

Agnes hörte, wie der Hörer beiseitegelegt wurde und Phyllis nach Andrew rief. Ein Wort auf einem der Papiere fiel ihr ins Auge. Mit klopfendem Herzen zog sie das Blatt aus dem Stapel und betrachtete es.

»Hallo?«, tönte es aus dem Hörer. Und dann noch einmal. »Hallo?«

Agnes brauchte eine Sekunde, um sich bewusst zu werden, dass sie ja den Telefonhörer in der Hand hielt.

»Ich glaube, ich bin hier auf etwas gestoßen,

Andrew! Ich komme zu dir.«

32

Matthew fixierte den Kugelschreiber, den er zwischen Daumen und Zeigefinger pendeln ließ, wie den Zeiger eines Metronoms, während er versuchte, seine Gedanken zu ordnen.

Er schreckte hoch, als ein zögerliches Räuspern von der Tür her zu hören war.

»Ich habe Tee gemacht, Chef.« Fiona stellte ein Tablett auf den Schreibtisch und schickte sich an, wieder zu gehen.

»Nein, geh nicht, Fiona. Hol dir auch eine Tasse. Ich brauche ohnehin eine Pause. Mir raucht der Kopf.«

Matthew goss etwas Milch in seine Tasse und rührte um. Inzwischen war Fiona zurückgekehrt und setzte sich ihm gegenüber auf den freien Stuhl vor dem Schreibtisch.

»War wohl nicht so erfolgreich bisher?« Fiona deutete auf Matthews Notizblock, den überwiegend Kreise und Schnörkel zierten.

Er schüttelte den Kopf. »Ich habe mit der Fluggesellschaft telefoniert. Es sieht so aus, als sei Hazel tatsächlich allein gereist. Bei dem ausgestellten Ticket handelt es sich um ein Einzelticket. Laut Passagierliste hatte sie einen Fensterplatz neben einem älteren Ehepaar aus Dumbarton.« Resigniert wischte sich

Matthew mit der Handfläche über das Gesicht. Dann sah er Fiona an.

»Sag es ganz ehrlich, Fiona. Steigern wir uns da in etwas hinein? Ich meine, wir können doch noch nicht einmal mit Sicherheit ausschließen, dass es kein Selbstmord war.«

Fiona zupfte an ihrer Unterlippe und zog die Nase kraus. »Möchtest du da echt eine Antwort von mir, Boss?«

»Ich möchte, dass du mich davor bewahrst, wie ein Idiot dazustehen.« Matthew schlug mit der flachen Hand auf die Schreibtischplatte. »Herrgott, wir haben einen Abschiedsbrief. Eindeutig von ihr.«

Fiona zuckte zusammen und starrte den Sergeant an. Solche Gefühlsausbrüche waren für Matthew ungewöhnlich.

»Es gibt keine Hinweise auf Gewalteinwirkung von außen, die Verletzungsmuster sind nicht ungewöhnlich, und es gibt keine Spuren. Alle Ermittlungen führen bisher ins Leere. Ich komme mir vor wie ein Hund, der seinem eigenen Schwanz nachjagt.«

»Aber es gibt schon einige Ungereimtheiten«, warf Fiona ein. »Es könnte doch sein, dass du tatsächlich an etwas dran bist.«

Matthew fand, dass sie nicht besonders überzeugt klang. Er schüttelte den Kopf.

»Das habe ich jetzt schon so oft gedacht. McNivens merkwürdiges Verhalten – ich hätte schwören können, er hat ein schlechtes Gewissen wegen irgendetwas. Hannah Petries heimlicher Besuch in Hazels Haus und ihre Lüge mit dem Buch. Christie Lamonts Wutausbruch, Doris Beatons ominöser nächtlicher

Besucher und der Brand in ihrem Wohnzimmer ... immer denke ich, jetzt habe ich ein wichtiges Puzzleteil, etwas, das Sinn ergibt. Aber wenn so ein Köter seinen Schwanz jagt ... ist der nicht auch davon überzeugt, dass er da an was ganz Großem dran ist?«

Er atmete hörbar aus und rieb sich die Stirn. Dann sah er Fiona direkt ins Gesicht. »Was, wenn ich Ungereimtheiten sehe, weil ich welche sehen möchte?«

Fiona schwieg und sah ihn nur an.

»Du glaubst auch nicht wirklich dran, Fiona, nicht wahr?«

Fiona schüttelte langsam den Kopf.

»Aber ich kannte Hazel nicht näher«, sagte sie schließlich. Doch es klang mehr, als wolle sie Matthews aufkeimender Erkenntnis die Schärfe nehmen.

»Sie hat ihren Bruder verloren, genau in dem Augenblick, in dem sie sich wieder angenähert hatten. Sie hatte eine vermutlich gescheiterte Liebesbeziehung hinter sich, die – wie sie sagte – eine Familie hätte zerstören können. Vielleicht sogar mit jemandem, dem sie jeden Tag auf der Arbeit begegnete und nicht aus dem Weg gehen konnte. Und Jobalternativen gibt es hier vor Ort nicht allzu viele. Warum fällt es mir nur so schwer, zu glauben, dass sie sich tatsächlich umgebracht hat?« Matthew ließ den Kopf auf die Unterarme sinken, die auf der Schreibtischplatte ruhten. Er hörte, wie Fiona sich erhob und spürte eine warme Hand auf der Schulter.

»Gib nicht auf, Matthew«, hörte er ihre leise Stimme. »Ich weiß, dass du nicht verrückt bist und wenn du nur den leisesten Zweifel hast, solltest du unbedingt weitermachen.«

Dankbar hob er den Arm zu seiner Schulter und legte seine Hand auf ihre.

Eine Weile schwiegen sie, als plötzlich der Summer ertönte. Fiona räusperte sich und richtete sich auf. »Draußen ist jemand. Ich geh mal nachsehen.«

Kurze Zeit später kam sie mit einem Mann im mittleren Alter zurück, der eine schmale Ledertasche über der Schulter trug.

»Tag, Sergeant Jarvis«, grüßte er mit unsicherer Stimme und streckte ihm die Hand hin. »Allan Shaw, vielleicht kennen Sie mich noch. Ich habe mich vor einiger Zeit mal um ihr Computerproblem gekümmert. Ihre Kollegin hat mich hereingeschickt.«

»Ja, ich erinnere mich. Läuft wieder wie geschmiert.« Matthew tätschelte den Rechner.

Mr Shaw rückte seine kleine runde Brille zurecht und wartete offenbar auf Matthews Aufforderung, bevor er sich setzte. »Eigentlich wollte ich nur etwas abgeben.«

Matthew runzelte die Stirn. »Sie meinen eine Fundsache?«

»Ja. Nein, also ... es ist so. Ich bin ein entfernter Bekannter von Hazel Thorburn.«

Matthew horchte auf.

»Kannte sie über die Arbeit. Ich kümmere mich unter anderem um das Computernetzwerk bei der Bank. Kurz bevor Hazel ... na ja, kurz vor ihrem Tod hat sie mir ihren Laptop vorbeigebracht. Sie wollte wissen, ob ich für sie das Benutzerpasswort zurücksetzen könne, sie hatte es offenbar vergessen. Ich habe ihr angeboten, dass ich es schnell mache, wenn sie kurz wartet.

Doch sie meinte, es wäre nicht eilig, es sei ohnehin nur ein Ersatzgerät, und ich solle es machen, wenn ich Zeit hätte. Also habe ich den Laptop erst einmal behalten, und als ich dann hörte, dass Hazel ... als ich von ihrem Tod hörte, erschien es furchtbar unwichtig. Aber dann habe ich mir überlegt – es gab ja eine polizeiliche Untersuchung. Womöglich könnte auf ihrem Rechner ja irgendetwas drauf sein, das für die Polizei von Interesse ist.«

Es war Allan Shaw anzumerken, dass er sich unwohl fühlte. Wahrscheinlich hatte er in seinem Leben noch nicht besonders oft mit der Polizei zu tun gehabt.

»Ist der Rechner da drin?« Matthew deutete auf die Tasche und Shaw nickte.

»Haben Sie das Passwort zurücksetzen können?«, wollte Matthew wissen.

»Ja. Das habe ich. Eigentlich wollte ich ihr den Rechner zurückbringen, doch dann ...« Statt den Satz fortzusetzen, zuckte Allan Shaw mit den Schultern. »Etwas hat mich allerdings stutzig gemacht. Es ist gar nicht Hazels Rechner. Offenbar gehörte er ihrem Bruder Neil. Jedenfalls ist das der Benutzername, auf den er eingerichtet ist.«

33

»Das ist sicherlich kein Zufall. Warum liegt ein Rundbrief, der an Hugh Petrie gerichtet ist, auf Hazels Schreibtisch?« Andrew gab Agnes den Zettel zurück. »Hast du mit Matthew darüber gesprochen?«

»Nein, ich wollte eine zweite Meinung. Von einer Fortbildung hat Hazel ihrer Familie nichts gesagt. Bella sagte, ihr Venedig-Aufenthalt sei ein spontaner Urlaubstrip gewesen und Charlie hat das bestätigt.«

»Zumal sich die Fortbildung eindeutig an die Geschäftsführung richtet«, ergänzte Andrew.

»Außerdem steht dort, dass der erste Vortrag um 11 Uhr morgens stattfinden sollte, Hazels Flieger ging aber erst am Nachmittag desselben Tages. Warum sollte sie extra zu einer dreitägigen Veranstaltung nach Italien reisen und dann nicht einmal pünktlich ankommen?« Agnes konnte nicht umhin, ein wenig stolz auf ihre Entdeckung zu sein. Endlich hatten sie einen konkreten Hinweis darauf, dass sie mit ihrer Vermutung richtig lagen. »Nein, sie hat nicht selbst teilgenommen. Aber eine Geschäftsreise wäre eine perfekte Tarnung für einen Liebesurlaub, nicht wahr?«

»Hm ... und damit es nicht so sehr auffällt, nimmt sie einen späteren Flieger. Ja, das ergibt durchaus Sinn«, fand Andrew. »Wir sollten Matthew informieren. Ich denke, jetzt ist es doch an der Zeit, Hugh Petrie ein paar Fragen zu stellen.«

»Genau das dachte ich auch«, stimmte Agnes zu. »Und außerdem ist da noch das hier.« Sie kramte die Frauenzeitschrift aus ihrer Handtasche und blätterte zu den markierten Seiten. »Hazel hat sich diese Seiten noch kurz vor ihrem Tod markiert und die Telefonnummer des Reiseveranstalters eingekreist.«

Andrew hob die Brauen und griff nach der Zeitschrift. »Kanutouren in den kanadischen Rockies? Das war also die Reise, die sie plante?«

»Zumindest hat sie den Artikel und die Telefonnummer markiert. Glaubst du nicht auch, dass das ein Zeichen ist, dass sie nicht vorhatte, ihrem Leben ein Ende zu setzen?« Agnes studierte Andrews Mimik auf Zeichen der Zustimmung.

»Es wirft auf jeden Fall Fragen auf. Wir sollten Matthew anrufen.« Er runzelte die Stirn.

»Damit wäre also auch das Rätsel des verschwundenen Computers gelöst«, sagte Agnes, als Matthew ihr den Rechner übergab. Auf ihren Anruf hin hatte der junge Sergeant sich auf den Weg gemacht, um sie zu besuchen und Agnes den Computer zu überbringen.

»Ja, für dieses Mysterium haben wir nun eine völlig harmlose Erklärung.«

»Warum hat Hazel ihrem Kollegen gegenüber behauptet, es sei ihr eigener Rechner?«, wunderte sich Andrew.

»Höchstwahrscheinlich wollte sie Diskussionen vermeiden. Strenggenommen hatte sie schließlich keine Befugnis, einfach so das Benutzerpasswort zurücksetzen zu lassen. Hätte Shaw es genau genommen, hätte sie eventuell warten müssen, bis das Erbe eindeutig geregelt ist«, vermutete Matthew.

»Klingt plausibel«, fand Andrew.

»Wie dem auch sei. Es war also falscher Alarm und bringt uns wieder keinen Schritt voran.« Matthew klang frustriert. »Ich mache mich jetzt auf zu Hugh Petrie, um bei ihm wegen dieser Fortbildung nachhören. Das scheint mir wirklich ein merkwürdiger Zufall zu sein. Allerdings muss ich mich auch um meine anderen Pflichten kümmern.«

»Dann los, Matthew, machen Sie Fischwilderern, Umweltsündern, Falschparkern, Langfingern, Wilddieben und Neströubern den Garaus.« Andrew Fletcher lachte und zwinkerte dem Sergeant zu.

34

Es war bereits halb fünf, als Agnes das Haus der Thorburns betrat. Sie fand Effy im Wohnzimmer auf dem Sofa, die Knie an den Körper gezogen, in der Hand den Bilderrahmen mit den Porträts ihrer Kinder. Stumm setzte sich Agnes zu ihr und nahm die Freundin in den Arm.

»Ich kann nicht einmal mehr weinen.«

Effys Stimme war leise und kratzig. Agnes drückte ihre Freundin an sich.

»Kann ich irgendetwas für dich tun?«

Effy lächelte schwach. »Ich denke, ein Tee wäre schön.«

Agnes hatte den Eindruck, Effy wollte ihr nur das Gefühl geben, etwas Hilfreiches tun zu können. Sie drückte Effys Hand und stand auf, um Tee zu kochen.

Als sie eine Weile später mit dem Tablett zurückkehrte, entdeckte sie auf dem Couchtisch einen Briefumschlag. *Mum und Dad* war darauf zu lesen. Agnes runzelte die Stirn und schob den Umschlag beiseite, um das Tablett absetzen zu können.

»Was ist das für ein Brief?«

Effy beugte sich vor, nahm den Umschlag vom Tisch und drehte ihn unschlüssig in den Händen.

»Er ist von Neil. Sein Freund Ewan aus Glasgow hat

ihn uns bei der Beerdigung gegeben.«

»Oh.« Agnes schaute ihre Freundin mit großen Augen an. »Davon habt ihr mir ja gar nichts erzählt.«

»Ewan hat uns den Brief am Abend vor der Beerdigung gegeben. Er und Neil haben einmal philosophiert, was von uns bleibt, wenn wir sterben. Also haben sie beide so einen Brief geschrieben und sie ausgetauscht, um etwas zu hinterlassen. Charlie und ich hatten nicht die Kraft, den Brief zu öffnen und haben ihn beiseitegelegt. Und dann ... « Ihr Blick wanderte in die Ferne und ihre Zähne gruben sich in die Unterlippe.

»Verstehe.« Agnes setzte sich. »Habt ihr ihn mittlerweile gelesen?«

Effy schüttelte den Kopf, und Tränen liefen ihre Wangen herab. »Ich bringe es einfach noch nicht fertig.«

»Würde es dir helfen, wenn ich ihn dir vorlese?«, bot Agnes an.

»Das ist lieb von dir, Agnes, aber ich glaube, ich verkrafte das noch nicht. Der Brief ist mir vor ein paar Tagen wieder in die Hände gefallen, und seither ringe ich mit mir.« Sie nahm den Umschlag und verstaute ihn in einer Schublade des Schreibtisches. »Ich fürchte, ich bin noch nicht soweit.«

»Du solltest vielleicht mit deiner Therapeutin darüber sprechen«, schlug Agnes vor.

»Das werde ich tun.« Effy drehte sich um und lächelte Agnes zu. »Charlie und ich haben noch viel Arbeit vor uns. Ich bin froh, dass er sich nun auch Hilfe geholt hat.«

»Das ist vernünftig. Männer sollten es nicht als

Schwäche betrachten, Gefühle zuzulassen und zu zeigen, wenn eine Situation sie emotional überfordert.« Agnes rührte in ihrer Tasse.

»Er tut es für mich, das weiß ich. Charlie spielt gern den Beschützer. Das war schon immer so. Er glaubt, er muss für mich stark sein, damit ich nicht zerbreche.« Effy setzte sich wieder und nahm ihre Tasse zwischen beide Hände. »Dabei geht es ihm doch nicht anders als mir. Nichts wird mehr so sein wie es war. Wir müssen beide lernen, wie wir damit weiterleben können.«

Agnes legte ihrer Freundin die Hand auf den Arm.

»Ich finde, ihr seid unglaublich tapfer. Lass mich bitte wissen, wenn ich irgendetwas tun kann.«

»Danke, Agnes. Du weißt, es hilft mir schon, dass du einfach da bist. Und dass du dich um das Haus kümmerst. Ich könnte das einfach nicht, aber ich möchte auch nicht, dass Fremde ...« Effys Stimme wurde brüchig.

»Natürlich. Übrigens, es gibt da etwas, das ich dich fragen wollte«, sagte Agnes. »Es gibt da einige persönliche Dinge – Schmuck, Fotos, Briefe. Wärst du einverstanden, wenn ich sie Bella überlasse, bis du bereit bist, eine Entscheidung zu treffen?«

»Das ist eine wunderbare Idee, Agnes. Bella, Michael und Lachie sind beinahe Familie. Ohne sie wüsste ich nicht, ob ich noch hier sitzen würde.« Effy wischte sich mit dem Handrücken über die Augen. »Meine zweite Familie.«

Sie schenkte Agnes ein kraftloses Lächeln.

Effy so zu sehen, brach Agnes das Herz. Ihre bodenständige, tapfere, stets optimistische Freundin, die immer etwas Aufmunterndes zu sagen gewusst und überall gute Laune verbreitet hatte, wirkte wie ein Häufchen Elend.

Manchmal hatte Agnes ihre Freundin darum beneidet, wie schnell auch Fremde mit ihr warm wurden und sie ins Herz schlossen. Sie selbst hatte sich schwerer damit getan, hier heimisch zu werden. Früher hatte sie es darauf geschoben, dass die Menschen hier eben keinen Sinn für Kunst und Kultur hatten und allem, was aus den Großstädten des Festlandes kam, mit großer Skepsis begegneten. Sie hatte die Insulaner für engstirnig gehalten. Doch es war großartig, zu sehen, wie sie Effy und Charlie auffingen. Es verging kein Tag, an dem nicht wenigstens ein Nachbar oder Bekannter vorbeischaute und ihnen Hilfe anbot. Womöglich hatte sie den Mullochs Unrecht getan. Sicher waren viele hier auf ihre Weise konservativ, doch Herzlichkeit und Gemeinschaft waren viel wert, gerade in Zeiten wie diesen. Wie so oft, hatte es Effy auf den Punkt gebracht. Sie war am Anfang eine ganz schön arrogante Großstadt-Kuh gewesen.

35

Matthew Jarvis klemmte die Dienstmütze unter den Arm und betrat die Bankfiliale. Hugh Petrie war im Schalterraum nirgends zu sehen. Dafür Christie Lamont, die hinter dem Schalter stand und mit gelangweilter Miene auf der Tastatur des Computers herumtippte. An einem der Schreibtische im hinteren Bereich entdeckte Matthew die stellvertretende Filialleiterin, Chloe Cameron. Als sie den Polizisten entdeckte, nickte sie ihm zu.

»Sergeant Jarvis, kann ich etwas für Sie tun?«

»Womöglich schon.« Matthew warf einen Seitenblick auf Christie. »Ich würde gern mit dem Chef sprechen. Ist der im Haus?«

Mrs Cameron zog die Augenbrauen zusammen und sah ihn fragend an. »Mr Petrie ist im Moment in einer Telefonkonferenz.« Sie sah auf ihren Kalender. »Das Gespräch sollte aber nicht mehr allzu lange dauern. Wenn Sie einen Augenblick Platz nehmen wollen, dann sehe ich kurz nach.«

Kurze Zeit später saß Matthew dem Filialleiter in dessen spartanisch eingerichteten Büro gegenüber. Mit gerunzelter Stirn betrachtete Hugh Petrie den Rundbrief, den Matthew ihm vorgelegt hatte.

»Ja, ich habe an dieser Veranstaltung teilgenommen. Aber ich verstehe nicht ganz, was das mit Hazel Thorburn zu tun haben soll.«

Matthew zögerte, seine Trumpfkarte aus der Hand zu geben, doch wenn er Antworten wollte, dann musste er seinen Verdacht nun preisgeben.

»Wir wissen, dass Hazel sich in diesem Zeitraum ebenfalls in Venedig aufgehalten hat.«

Hugh Petries Gesicht spiegelte ernsthaftes Erstaunen.

»Ich fürchte, ich verstehe nicht ganz. Hazel war während des Lehrgangs in Venedig? Aber was sollte sie ...« Der Filialleiter unterbrach sich. Er schien zu ahnen, worauf Matthews Frage abzielte. »Wenn sie tatsächlich dort war, dann höre ich davon heute zum ersten Mal. Ich habe mich jedenfalls nicht mit ihr getroffen, falls es das ist, was Sie wissen wollen.«

»Und Sie finden es nicht seltsam, dass sich Hazel einen Tag nach Ihnen in einen Flieger nach Venedig gesetzt hat?« Matthew zog die Augenbrauen hoch und sah Mr Petrie herausfordernd an.

»Hören Sie, ich weiß nicht, was Sie damit andeuten wollen, Matthew. Hazel war eine wunderbare Kollegin und Mitarbeiterin. Wir hatten ein freundschaftliches Verhältnis, und ich bin noch immer erschüttert über ihren Selbstmord.« Sein Gesicht und Hals waren rot angelaufen und seine Hände zu Fäusten geballt. »Ich hoffe, Sie möchten mir nicht unterstellen, dass ich in irgendeiner Weise dazu beigetragen hätte, dass sie ...«

Matthew machte eine beschwichtigende Handbewegung. »Niemand möchte Ihnen etwas unterstellen, Hugh. Ich bin bei der Untersuchung der genaueren

Umstände von Hazels Tod auf einige Ungereimtheiten gestoßen, denen ich gern nachgehen möchte. Womöglich hat es nichts zu bedeuten, doch Sie müssen zugeben, dass es ein merkwürdiger Zufall ist.«

Hugh Petrie schien sich etwas zu beruhigen, jedenfalls lagen seine Hände nun flach vor ihm auf dem Tisch, während er auf der Innenseite seiner Wange herumkaute.

»Es ist in der Tat mehr als seltsam, aber Sie müssen mir glauben, dass ich bis heute nichts davon wusste. Ich erinnere mich, dass Hazel recht kurzfristig Urlaub eingereicht hat. Dabei habe ich mir weiter nichts gedacht. Für so eine kurze Zeit kommt Chloe auch allein zurecht, daher sprach nichts dagegen. Ich hatte keine Ahnung, dass Hazel vorhatte ...« Hugh Petrie zog die Augenbrauen zusammen. »Jetzt, wo ich darüber nachdenke, fällt mir ein, dass Hazel sagte, sie wolle Bekannte in Fionnphort besuchen. Wie dem auch sei. Wenn Sie vermuten, dass wir uns in Venedig heimlich ein paar nette Tage gemacht haben, muss ich Sie enttäuschen. Ich hätte mich überhaupt nicht mit jemandem treffen können. Meine Frau hat mich begleitet.«

»Ihre Frau war mit in Venedig?« Matthew konnte nicht verhindern, dass sich die Verwunderung in seinem Gesicht nur allzu deutlich ausdrückte.

»Allerdings. Das war eigentlich gar nicht so geplant, aber sie kam plötzlich auf die Idee, es könne doch nett sein, wenn wir gemeinsam hinflögen.«

Hugh Petrie nahm einen Kugelschreiber vom Tisch und ließ ihn ein paar Mal klicken. Er schien nachzudenken, bevor er fortfuhr.

»Eigentlich ist sie nicht der Typ für Spontanreisen.

Deswegen hat mich ihr Vorschlag zunächst etwas erstaunt. Doch sie sagte, sie habe schon immer mal nach Venedig reisen wollen, und sie könne sich doch die Stadt ansehen, während ich bei der Fortbildung bin. Wenn Hazel auch vorhatte, nach Venedig zu reisen, warum hat sie uns dann nichts gesagt? Schließlich waren wir so etwas wie Freunde.«

Matthew schwieg, während langsam die Erkenntnis in sein Bewusstsein sank, dass sie die Puzzleteile bisher womöglich vollkommen falsch zusammengefügt hatten.

36

So sehr ihre Freundin Agnes am Herzen lag, so bedrückend war doch die Atmosphäre in der Breadalbane Street. Sie kam sich schäbig vor, doch sie war froh eine Mission zu haben, die es ihr von Zeit zu Zeit erlaubte, der belastenden Situation zu entfliehen.

Gleich nach dem Frühstück machte sie sich zu Hazels Haus auf. Denn Andrew hatte ein paar kräftige Burschen des örtlichen Rugby-Clubs organisiert, die am frühen Vormittag vorbeikommen, die Bücherkisten abholen und zur Bibliothek fahren sollten. Zur mobilen Bibliothek, deren Leitung John so lange Zeit innegehabt hatte. Es erfüllte sie mit Wehmut, daran zu denken, doch im Grunde war sie froh, dass die Bücher einem guten Zweck zugeführt wurden. Die Bibliothek selbst hatte zwar nur begrenzt Platz, veranstaltete aber regelmäßige Bücherflohmärkte überall auf der Insel und bestückte auch die Schulbibliotheken.

Während sie auf die Männer vom Rugby-Club wartete, sortierte Agnes den Inhalt der Schreibtischschubladen. Schreibpapier, Stifte, Kleber, Büroklammern und andere Büroartikel legte sie in einen Schuhkarton, den sie beschriftete. Sicher konnte Charlie die Sachen im Betrieb gebrauchen. Sie sichtete die Papiere, warf Unwichtiges weg und heftete den Rest in einen Ordner.

In der untersten Schublade fand sie einen flachen Karton, der allerhand Briefe und Postkarten enthielt. Sie entnahm den Stapel daraus und blätterte durch die Umschläge, Urlaubspostkarten und Briefe von Freunden und Verwandten, durch Fotos von Familienfesten, Ausflügen und Partys. Agnes konnte die meisten Gesichter zuordnen. Sie nahm das Passbild aus dem Buch und legte es zu den anderen in die Kiste.

Ganz unten fand Agnes eine SD-Karte. Zu gerne hätte sie gewusst, was sich darauf befand, doch Hazels Notebook stand immer noch in Matthews Büro. Sie wollte die Speicherkarte gerade mit den restlichen Sachen zurück in die Schachtel legen, als ihr etwas einfiel. Matthew hatte Neils Rechner vorbeigebracht. Er lag im Wohnzimmer. Agnes holte ihn und setzte sich damit an den Schreibtisch. Auf dem Gehäuse klebte eine Haftnotiz mit dem neuen Benutzerpasswort. Damit loggte Agnes sich ein und schob die Speicherkarte in den dafür vorgesehenen Schlitz.

Das erste Foto zeigte eine Gruppe Jugendlicher, die auf den Stufen des Uhrenturms am alten Pier posierte. Agnes erkannte Hazel auf den ersten Blick an ihrer flammend roten Lockenmähne. Neben ihr, den Arm um ihre Taille gelegt, stand ein blondes Mädchen, das Agnes vage bekannt vorkam. Die beiden Mädchen wurden von Neil Thorburn und einem jungen Henry McNiven eingerahmt, daneben erkannte Agnes Hannah Petrie. Das Foto musste vor Neils Umzug nach Glasgow gemacht worden sein, vom Alter her zu urteilen in einem seiner letzten Schuljahre.

Agnes versuchte sich zu erinnern, woher ihr das Gesicht des blonden Mädchens bekannt vorkam. Plötzlich durchfuhr die Erkenntnis sie wie ein elektrischer Schlag. Sie wühlte in der Schachtel und fand das Passbild, das in Hazels Buch gesteckt hatte. Natürlich! Dasselbe Gesicht. Und sie war sich auch ziemlich sicher, dass sie nun wusste, wo sie es schon einmal gesehen hatte.

Auf einigen Bildern erkannte sie den weißen Sandstrand von Calgary Beach mit seinem klaren, tiefblauen Wasser – die schottische Karibik, wie John immer gesagt hatte. Das blonde Mädchen aalte sich dort in einem Bikini, der nicht viel der Fantasie überließ. Sie war braungebrannt, beneidenswert jung und schlank, die langen, blonden Haare von der Sonne aufgehellt und vom Wind zerzaust. Sie hatte den Jungs sicher ordentlich den Kopf verdreht. Im Hintergrund der Aufnahme bemerkte Agnes Henry McNiven, der auf einem Handtuch hockte und die hübsche Strandnixe fasziniert anstarrte.

Das nächste Foto war offenbar mit Selbstauslöser gemacht worden. Zumindest zeigte es am unteren Rand noch die Ecke eines Rucksacks, der als Stativ gedient haben musste.

Die Aufnahme zeigte Hazel, Stephen McVoren, Neil, die blonde Nymphe, Hannah Petrie und Henry McNiven, die einander Hasenohren machten und Grimassen schnitten. Der Gedanke, dass zwei dieser fröhlichen jungen Menschen bereits nicht mehr lebten, machte Agnes traurig.

Sie legte Briefe, Fotos und Speicherkärtchen wieder in die Schachtel und beschloss, sie zusammen mit den anderen persönlichen Gegenständen zu Bella zu bringen. Die Neugier brannte ihr auf den Nägeln. Sie ärgerte sich, dass sie noch auf die Rugby-Jungs warten musste, bevor sie überprüfen konnte, ob sie richtig lag, was das blonde Mädchen anging.

Die kräftigen Rugby-Spieler hatten die Mauer aus Bücherkartons im Nullkommanichts abgetragen und etwas später stand Agnes vor den leeren Regalen im Wohnzimmer. Eigentlich hätte sie die Regale auswischen sollen, doch ihre Ahnung ließ ihr keine Ruhe. Eilig sammelte sie zusammen, was sie Bella bringen wollte, klemmte sich den Karton unter den Arm und verließ das Haus.
In ihrem Zimmer angekommen, zog sie die Schachtel unter ihrem Bett hervor und zog Neils schwarzes Notizbuch heraus. Sie klappte es auf und da strahlte sie ihr entgegen: die blonde Strandnixe.

37

Kurze Zeit später saß Agnes auf Bella McAulays Sofa und schaute Lachie dabei zu, wie er mit seinen Plastiktierchen einen Zoo aufbaute.

Bella trug ein Tablett herein, auf dem sich ein Krug Wasser, etwas Obst und ein paar Sandwiches befanden, stellte es auf den Tisch und verteilte die Gläser. Lachlan hörte kurz auf zu spielen, um sich ein Stück Apfel und ein Sandwich zu holen. Während er knabberte, schmiegte er sich an die Beine seiner Mutter und beäugte neugierig den Karton, den Agnes zwischen ihnen abgestellt hatte.

»In diesem Karton sind einige persönliche Gegenstände von Hazel. Es wäre sehr nett, wenn du sie aufbewahrst. Vielleicht möchte Effy sie doch eines Tages haben.«

»Das ist eine gute Idee. Ich werde sie auf den Dachboden räumen, und Effy kann mich jederzeit ansprechen.«

»Es gibt da eine gravierte Uhr.« Agnes hob den Deckel von dem Karton. «Offensichtlich ist es ein Geschenk. Vielleicht möchte derjenige, der sie ihr geschenkt hat, sie als Erinnerung behalten. Ich dachte, möglicherweise weißt du, von wem sie ist. Sie liegt in der Schachtel dort.«

Bella nahm das Kistchen und öffnete es. Sie drehte das Schmuckstück in den Händen und betrachtete mit zusammengezogenen Augenbrauen die Gravur.

»Merkwürdig. Ich habe nicht die leiseste Ahnung. Hazel hatte die Uhr noch nicht so lange, sie ist mir gleich aufgefallen, und ich erinnere mich noch, dass ich sie gefragt habe, ob die Uhr neu sei und sie hat gescherzt, sie habe sie sich selbst zum Valentinstag geschenkt.«

»Sie hat sie sich selbst geschenkt? Dann steht das H. für Hazel?«

Bella schüttelte den Kopf. »Das glaube ich nicht. Hazel hatte manchmal verrückte Einfälle, aber das klingt ein wenig übertrieben.«

»Außerdem ergibt der Spruch keinen Sinn. Das stimmt«, fiel Agnes ein. »Man dankt sich nicht unbedingt selbst für geschenkte Stunden. Seltsam. Hast du eine Ahnung, für wen es dann stehen könnte?«

Bella rieb mit dem Daumen über die Inschrift und schien nachzudenken.

»Ehrlich gesagt hatte ich bis gerade nicht den geringsten Schimmer, dass es jemanden geben könnte, der ihr so etwas geschenkt haben könnte. Das hört sich jetzt blöd an. Du weißt, was ich meine, nicht wahr? Das ist kein Geschenk, das man einem guten Freund macht.«

»Eben. Das hat mich auch gewundert«, pflichtete ihr Agnes bei. »Also weißt du auch von nichts.«

Bella schüttelte den Kopf. Ihre Miene begann, sich von erstaunt in verärgert zu wandeln.

»Warum hat sie mir davon nichts erzählt? Wir haben doch über alles geredet.«

»Womöglich war dieser Jemand gebunden, und sie wollte nicht, dass du schlecht über sie denkst.« Agnes sah Bella prüfend an, doch sie schien tatsächlich überrumpelt.

»Das würde zumindest einiges erklären.« Bella legte die Uhr wieder in die Schachtel und rieb sich mit der Handfläche über das Gesicht. Dann streichelte sie Lachlan über den Kopf.

»Ich bin so glücklich, dass ich meine kleine Familie habe – irgendwie habe ich mir das auch für Hazel gewünscht. Deswegen habe ich immer mal wieder versucht, sie zu verkuppeln oder ihr Männer schmackhaft zu machen, wenn wir gemeinsam aus waren. Aber sie hat keinem eine Chance gegeben. Sie meinte immer, sie bliebe lieber allein, als jeden Morgen neben einem faulen Kompromiss aufzuwachen.«

»Das klingt ganz nach Hazel.« Agnes konnte sich bei der Erinnerung ein Lächeln nicht verkneifen. Wie oft hatte Hazel mit ihrem Sturkopf ihre Mutter auf die Palme gebracht. Wenn sie etwas nicht wollte, hatte es wenig Sinn gehabt, sie überzeugen zu wollen.

Bella verstaute die Schachtel mit der Uhr wieder im Karton.

»Da ist auch noch eine Speicherkarte mit ein paar alten Aufnahmen«, erklärte Agnes. »Vielleicht sollten wir die Bilder für Effy ausdrucken lassen. Sie hat mit Computern nichts am Hut.«

»Das ist eine gute Idee. Ich werde sie gleich mal auf meinen Rechner kopieren, dann kann ich mich bei Gelegenheit darum kümmern. In der Galerie habe ich einen tollen Fotodrucker.« Bella suchte in der Kiste nach der Speicherkarte. Sie stand auf, holte ihren

Laptop vom Schreibtisch und kopierte die Bilder in ein Verzeichnis auf ihrem Rechner.

»Darf ich sie mir ansehen?«, wollte sie wissen.

»Selbstverständlich«, entgegnete Agnes und kurze Zeit später erschien das erste Foto auf dem Bildschirm.

»Mensch, wie jung sie da noch waren!« Ein Schatten legte sich über Bellas Gesicht. »Drei aus fünf«, sagte sie nur.

Agnes hob die Augenbraue. »Wie bitte?«

»Na, ich meine nur, dass es traurig ist, wenn man daran denkt, dass drei der Leute auf diesem Bild nicht mehr leben.«

»Drei sagst du?«

»Ja. Neil, Hazel und das französische Mädchen, das damals am Leuchtturm verunglückt ist. Es hieß, sie sei auf den Felsen ausgerutscht und so unglücklich gefallen, dass sie starb. Das muss – lass mich überlegen – gute zehn Jahre her sein. Doch daran erinnere ich mich noch klar. So etwas geschieht hier schließlich nicht jeden Tag.«

Agnes runzelte die Stirn. Das wurde ja immer merkwürdiger. Beide Thorburn-Geschwister besaßen Fotos eines Mädchens, das vor zehn Jahren tödlich verunglückt war.

»Waren Hazel und Neil mit dem Mädchen befreundet?«, wollte Agnes wissen. Sie musste an das Briefchen denken.

»Hazel, ihr Bruder und dessen Freunde hingen in diesem Sommer viel mit ihr herum. Die Polizei hatte sogar kurzzeitig den Verdacht, sie könnten etwas mit dem schrecklichen Unglück zu tun haben. Zum Glück ließ sich das schnell ausräumen.«

»Neil war mit dem Mädchen irgendwie liiert, nicht wahr?«, hakte Agnes nach.

»Es sah ganz danach aus. Ich habe sie ein paarmal zusammen gesehen, und da ging es schon recht vertraut zu.« Bella zog eine Augenbraue hoch.

»Bei Neils Sachen war auch ein Bild von der Französin. Doch ich frage mich, warum auch Hazel eines aufbewahrt hat.« Agnes runzelte die Stirn.

»Keine Ahnung. Vielleicht hat sie es ihr gegeben, zur Erinnerung. Ich hatte damals auch immer Fotos von meinen Freunden im Portemonnaie. Da hatten wir ja noch keine Smartphones.«

Lachlan war wieder zu seinen Spieltieren zurückgekehrt, und Bella betrachtete ihn nachdenklich.

»Das Leben kann so grausam sein. Drei so junge Menschen ...« Plötzlich zuckte Bella zusammen. »Mir fällt gerade etwas ein. Könnte das H. auf der Uhr vielleicht für Hugh Petrie stehen? Glauben Sie, sie hat etwas mit ihrem Chef angefangen? Die beiden haben sich ziemlich gut verstanden. Sie war oft bei den Petries zu Besuch.«

»Ausschließen würde ich es nicht«, entgegnete Agnes.

Eine steile Falte erschien über Bellas Nasenwurzel, als sie nachdenklich die Brauen zusammenzog.

»Mein Gott, könnte sie deswegen ...? Ich meine, könnte das der Grund sein, warum sie es getan hat? Immerhin ist Hannah schwanger. Das hätte einen mächtigen Skandal geben können, und du weißt ja, wie die Leute hier so sind. So etwas macht schneller die Runde als Läuse in einer Kindergartengruppe.« Bella schaute Agnes herausfordernd aus ihren großen braunen Augen an, als ob sie erwartete, dass sie alles erklären konnte.

»Ich weiß es nicht, Bella. Aber ich würde es gerne herausfinden.«

38

Agnes saß auf der Terrasse und versuchte zu lesen. Doch sie konnte sich kaum auf den Text konzentrieren. Der Besuch bei Bella hallte noch in ihr nach. Immer wieder schweiften ihre Gedanken ab und kreisten um die Frage, wie das alles zusammenpasste. Drei junge Menschen, drei tragische Todesfälle. Konnten sie in irgendeinem Zusammenhang stehen?

Aus dem Haus hörte sie Stimmen und etwas später steckte Effy den Kopf durch die Terrassentür.

»Agnes? Der Reverend für dich.«

Agnes legte die Lektüre zur Seite und stand auf. Sie spürte deutlich, wie sich ihr Puls beschleunigte und schalt sich innerlich dafür. Doch sie konnte nicht anders, als sich über Andrews Besuch zu freuen.

Er wartete im Flur und lächelte, als Agnes in der Tür erschien.

»Warum kommst du nicht herein?«, wunderte sie sich.

»Eigentlich wollte ich dich fragen, ob du mich nicht auf einen kleinen Nachmittagsspaziergang begleiten möchtest. Es ist herrliches Wetter. Anschließend Kaffee und Kuchen in der Tobermory Bakery? Vielleicht kann ich dich zu einem Stückchen Pekan-Toffee-Kuchen verführen.« Andrew lächelte verschmitzt, so dass sich Fältchen um seine Augen kräuselten.

»Eigentlich ...«, begann Agnes und war kurz versucht, unter einem Vorwand abzulehnen, doch Andrew legte den Kopf schräg und zog die Augenbrauen hoch. Er sah aus wie ein kleiner Junge, der um Naschereien bettelte. Verwundert stellte Agnes fest, dass sie sich Andrew gegenüber zunehmend unsicher fühlte. Innerlich rief sie sich zur Ordnung auf. Sie war eine gestandene Frau von fünfundsechzig Jahren und kein verliebter Backfisch.

»Na gut. Vielleicht ein Stündchen oder zwei. Einen Augenblick, ich hole mir rasch meine Strickjacke.«

Sie nahmen den Weg am *An Tobar Centre* vorbei über den Back Brae hinunter zur Uferpromenade. Agnes genoss die Sommersonne und den salzigen Seewind auf der Haut. Für einen Moment konnte sie fast glauben, nur eine Urlauberin zu sein. Die Beklemmung, die sie bei ihren Besuchen auf der Insel immer begleitet hatte, schien sich immer mehr zu verflüchtigen, je länger sie hier war, und erstmals machte sie wieder einem Gefühl der Vertrautheit Platz. Über die Jahre hatte sie das Inselidyll schließlich doch lieben gelernt. Effy hatte schon nicht ganz unrecht, wenn sie behauptete, Agnes habe längst Wurzeln geschlagen. Mull war zu ihrer Heimat geworden – bis die Insel ihr das Liebste geraubt hatte. Nein, nicht die Insel hatte es getan, verbesserte sie sich – die Krankheit. Doch beides schien in ihrem Gedächtnis untrennbar verbunden zu sein.

Agnes versuchte, die Gedanken zu verscheuchen, indem sie Andrew auf den neuesten Stand brachte, was den Besuch bei Bella McAulay anging.

Andrew hörte aufmerksam zu. Dann blieb er plötzlich stehen und hielt Agnes am Arm fest.

»Dann glaubst du tatsächlich, es könnte einen Zusammenhang geben?«

»Ich halte es zumindest nicht für ausgeschlossen.«

»Doch welche Rolle hat dann Hannah Petrie in all dem gespielt? Ihr Verhalten neulich Abend erscheint mir doch sehr merkwürdig. Sie muss nach irgendetwas gesucht haben. Warum sollte sie sonst in Hazels Haus eingedrungen sein und dich wegen des Buchs angelogen haben?«

»Womöglich wollte sie Beweise vernichten.«

»Beweise? Aber wofür? Die Polizei hat doch nichts Verdächtiges finden können«, gab Andrew zu bedenken.

Sie setzten langsam ihren Weg fort. Agnes blickte auf die Bucht hinaus und grübelte darüber nach, was sie und die Polizei übersehen haben mochten.

»Wenn sie wusste oder vermutet hat, dass Hugh und Hazel eine Affäre hatten, könnte sie doch nach Hinweisen darauf gesucht haben: Fotos, Briefe ... so etwas. Danach hat die Polizei schließlich nicht gesucht, da es keinerlei Hinweis auf ein Verbrechen gab«, mutmaßte Andrew.

»Kein schlechter Gedanke, Andrew. Hannah musste schließlich damit rechnen, dass die Familie Hazels Sachen durchsehen würde. Hinweise auf eine Affäre hätten sicherlich Fragen aufgeworfen ...«

»... und im schlechtesten Fall dazu geführt, dass die Ermittlungen wieder aufgenommen würden«, führte Andrew den Gedanken fort.

»Dann glaubst du, Hannah Petrie könnte Hazel ermordet haben?«

Andrew zuckte mit den Schultern. »Ich habe das Gefühl, wir drehen uns im Kreis. Wir vermuten und spekulieren, aber es gibt nichts Greifbares.«

Der Wind trug den Duft von Fish and Chips von dem Van am Fisherman's Pier zu ihnen hinüber, und die Möwen kreischten über ihren Köpfen, während sie am sommerblauen Himmel ihre Kreise zogen. Sie hatten den Uhrenturm erreicht und spazierten auf den alten Pier hinaus, vorbei an aufgestapelten Hummerfallen, orangeroten Bojen und Netzen. Es roch nach Seetang, Fisch und Jod, und je weiter sie auf den Pier gelangten, desto windiger wurde es. Agnes hatte Schwierigkeiten, ihre Haare zu bändigen und schlang sich schließlich ihren Schal um den Kopf.

»Hannah hätte jedenfalls ein starkes Motiv und jederzeit Zutritt zu Hazels Haus gehabt«, sagte Andrew, als sie das Ende des Piers erreicht hatten und den Booten zusahen, die in der Bucht auf dem Wasser wippten. Es war schwer, sich auszumalen, dass in einer so friedlichen Umgebung etwas so Fürchterliches geschehen konnte. Und noch schwerer war es, sich auszumalen, wie genau sich diese grausame Tragödie abgespielt haben mochte.

»Doch selbst wenn wir annehmen, Hannah hätte Hazel getötet, beantwortet das noch lange nicht die weit schwierigere Frage.«

»Die Frage danach, wie sie es angestellt hat«, nahm Agnes den Faden auf. »Sie könnten zusammen etwas getrunken haben, und Hannah hat ihr etwas ins Glas gemischt.«

»Aber außer Alkohol hat die Polizei doch nichts in Hazels Blut feststellen können, wenn ich Matthew richtig verstanden habe«, gab Andrew zu bedenken.

»Auch darüber habe ich schon nachgedacht«, entgegnete Agnes. »Bei uns in der Schule liegen ab und zu Flyer und Broschüren aus, die Jugendliche vor diesen K.O.-Tropfen warnen. Diese Mittel sind unter anderem deswegen so gefährlich, weil sie sich schon nach kurzer Zeit kaum noch sicher nachweisen lassen. Außerdem sind sie wohl verhältnismäßig einfach zu beschaffen. Sie könnte doch so etwas benutzt haben.«

»Gut«, bestätigte Andrew. »Unmöglich wäre so etwas nicht. Doch das erklärt noch nicht, wie sie Hazel dazu gebracht hat, diesen Abschiedsbrief zu schreiben.«

»Nein. Da hast du vollkommen recht. Das ist der Punkt, an dem auch ich mit all meinen Theorien regelmäßig scheitere. Der Handschriftenexperte geht sicher davon aus, dass sie den Brief nicht unter Zwang geschrieben hat.« Agnes hob resigniert die Schultern. »Vielleicht hat er sich einfach geirrt. Das kann doch vorkommen.«

»Absolut. Es hat schon merkwürdigere Dinge gegeben«, bestätigte Andrew. »Womöglich könnte der Alkohol eine Rolle gespielt haben. Wenn sie bereits etwas angetrunken gewesen war, könnte es doch sein, dass sich Angst oder Nervosität nicht so sehr im Schriftbild bemerkbar machten.«

»Immerhin ist das bisher die einzig halbwegs schlüssige Theorie – inklusive Verdächtiger, Motiv und Gelegenheit, die wir haben«, fand Agnes. »Auch, wenn ich mir nur schwer vorstellen kann, dass Hannah Petrie eine eiskalte Mörderin sein könnte.«

»Das kann ich ehrlich gesagt auch nicht. Ich habe das Gefühl, wir kommen einfach nicht weiter. Wir suchen nach Antworten und finden nur immer mehr Fragen.«

»Ich sag dir was.« Andrew bot Agnes den Arm. »Wir streichen jetzt für einen Augenblick diese schreckliche Angelegenheit aus unseren Köpfen, genehmigen uns eine schöne Tasse Kaffee und ein leckeres Stück Kuchen und dann statten wir Matthew einen Besuch ab. Vielleicht hat er inzwischen etwas Brauchbares herausgefunden. Was meinst du?«

Anstatt eine Antwort zu geben, lächelte Agnes und hakte sich unter. Die düsteren Gedanken für einen Moment ruhen zu lassen und die Aussicht auf ein köstliches Stück Pekan-Toffee-Kuchen waren zu verlockend.

Während sie vom Pier Richtung Main Street spazierten, das Meer, die weißen Fischerboote und den Horizont im Rücken, wurde Agnes bewusst, dass sie trotz all der schrecklichen Ereignisse drauf und dran war, sich wieder neu zu verlieben – und das womöglich nicht nur in ihre alte Heimat.

39

Matthew Jarvis starrte auf das Papier vor sich, auf dem Kreise, Pfeile und dazwischen gekritzelte Notizen aufzeigten, was sie bisher über die verschiedenen Akteure in dieser Untersuchung wussten. Vorausgesetzt, Hazel war tatsächlich ermordet worden, gab es mehrere Personen mit einem Motiv. Pfeile in unterschiedlicher Dicke zeigten an, wie stark Matthew das Motiv einschätzte. Christie Lamont hatte für ihn die schwächste Motivation, Hazel etwas anzutun. Hazel hatte ihr mit Kündigung gedroht, falls Christies Arbeitsmoral sich nicht besserte und – zugegeben – in einem kleinen Ort wie diesem wäre es schwer, in so einem Fall einen neuen Job zu finden. Doch Christie war jung und impulsiv, und jemanden zu töten und es so überzeugend nach einem Selbstmord aussehen zu lassen, erforderte Kaltblütigkeit und Vorausplanung. Beides traute Matthew der jungen Bankangestellten nicht zu. Dennoch hatte Christie einen entscheidenden Hinweis geliefert, da sie in ihrem Wutausbruch behauptet hatte, sie wisse irgendetwas, das ein schlechtes Licht auf Hazel werfen könnte.

Fiona gegenüber hatte sie behauptet, damit eine mögliche Affäre zwischen Hugh Petrie und Hazel gemeint zu haben. Doch hatte sie Fiona die Wahrheit gesagt? Matthew umkreiste gedankenverloren die Fragezeichen.

Das brachte ihn zu Hugh und Hannah Petrie und dem seltsamen Beziehungsdreieck, das Matthew noch immer nicht ganz durchschaute. Wie er heute erfahren hatte, war Hazel dem Ehepaar Petrie nach Venedig hinterhergereist. Die Veranstalter der Fortbildung hatten Hughs Teilnahme bestätigt. Er war dem Kurs also nicht ferngeblieben, somit hatte er wenig bis gar keine Gelegenheit gehabt, sich heimlich mit Hazel zu treffen. Blieb Hannah Petrie. Hatten die beiden Frauen sich verabredet? Und wenn ja, warum hatten sie Hugh nichts davon erzählt? Was hatten sie vorgehabt, das Hannahs Ehemann nicht erfahren sollte? Hatten sie sich womöglich mit Männern verabredet oder aber – war es möglich, dass Hannah und Hazel mehr als ein freundschaftliches Verhältnis zueinander hatten?

Matthew schob diesen Gedanken zur Seite. Damit wollte er sich jetzt nicht auseinandersetzen. Das Bild zu demontieren, das er sich von Hazel gemacht hatte, fiel ihm schwerer als er zugeben mochte.

Eine wie auch immer geartete Affäre, die Hazel in Verruf gebracht hätte, ein Baby, waren das womöglich die Zutaten für einen Mord?

Matthew stützte den Kopf in die Hand und kratzte sich am Ohr, während die Pfeile, Kreise und Zeichen auf dem Blatt vor seinen Augen zu verschwimmen begannen. Er schreckte auf, als das Telefon klingelte.

Als er das Gespräch beendet hatte, schnappte Matthew seine Jacke vom Haken und verließ das Büro. Das kurze Telefonat hatte die Karten völlig neu gemischt. Endlich hatte er so etwas wie eine konkrete Spur. Fiona sah verwundert auf, als die Bürotür mit etwas zu viel Schwung hinter ihm ins Schloss fiel.

»Ist etwas passiert, Chef?«

»Das kann ich noch nicht genau sagen. Ich habe einen neuen Hinweis im Fall Hazel Thorburn erhalten, dem ich nachgehen möchte. Keine Zeit, jetzt alles zu erklären. Ich muss los.«

»Okay.« Fiona sah verdattert aus. »Soll ich mitkommen?«

Matthew sah auf die Uhr. »Nein. Das Büro sollte um diese Zeit besetzt sein. Ich denke, ich komme allein zurecht.«

Auf halbem Weg zur Tür machte Matthew noch einmal kehrt, lief in sein Büro und holte die Schlüssel für den Dienstwagen und ein Paar Handschellen aus der Schublade des Rollcontainers unter seinem Schreibtisch.

Gut möglich, dass er heute eine Verhaftung vornehmen musste.

40

»Bitte, nach dir.« Andrew hielt Agnes die Tür auf, und sie betrat die Polizeiwache, während er auf dem Fuß folgte.

»Sicher möchten Sie zu Matthew«, begrüßte Fiona die beiden vom Schreibtisch aus.

»Richtig. Es gibt einige neue Informationen, die wir gerne mit ihm besprochen hätten«, bestätigte Agnes.

»Es tut mir leid. Er ist gerade vor etwa zehn Minuten zur Tür raus.«

Fiona sah Andrew und Agnes einen Augenblick stirnrunzelnd an, als überlegte sie, wie viel sie den beiden über Matthews plötzlichen Aufbruch verraten konnte.

»Kurz zuvor hat er einen Anruf bekommen und ist dann gleich losgefahren. Er wirkte aufgeregt und sagte etwas von einem neuen Hinweis, dem er nachgehen wolle.«

»Seltsam.« Agnes drehte sich zu Andrew um, der lediglich mit den Schultern zuckte.

»Hat er gesagt, um was für einen Hinweis es sich handelt?«

»Leider nein. Er war in Eile. Mehr weiß ich leider auch nicht. Aber setzen Sie sich doch. Wir haben nämlich auch etwas herausgefunden. Ich kann Matthew dann einen Zettel auf den Schreibtisch legen, wenn Ihnen das recht ist.«

Einige Minuten später verließen Agnes und Andrew die Polizeiwache und machten sich auf den Weg Richtung Pfarrhaus, vorbei am Memorial Park und den üppigen Stechginstersträuchern im Back Brae.

Sie schwiegen, während Agnes versuchte, dem Puzzle in ihren Gedanken das neue Teil hinzuzufügen, das sie soeben von Fiona erhalten hatten.

»Weißt du, wenn ich weiter darüber nachdenke, erscheint es mir gar nicht so abwegig, dass Hazel sich mit Hannah getroffen haben könnte.«

»Du willst damit andeuten, dass Hazel und Hannah mehr als nur Freunde waren?« Andrew zog die Augenbrauen zusammen.

»Es würde Sinn ergeben, Andrew. Bella McAulay hat mir gegenüber angedeutet, dass Hazel kein Interesse an den Männern hatte, die Bella ihr hin und wieder vorgestellt hat«, warf Agnes ein.

»Schön, sie war nicht an einer Beziehung interessiert. Doch das beweist noch nicht, dass sie eine Affäre mit Hannah Petrie hatte.« Andrew schüttelte den Kopf.

»Es gibt da noch etwas, das ich vergessen habe, dir zu erzählen, weil ich es für unwichtig hielt. Doch jetzt erscheint es mir in einem völlig anderen Licht. Du erinnerst dich an das Buch, das Hannah Petrie aus Hazels Haus mitgenommen hat?«

Andrew nickte.

»Als ich im Internet danach gesucht habe, gab es einige Links zu Buchbesprechungen. Es hatte seinerzeit einige gute Kritiken im Feuilleton großer Tageszeitungen. Und natürlich habe ich auch den Klappentext gelesen.« Agnes konnte nicht verhindern, ein klein wenig stolz auf ihren detektivischen Spürsinn zu sein. »Der Roman spielt in Indien und handelt von einer Frau, die aus Pflichtgefühl heiratet und eine Familie gründet, doch sich zunehmend gefangen fühlt. Sie bricht aus ihrer Ehe aus, schließt sich Aktivisten und Künstlern an und verliebt sich in eine Frau. Außerdem hat Hazel Rita Mae Brown gelesen, eine bekannte lesbische Autorin und Aktivistin für Frauenrechte.« Agnes hob die Brauen und sah Andrew von der Seite herausfordernd an.

»Das würde tatsächlich ins Bild passen! Das würde aber immer noch bedeuten, dass beide Petries ein Motiv hätten.«

Sie hatten das Pfarrhaus erreicht, und Andrew blieb am Gartentor stehen. Er kramte in der Tasche nach seinem Schlüssel.

»Kommst du noch auf einen Sprung herein? Ich könnte uns einen Tee machen. Phyllis ist heute leider nicht da.«

Agnes hatte das Gefühl, dass die Erwähnung dieser Tatsache nicht ganz zufällig war. Ihr Herz begann zu klopfen.

»Ja, ein Tee wäre nett.«

Agnes machte es sich im Wohnzimmer bequem, während Andrew in der Küche den Tee zubereitete. Ihre Handflächen fühlten sich unangenehm feucht an und ihr Mund trocken. Es ärgerte sie, dass der bloße Gedanke daran, mit Andrew allein zu sein, sie so nervös machte. In ihrem Alter hatte man doch solche

Albernheiten längst hinter sich gelassen. Wenn sie sich überhaupt wieder für eine neue Beziehung öffnete, dann doch mit der Würde und Gelassenheit, die einer Dame in ihrem Alter zukam.

Andrew erschien wenig später mit dem Tee und setzte sich zu Agnes auf das Sofa.

»Nehmen wir an, du hast recht, und Hazel pflegte eine mehr als nur freundschaftliche Beziehung zu Hannah Petrie. Das würde in der Tat erklären, warum Hazel so sparsam mit den Details war. Mir eine Affäre zu beichten, war die eine Sache, sich als lesbisch zu outen, ohne es zuvor bei ihrer Familie zu tun, höchstwahrscheinlich eine andere. Das ergibt tatsächlich Sinn. Doch was bedeutet das in Bezug auf ihren Tod? Glaubst du, Hugh oder Hannah Petrie wären zu einem so kaltblütigen Mord fähig?«

»Ich weiß nicht.« Agnes goss Milch in ihre Tasse und rührte darin, während sie nachdachte. »Da ist etwas an der ganzen Geschichte, das mich stört.«

Andrew rückte die Brille zurecht und wandte sich Agnes zu. »Kannst du sagen, was das ist?«

»Nun ja, sagen wir, wir sind da auf etwas gestoßen. Hazel war lesbisch und hatte eine Affäre mit der verheirateten Hannah und hat sich mit ihr in Venedig getroffen. Offenbar war die Beziehung jedoch zur Zeit von Hazels Tod lange beendet. Hannah schien sich für Ehemann und Familie entschieden zu haben. Hazel plante eine Reise nach Kanada – vielleicht, um auf andere Gedanken zu kommen.« Agnes knetete ihre Unterlippe. »Ich vermisse ein wirklich starkes Mordmotiv. Ich meine, was hätte schlimmstenfalls geschehen können, wenn eine solche Affäre bekannt geworden wäre? Sicher, es hätte viel Gerede gegeben. Womöglich hätte Hugh sich von Hannah getrennt. Doch wäre das tatsächlich Grund genug, einen so kaltblütigen Mord zu begehen?«

»Du könntest recht haben. Wenn es tatsächlich Mord war, dann muss jemand diese Tat mit Berechnung und Planung durchgeführt haben. Es erscheint mir auch nicht wie eine Tat aus Leidenschaft.«

»Denkst du, wir sollten vielleicht mit Hannah sprechen?«, schlug Agnes vor. »Sie könnte sicher Licht in die Angelegenheit bringen.«

»Das könnte ich übernehmen«, schlug Andrew vor. »Zu mir als Pfarrer hat sie hoffentlich das nötige Vertrauen.«

»Eine gute Idee. Aber sei vorsichtig. Ich traue es Hannah zwar nicht zu, aber noch wissen wir nicht mit letzter Sicherheit, ob ...«

Andrew lächelte und legte seine Hand auf ihre.

»Ich werde mich an einem öffentlichen Ort mit ihr verabreden. Aber es ist schön zu wissen, dass du dir Sorgen um mich machst.« Seine Augenbrauen hoben sich, und ein verschmitztes Lächeln zeigte sich auf seinen Lippen.

Agnes blickte auf ihre Hände. Sie konnte spüren, wie die Hitze in ihre Wangen stieg und war versucht, Andrews Hand beiseite zu schieben. Doch sie fühlte sich gut an, warm, trocken und groß. Der Gedanke, sich und ihr Herz vertrauensvoll in diese Hände zu begeben, war plötzlich gar nicht mehr so abwegig. Sie fühlte sich sicher und geborgen.

Als sie aufsah, war Andrews Gesicht ganz nah an ihrem. Der würdevolle, selbstsichere Ausdruck in seinem Gesicht war verschwunden, und er wirkte beinahe wie ein schüchterner Schuljunge, der in der Tanzschule zum ersten Mal ein Mädchen auffordern sollte.

Seine Hand ruhte weiter auf ihrer, die andere legte er sanft an ihre Wange. Agnes konnte den Puls in ihren Ohren rasen hören. Langsam hob sie den Kopf und neigte sich vor, bis sich ihre Lippen berührten. Es fühlte sich eigenartig an, nach so langen Jahren. Doch offenbar hatte sie nichts verlernt. Es kribbelte in ihrem Bauch und in den Füßen, und sie schloss die Augen, um das Gefühl auszukosten, das seine warmen Lippen auf ihren in ihr auslösten. Als sie sich voneinander lösten, konnte sie auch auf Andrews Wangen deutlich rote Flecke erkennen, und ihr war nach Singen zumute.

»Guck uns an, zwei alte Knöpfe wie wir«, flüsterte sie. »Und ich fühle mich, als wäre ich wieder fünfzehn.«

41

Matthew lenkte den Wagen über die Küstenstraße hinter dem Golfclub und hielt auf dem Parkplatz des Hotels. An der Rezeption saß eine junge Saisonkraft.

»Guten Tag. Sergeant Jarvis von der örtlichen Polizei. Ist der Chef im Haus?«

Bei dem Stichwort Polizei sah die junge Frau erschrocken von ihrem Kreuzworträtsel auf.

»Er ist in seinem Büro. Ist etwas passiert?«

»Nein, nein. Ich müsste nur dringend mit Mr McNiven sprechen.« Matthew versuchte seine Aufregung so gut es ging zu verbergen.

»Natürlich. Kommen Sie, ich zeige Ihnen, wo das Büro ist.«

»Nicht nötig, danke. Ich kenne mich aus.«

Matthew eilte den Flur entlang, klopfte an McNivens Bürotür und trat ein, als er hereingerufen wurde.

»Ah, der gute Sergeant Jarvis«, rief Henry McNiven in jovialem Ton, doch Matthew war nicht entgangen, dass er zunächst recht erschrocken ausgesehen hatte, als er den Sergeant erkannte.

»Was bringt Sie zu mir, Sergeant?«

Matthew wartete vergeblich auf eine Aufforderung sich zu setzen, bevor er schließlich unaufgefordert auf dem Besucherstuhl Platz nahm.

»Es geht noch einmal um den Abend des dreizehnten Juli.« Matthew ließ McNiven nicht aus dem Blick, um keine Regung in dessen Gesicht zu übersehen.

»Ich möchte Sie noch einmal fragen, wo Sie sich an diesem Abend aufgehalten haben.«

McNivens Kiefer mahlten, während er Matthew mit einem Ausdruck fixierte, der irgendwo zwischen Wut und Entschlossenheit lag.

»Ich weiß nicht, was Sie das überhaupt angeht, Sergeant Jarvis, aber ich habe Ihnen bereits mitgeteilt, wo ich an dem besagten Abend war. Ich hatte einen geschäftlichen Termin in Dervaig. Haben Sie im *Am Birlinn* angerufen?«

»Das habe ich. Und die Reservierung wurde mir bestätigt und die Dame, mit der ich gesprochen habe, erinnerte sich auch daran, Sie gesehen zu haben. Auch die Sekretärin Ihres Steuerberaters Mr Burns bestätigte den Termin.«

»Na, dann ist doch alles in bester Ordnung, Sergeant.« Henry McNiven reckte das Kinn vor und verschränkte die Arme vor der Brust. «Warum kommen Sie mir dann wieder mit denselben Fragen wie schon am Donnerstag?«

Matthew lehnte sich in seinem Stuhl nach vorne und hielt McNivens Blick, als er mit leiser Stimme sprach.

»Sie haben recht, Mr McNiven. Es könnte alles in bester Ordnung sein, wenn da nicht diese winzige Kleinigkeit wäre.«

Matthew beobachtete McNivens Gesicht genau und konnte erkennen, wie seine selbstsichere Fassade zu bröckeln begann.

»Vielleicht verstehen Sie meine Verwunderung, wenn ich Ihnen erzähle, dass ich heute einen Anruf von Mr Burns bekam.«

McNivens Ausdruck wechselte schlagartig von Abwehr zu ernsthafter Sorge. Er wich Matthews Blick aus.

»Mr Burns, der drei Tage in Glasgow zu tun hatte und bei seiner Rückkehr von seiner Sekretärin über meine Nachfrage informiert wurde, hielt es offenbar für seine Pflicht, mich darüber zu informieren, dass er das Treffen mit Ihnen leider bereits nach einer Viertelstunde wegen plötzlichen heftigen Unwohlseins abbrechen musste.« Matthew hielt den Blick weiterhin fest auf McNiven gerichtet, auf dessen blassen Wangen sich nun hektische rote Flecken zeigten.

»Hören Sie, Sergeant Jarvis. Ich weiß, dass das nicht gut aussieht. Aber ich ... Sie müssen mir glauben, wenn ich sage, dass ich Hazel an dem Abend nicht gesehen habe. Ich bin von Dervaig direkt nach Hause gefahren.«

»Und das kann Ihre Frau sicher bestätigen?« Matthew ließ nicht locker.

McNiven senkte den Blick. »Leider nein. Sheila war an dem Abend bei Freunden eingeladen.«

»Hat Sie sonst irgendjemand gesehen, der Ihre Aussage bestätigen könnte?«

McNiven schluckte. «Nicht, dass ich wüsste.«

»Angenommen ich glaube Ihnen, Mr McNiven. Nehmen wir nur für einen Augenblick an, Sie sind nach dem geplatzten Treffen mit Mr Burns direkt nach Hause gefahren und haben danach das Haus nicht mehr verlassen ...«

Henry McNivens Gesichtsfarbe sah wieder etwas gesünder aus, doch das konnte nicht darüber hinwegtäuschen, dass er nach wie vor verunsichert war. Abwartend sah er Matthew an.

»Nennen Sie mir einen plausiblen Grund, warum Sie mir nicht die Wahrheit gesagt haben.« Matthew legte die Fingerspitzen gegeneinander. »Dafür gab es doch überhaupt keinen Grund. Es sei denn ...«

Matthew hob die Brauen. Er ließ die Fingerspitzen gegeneinander klopfen und sah Henry McNiven herausfordernd an.

McNiven hatte die Lippen zusammengepresst und starrte mit gesenktem Kopf auf die Schreibtischplatte.

»Wir haben guten Grund zu der Annahme, dass sich eine männliche Person am Abend von Hazels Tod vor ihrem Haus aufgehalten hat. Ich frage Sie also noch einmal: Wo waren Sie am Abend des dreizehnten Juli zwischen 20 und 22 Uhr? Sind Sie sich ganz sicher, dass Sie nicht vielleicht doch Hazel Thorburn einen Besuch abgestattet haben?«

42

Hannah Petrie warf einen nervösen Blick über die Schulter, bevor sie sich zu Andrew Fletcher an den Tisch setzte.

»Schön, dass Sie kommen konnten, Hannah.«

Hannah rückte den Stuhl etwas weiter vom Tisch ab und ließ sich mit einem Seufzen auf den Stuhl sinken. Der Fußmarsch zum Café Fish hatte sie sichtbar angestrengt.

»Es wird langsam beschwerlich, nicht wahr?«

Andrew lächelte freundlich und deutete auf die beträchtliche Babykugel, die Hannah vor sich herschob.

Sie erwiderte das Lächeln des Pfarrers kurz, doch ihr Gesichtsausdruck verriet ihre Anspannung.

»Sie sagten, es geht um Hazel? Sicher hat Mrs Munro Ihnen erzählt, dass ich neulich abends in Hazels Haus war und jetzt glauben Sie ...«

»Ich glaube noch überhaupt nichts«, unterbrach Andrew ihren Redefluss. »Ich wollte lediglich mit Ihnen sprechen. Sie dürfen sich in Ihren Zustand nicht so aufregen, Hannah.«

Hannah Petries Züge entspannten sich, doch in ihrem Blick lag noch etwas Wachsames.

»Danke, Reverend. Allerdings bin ich mir nicht sicher, was Sie von mir erwarten. Sie wissen doch bereits alles, nicht wahr?«

Andrew zog fragend die Augenbrauen hoch.

»Na, Hazel hat es Ihnen doch erzählt. Ich weiß, dass sie zu Ihnen wollte. Wir haben darüber gesprochen.«

Hannah Petrie klang ein wenig wie ein trotziger Teenager. »Ich habe ihr gleich gesagt, dass das keine gute Idee ist. Die Leute hier tratschen einfach zu gern.«

»Beruhigen Sie sich, Hannah. Es geht hier nicht darum, schmutzige Wäsche zu waschen oder Gerüchte zu verbreiten.« Andrew sah sie ernst an. »Ich bin einzig daran interessiert, herauszufinden, warum Hazel Thorburn tot ist.«

Hannah Petrie starrte mit zusammengepressten Lippen auf ihre Hände, die sie auf der Tischplatte vor sich abgelegt hatte.

»Ich könnte jetzt einen Whisky gebrauchen, aber das geht ja nun mal nicht.«

Andrew schwieg. Er spürte, dass Hannah bereit war, zu reden.

In diesem Moment kam die Kellnerin an den Tisch, um die Bestellung aufzunehmen. Andrew war verärgert. Er befürchtete, Hannah könne den Mut verlieren und sich entschließen zu schweigen. Ungeduldig wartete er darauf, dass sie den Tisch wieder verließ.

»Ich weiß gar nicht mehr genau, wie es angefangen hat«, sagte Hannah schließlich, als sie wieder allein waren. »Hugh und ich hatten eine schlechte Phase. Hazel und ich haben abends zusammengesessen, getrunken und über Männer gelästert. Sie wissen schon. Ich habe geheult, und sie hat mich getröstet. Hat mich einfach in den Arm genommen und dann ... es tat gut, wissen Sie?« Hannah Petrie sah auf und Andrew nickte ihr aufmunternd zu. »Beachtet zu werden, begehrt – na ja, und es war aufregend, verboten. Ich hatte noch nie ... ich meine, ich bin nicht ... Sie wissen schon. Ich stehe eigentlich nicht auf Frauen. Für mich war es ein Abenteuer.«

»Aber für Hazel war es mehr«, folgerte Andrew.

Tränen schimmerten in Hannah Petries Augen. »Ich wollte doch niemandem wehtun. Wir haben es beendet, und es schien ... sie sagte, sie wäre darüber hinweg. Hugh und ich haben noch einmal die Kurve gekriegt. Hazel meinte, sie freue sich für uns. Als ich ihr erzählt hatte, dass ich schwanger sei, hat sie mir gratuliert und gemeint, sie freue sich auf das Kind. Ich dachte nicht, dass sie ... « Hannahs Stimme klang rau. Sie schluckte.

»Sie glauben doch nicht, dass sie es meinetwegen getan hat? Bitte, Reverend, sagen Sie mir, dass es nicht meinetwegen war.« Hannah wischte sich mit dem Handrücken über die tränenfeuchten Augen.

Schweigend zog Andrew ein Taschentuch aus der Jacke und reichte es ihr.

»Nicht wahr, Sie glauben doch nicht, dass sie es meinetwegen getan hat?«, sagte Hannah, nachdem sie die Tränen abgetupft und sich geschnäuzt hatte. »Wenn ich geahnt hätte ... ich hätte doch niemals ...«

Hannah knüllte das Taschentuch in der Hand zusammen und biss auf ihrem Daumennagel herum.

Andrew beugte sich über den Tisch und legte Hannah beruhigend die Hand auf den Unterarm.

»Das glaube ich Ihnen, Hannah. Und ehrlich gesagt glaube ich nicht, dass Hazel es Ihretwegen getan hat.«

Dass er Zweifel daran hatte, dass Hazel sich überhaupt selbst getötet hatte, behielt Andrew für sich.

Ein erleichterter Seufzer entfuhr Hannah Petrie, und sie sah den Pfarrer dankbar an.

»Mrs Munro hat Ihnen erzählt, dass sie mich neulich abends in Hazels Haus überrascht hat, nicht wahr? Sie haben vollkommen recht, wenn Sie deswegen schlecht über mich denken.«

Andrew riss überrascht die Augen auf.

»Was soll ich sagen? Ich bin eben feige. Ich konnte nicht dazu stehen. Nicht vor allen Leuten. Schon allein wegen des Kindes, nicht wahr?« Hannah senkte den Blick. »Dabei komme ich mir so schäbig vor. Ich wollte einfach alle Erinnerungen an unsere Beziehung auslöschen.«

Reverend Fletcher runzelte die Stirn. Wollte Hannah Petrie ihm damit etwa sagen, dass sie doch eine Mörderin war?

»Dabei habe ich Hazel versprochen, dass ich mich immer daran erinnern und mich niemals dafür schämen werde. Hazel war eine tolle Frau.« Hannah tupfte mit dem zerknüllten Taschentuch über ihre Augen. »Aber dann habe ich daran gedacht, was wohl geschieht, wenn sie Hazels Sachen durchsuchen, und dann finden sie die Uhr und das Buch mit der Widmung ... das Gerede und wie schlimm es für Hugh wäre, wenn er es auf diese Weise erfahren würde, und alle würden glauben, sie hätte ... ich meine, wie hätte ich den Thorburns je wieder in die Augen sehen können? Jeder hätte geglaubt, dass sie es meinetwegen getan hat.«

»Die Uhr war ein Geschenk von Ihnen?« Andrew begann zu begreifen.

Hannah Petrie nickte. »Das Buch hat Hazel mir geschenkt. Sie war überzeugt, ich hätte mich noch nicht selbst gefunden und müsste mir nur eingestehen, dass ich in Wahrheit Frauen liebe. Aber so war es nicht. Jedenfalls hat sie es mir geschenkt und eine Widmung hineingeschrieben. Als wir die Sache beendet haben, habe ich es ihr zurückgegeben. Ich wollte nicht riskieren, dass Hugh es sieht.«

»Das verstehe ich, Mrs Petrie. Ich glaube Ihnen. Was Sie mir heute erzählt haben, betrachte ich als Beichte. Somit fällt alles, was wir besprochen haben, unter das Beichtgeheimnis.«

Hannah Petrie lächelte Andrew dankbar an.

Agnes hatte allem Anschein nach recht behalten. Andrew glaubte nicht, dass diese Frau zu einem kaltblütigen Mord fähig wäre.

43

Der letzte Karton wurde in den Lieferwagen getragen, und Agnes drückte den beiden jungen Männern ein Trinkgeld in die Hand. Mit vor der Brust verschränkten Armen sah sie dem Lieferwagen nach, der sich mit Hazels Habseligkeiten auf die Reise nach Craignure machte, wo sie hoffentlich dankbare neue Besitzer finden würden. Der Gedanke, dass die letzten Erinnerungen an ein junges Leben in diesen Pappkartons steckten, machte sie traurig.

Agnes seufzte und ging zurück ins Haus. Sie hatte sich bisher davor gedrückt, das Schlafzimmer auszuräumen. Bis auf Kleidung und Schmuck hatte sie dort nichts angerührt.

Sie begann damit, das Kopfkissen und die Laken abzuziehen und warf die Wäsche auf einen Haufen. Decke, Kissen und Tagesdecke legte sie ordentlich zusammen und stopfte sie in zwei große schwarze Müllsäcke.

Schließlich nahm sie sich einen Karton und machte sich daran, die Inhalte des Nachtschränkchens und der Kommode zu sortieren. Es war ihr unangenehm, in Hazels privatesten Dingen zu wühlen. Doch der Gedanke daran, wie viel schwieriger es für Effy und Charlie wäre, half ihr.

Den Inhalt des Nachtschränkchens begutachtete sie nur grob und ließ einiges diskret in eine Mülltüte wandern, während sie den Rest in eine Kiste packte.

In der obersten Schublade der Kommode fand sie neben Halstüchern und einem Körbchen mit Haarklammern und Zopfgummis noch zwei Briefblöcke und ein kleines Federmäppchen. Sie rückte den Karton heran und räumte den Inhalt der Schublade hinein. Sie würde später entscheiden, was damit geschehen sollte. Den Karton stellte sie in den Flur und holte sich das Putzzeug, um die mittlerweile leergeräumten Möbel abzuwischen.

Anschließend nahm sie sich die kleine Digitalkamera, die Andrew ihr zur Verfügung gestellt hatte, und machte einen Rundgang durchs Haus, bei dem sie die einzelnen Möbelstücke fotografierte, um sie später inserieren zu können.

Dabei musste sie immer wieder an den vergangenen Abend zurückdenken und sich fragen, ob sie es mit Andrew tatsächlich noch einmal wagen wollte. Hätte John gewollt, dass sie sich neu verliebte? Eifersüchtig war er nie gewesen, doch dafür hatte es auch nie Grund oder Anlass gegeben. Er hatte sich gewünscht, sie würde nach seinem Tod in Calgary am Strand spazieren gehen und fröhlich sein, während sie an ihn dachte. Dabei hatte er vermutlich keinen anderen Mann an ihrer Seite gesehen, doch er hatte gewollt, dass sie glücklich wurde. Auch wenn der Gedanke ihr noch immer widerstrebte, war es Zeit, endlich loszulassen. Wenn Effy es schaffte, nicht unter ihrer Trauer zu zerbrechen, sollte es für sie nach fünfzehn Jahren doch auch möglich sein, den Schritt nach vorn zu wagen.

Als sie mit den Fotos fertig war, rief sie Stephen McVoren an, um ihm mitzuteilen, dass das Haus nun bis auf die Möbel leergeräumt war und für Besichtigungen zur Verfügung stehe. Sie würde den Ersatzschlüssel von Hugh Petrie holen und ihn Stephen zur Verfügung stellen. Das würde die Sache erleichtern.

Es war bereits Mittag, und Agnes musste zugeben, dass sie inzwischen hungrig war. Doch bevor sie sich auf den Weg zum Haus der Thorburns machte, versuchte sie Matthew zu erreichen. Es beschäftigte sie schon den ganzen Morgen, wohin er so eilig verschwunden war und ob er womöglich auf eine heiße Spur gestoßen war. Bei der Polizeiwache hatte sie kein Glück. Die Rufumleitung nach Oban war aktiv, was nicht weiter ungewöhnlich war, da die kleine Wache in Tobermory nicht immer besetzt war. Sie probierte es auf seinem Mobiltelefon, doch offenbar hatte er es nicht eingeschaltet. Jedenfalls landete sie direkt auf seiner Mailbox.

Einigermaßen enttäuscht machte sie sich auf den Weg, um mit Effy und Charlie zu Mittag zu essen.

Nach dem Essen ging Charlie zurück an die Arbeit, und Effy zog sich zurück, um Mittagsschlaf zu halten. Seit ihrer Rückkehr aus der Klinik plagten sie Schlafprobleme. Die Medikamente, die sie nach wie vor einnahm, machten sie müde. Doch wenn sie tagsüber schlief, war sie oft nachts wach.

Agnes setzte sich in den Wintergarten und versuchte noch etwas zu lesen. Doch ihre Gedanken kreisten weiter um Hazel, Hannah Petrie, das französische Mädchen. Gab es da irgendeinen Zusammenhang?

Was hatte Neil seiner Schwester so Dringendes mitteilen wollen? Doch wer konnte ihr da schon weiterhelfen außer Neil und Hazel persönlich?

Natürlich!

Warum hatte sie daran nicht früher gedacht? Sie holte Neils Laptop, den sie mitgenommen hatte, und klappte ihn auf. Vielleicht gab es Mailkorrespondenz oder andere Dateien, die einen Hinweis darauf gaben, was Neil so sehr beschäftigt hatte, dass er betrunken, nachts, bei starkem Regen, in ein Auto gestiegen war, um zu seiner Schwester zu fahren.

Agnes öffnete das Mailprogramm und scrollte durch die letzten Mails, wurde aber nicht fündig. Dann nahm sie die Dateiordner in Augenschein und stieß auf einen Ordner mit dem Namen »Schreiben«. Natürlich, Hazel hatte erwähnt, dass Neil davon geträumt hatte, Schriftsteller zu werden.

Sie öffnete den Ordner und scrollte durch die Dateien. Sie stutzte, als sie Datum und Zeitstempel neben einem der Dokumente sah. Die Datei mit dem Titel »Bann und Rache« war zuletzt am 29. Juni um viertel nach zwei Uhr nachts bearbeitet und gespeichert worden. In der Nacht von Neils Unfall. Mit zittrigen Fingern klickte sie auf Öffnen und begann zu lesen.

Es handelte sich um das Manuskript zu Neils Fantasy-Roman. Agnes erinnerte sich, dass einer seiner WG-Kollegen erwähnt hatte, dass er es niemanden hatte lesen lassen, weil er fand, dass es zu persönlich war. Sie stellte den Laptop auf ihren Knien ab und las weiter.

Außer Tolkiens *Hobbit* hatte sie nie Fantasy gelesen. Durch den ersten Band von *Herr der Ringe* hatte sie sich regelrecht hindurchgequält. Doch sie musste zugeben, dass Neils Geschichte packend war. Er hatte einen gefälligen Schreibstil, und man wurde direkt in die Geschichte hineingezogen, auch wenn es Agnes etwas Mühe bereitete, bei den Machtkämpfen verschiedener Fürstentümer und Rassen, Intrigen und Ränkespielen den Überblick zu behalten, zumal sie lange Passagen übersprang. Für ihren Geschmack gab es etwas zu viel Gewalt und Sex – doch da war jemand ihres Alters wohl kein Maßstab. In der Tat konnte sie erkennen, dass Neil dem Roman einen sehr persönlichen Stempel aufgedrückt hatte, denn einige Figuren ähnelten äußerlich und in wichtigen Charakterzügen Personen aus Neils näherem Umfeld.

Es brauchte nicht viel Fantasie, um in Nikka Trevellick, dem Helden der Geschichte, Neil selbst zu erkennen. In dessen Halbschwester Hedra de Corlayne hatte Neil nur allzu offensichtlich Hazel verarbeitet, auch wenn er ihr blauschwarzes statt rotes Haar verpasst hatte.

Agnes überflog längere Absätze, bis ihr ein Name ins Auge fiel. Sie scrollte zurück und las genauer, um den Kontext zu verstehen. Nikka hatte sich in ein Mädchen verliebt, das er für eine einfache Bauerntochter hielt. Doch sie hatte ihre wahre Identität vor ihm verborgen. In Wahrheit handelte es sich um die einzige Tochter des Königs der Nachtelfen und somit Thronerbin des mächtigsten Fürstentums des Landes. Ihr wahrer Name lautete Innisia Farwynn. Innisia – Inès. Konnte die Namensähnlichkeit ein Zufall sein? Agnes knetete nachdenklich ihre Unterlippe. Es gab zwei Männer, die mit Nikka um Innisia konkurrierten:

Saltran Le Doux und Acheron Ash. Gab es auch für diese Charaktere Vorbilder im wahren Leben?

Agnes rieb sich die Augen. Das Lesen am Bildschirm war ermüdend. Sie stand auf und ging in die Küche, um Tee zu machen. Während sie darauf wartete, dass das Wasser kochte, grübelte sie darüber nach, ob Neils unfertiges Manuskript womöglich darüber Aufschluss geben konnte, warum er so plötzlich aufgebrochen war, nachdem er daran gearbeitet hatte. Es war vielleicht nicht weiter ungewöhnlich, dass es einen jungen Mann auch zehn Jahre später noch beschäftigte, wenn eine Jugendliebe bei einem Unfall ums Leben gekommen war.

Hazel und Hannah Petrie in Venedig, Christie Lamonts Andeutungen, sie habe etwas gegen Hazel in der Hand ... das Puzzle fügte sich zusammen, und das Bild, das sich nach und nach zusammensetzte, gefiel Agnes überhaupt nicht.

Das Klacken des Wasserkochers schreckte Agnes aus den Gedanken. Sie brühte den Tee auf und nahm die Tasse mit in den Wintergarten.

Als sie hereinkam, sah sie Effy vor dem aufgeklappten Rechner sitzen.

»Entschuldige bitte, ich war neugierig, was du da mit solch einer Ausdauer liest.«

Agnes fühlte sich ertappt. Hätte sie Effy von dem Manuskript erzählen sollen?

»Das ist von Neil, nicht wahr?« Effy blickte vom Bildschirm auf und sah Agnes forschend an.

»Matthew hat mir Neils Computer gebracht. Hazel hatte ihn einem Kollegen gegeben, damit er das Passwort zurücksetzt. Wir hatten ... ich hatte gehofft, dass es darauf womöglich einen Anhaltspunkt geben könnte, warum Neil in jener Nacht so plötzlich aufgebrochen ist und was er Hazel so Dringendes zu sagen hatte.«

Agnes beschloss allerdings, Effy zu verschweigen, dass Neil noch Minuten vor seinem tödlichen Unfall an diesem Manuskript gearbeitet hatte. Sie wollte sie nicht unnötig aufregen.

Effy ließ sich gegen die Rückenlehne der Couch sinken.

»Nicht wahr? Ich bin nicht verrückt. Du glaubst auch nicht, dass ... es kann doch einfach alles kein Zufall sein. Erst Neil, dann Hazel. Es ergibt einfach alles keinen Sinn.«

Agnes biss die Zähne zusammen und überlegte krampfhaft, was sie ihrer Freundin sagen sollte. Sie hielt es nicht für klug, ihr von ihren heimlichen Ermittlungen zu erzählen. Effys Zusammenbruch lag gerade einmal drei Wochen zurück, und Agnes wollte keinen Rückfall riskieren. Effy konnte keinen zusätzlichen emotionalen Aufruhr gebrauchen.

»Ich denke, wir suchen alle nach Erklärungen«, sagte Agnes schließlich. »Doch letztlich könnten uns vermutlich nur Neil und Hazel selbst Antworten geben.«

Effys Lippen waren zu einem Strich zusammengepresst. Ihr Blick wanderte hinaus in den Garten.

»Wenn ich sie nur noch ein einziges Mal sehen könnte! Dafür würde ich alles geben.«

Agnes legte ihrer Freundin einen Arm um die Schulter und drückte ihr einen Kuss auf die Schläfe.

»Ich weiß.«

Effy deutete auf den Laptop auf dem Couchtisch.

»Hast du das Gefühl, du findest, wonach du suchst?«

»Ich weiß es nicht, Effy. Hätte ich dir davon erzählen sollen?«

Effy schüttelte den Kopf. »Irgendwann werde ich es womöglich lesen. Aber jetzt ...« Effy griff nach Agnes' Schulter und berührte die Hand ihrer Freundin.

»Und wenn ich etwas finde?«

Effy schwieg eine Weile und starrte weiter hinaus in den Garten. »Schreib es auf. Dann kann ich selbst entscheiden, ob ich bereit bin, es zu erfahren.«

44

Agnes griff nach ihrer Tasse. Ihr Mund fühlte sich trocken an, und ihr Herz pochte. Der Text begann vor ihren müden Augen zu flimmern, aber sie zwang sich, aufmerksam weiterzulesen. War es das womöglich, wonach sie gesucht hatte? Sie überflog die letzten Seiten noch einmal.

Innisias Finger krallten sich mit letzter Kraft in den Stein. Weit unten in der Tiefe schlugen die Wellen gegen den schroffen Fels. Gischt spritzte auf.

»Halt durch! Ich bin gleich bei dir.« Nikka stürzte auf die Brüstung zu. Keuchend beugte er sich über die Kante und versuchte, Innisias Arm zu packen.

»Ich hab dich! Bleib ganz ruhig. Nicht strampeln, ich zieh dich rauf.«

Doch seine schweißnassen Finger glitten ab. Innisias Arm rutschte tiefer.

»Verdammt, Ash, steht nicht herum! Helft mir! Wir müssen sie hochziehen!«

Acheron Ash lachte.

»Damit sie zu ihrem Vater rennt und ihm erzählt, was geschehen ist? Womöglich würde der alte Narr ihr glauben und mich hängen lassen.«

»Ihr werdet hängen, Ash!«, japste Nikka. »Tut endlich

etwas! Helft mir, verflucht!«

Nikka rutschte näher an die Brüstung und versuchte, auch den anderen Arm zu packen, doch in diesem Moment glitt Innisias Arm auch schon aus seinem Griff.

Ein spitzer Schrei hallte von den Felsen zurück, dann Stille. Bis schließlich nur noch das unvergängliche Tosen der Wellen zu hören war.

Keuchend rollte sich Nikka auf den Rücken und schlug die Hände vor das Gesicht.

»Bastard!«, würgte er unter heftigem Atmen hervor. »Verfluchter Bastard! Ihr werdet noch darum betteln, dass sie euch hängen! Wenn Jored erfährt, dass ihr tatenlos zugesehen habt, wie seine Tochter ...«

»Er wird es nicht erfahren.« Acheron Ash klang amüsiert. Er beugte sich über die Brüstung und sah in die Tiefe, wo Innisias Körper von den Wellen verschlungen worden war.

»Ihr könnt mich nicht daran hindern, es ihm zu erzählen.« Nikka stemmte sich auf die Füße.

Mit einem selbstgefälligen Lächeln legte Acheron Ash seine Hand an den Griff seines Schwertes und tätschelte ihn.

»Doch. Ich könnte. Aber das muss ich gar nicht. Warum sollte ich mir an Euch die Finger schmutzig machen, Trevellick?«

Nikka spie aus.

»Ihr werdet das noch bitter bereuen!«

»Wer wird Euch glauben, Trevellick? Euch, Fürst Colmars Bastard, den nicht einmal sein Vater anerkennen möchte. Wer wird Euch glauben? Nachdem Ihr Joreds Tochter entführt habt.«

»Ich habe sie nicht entführt, Ash. Das wisst Ihr genau.«

»Ach ja? Weiß ich das? Soweit es mich betrifft, habt Ihr sie entführt, habt die Mönche von Tharmoria bestochen, damit sie euch gegen ihren Willen vermählen.«

»So war es nicht, Ash. Innisia ist weggelaufen. Sie wollte selbst nach Tharmoria, um ...«

»Unsinn, Trevellick. Sie wollte Euch nicht. Sie wollte einen passenden Ehemann. Jemanden von Stand.« Er grinste überlegen. *»Jemanden wie mich.«*

Nikka ballte die Fäuste und machte einen Schritt nach vorn, doch innerhalb eines Wimpernschlags hatte Ash sein Schwert gezogen und Nikka die Spitze auf die Brust gesetzt.

»Nicht so eilig, Trevellick. Es wäre doch ein Jammer, wenn Ihr Eurer Verlobten so schnell folgtet ...«

»Ihr seid ein Schwein, Ash!«, presste Nikka hervor.

»Sie wollte euch nicht, Trevellick. Und das habt ihr nicht ertragen können. Als ihr euch nehmen wolltet, was euch nicht zusteht, hat sie sich gewehrt. Und dann habt ihr sie gestoßen und ... « Mit einer Kopfbewegung deutete er über die Brüstung. *»Na ja. Wirklich bedauerlich.«*

»Das ist eine Lüge, Ash! Damit werdet Ihr niemals durchkommen! Sie hätte Euch niemals geheiratet. Doch das hat Euch nicht gestört. Als sie sich weigerte, habt Ihr ... Ihr habt sie gestoßen, nicht wahr? Sie ist nicht gestürzt!«

Ash warf den Kopf in den Nacken und lachte. Dann fixierte er Nikka mit einem drohenden Blick.

»Wem werden sie glauben, Trevellick? Mein Wort

gegen Eures. Ihr habt Lady Innisia entführt, und ich bin Euch gefolgt, um sie aus Eurer Gewalt zu befreien. Doch leider kam ich zu spät.«

Die Schwertspitze immer noch auf Nikkas Brust, drängte Ash seinen Gegner gegen die Brüstung.

»Ich könnte es gleich hier erledigen. Doch ich bin heute großzügig. Ihr werdet die Beine in die Hand nehmen, Trevellick. Denn sobald ich in Joreds Palast angekommen bin, seid Ihr ein gesuchter Mann. Vogelfrei. Also seht zu, dass Ihr wegkommt. So weit wie es nur geht. Niemand wird erfahren, was hier geschehen ist.«

»Damit werdet Ihr nicht durchkommen, Ash! Hedra weiß alles.«

»Eure Schwester ist ein kluges Mädchen, Trevellick. Sie weiß genau, dass niemand Euch glauben wird. Ihr könntet sie genauso gut belogen haben. Die Fakten sprechen gegen Euch, vergesst das nicht. Sie wird ihren Bruder beschützen wollen.«

Nikka öffnete die Fäuste. Seine Arme hingen kraftlos herunter.

»Verschwindet, Trevellick. Lasst Eure Visage innerhalb der Grenzen von Juqan nie wieder blicken. Womöglich sage ich dann, dass alles ein tragischer Unfall war. Doch wenn Ihr glaubt, mir drohen zu können, seid gewiss – wenn ich falle, nehme ich Euch mit. Und mit Euch werden die Nachtelfen garantiert nicht zimperlich sein. Jeder wusste schließlich, dass Ihr keine Gelegenheit ausgelassen habt, um Innisia zu belästigen.«

»Früher oder später seid Ihr dran, Ash.« Nikka konnte das Blut in seinen Ohren rauschen hören. Doch was

sollte er gegen Ash ausrichten? Unbewaffnet, ohne Zeugen – in einer Lage, in der alles gegen ihn sprach. Ash hatte recht. Sie würden ihm nicht glauben.

Agnes klappte den Rechner zu, lief die Treppe hinauf zu ihrem Zimmer und holte den Karton mit Neils persönlichen Sachen unter dem Bett hervor. Sie musste Genaueres erfahren. Hastig zog sie den Zeitungsbericht über den Unfall am Leuchtturm hervor und las. Danach griff sie zum Telefon und versuchte es erneut bei der Polizeiwache und auf Matthews Handy. Ohne Erfolg. Was nun?

Bella hatte davon gesprochen, dass es damals einen Verdacht gegen Neil und seine Freunde gegeben hatte, der sich zerstreut hatte. Doch warum? Was hatte die Polizei von ihrer Unschuld überzeugt?

Der Gedanke, Hazel könnte in die Vertuschung eines schweren Verbrechens verwickelt gewesen sein, schnürte Agnes die Kehle zu. Sie musste die Wahrheit herausfinden. Womöglich war sie hier auf etwas gestoßen.

45

»Finden Sie es nicht etwas überzogen, mich hierher zu karren, Jarvis?«

Henry McNivens barscher Ton konnte seine Verunsicherung nur schwerlich verbergen.

»Wäre es Ihnen lieber gewesen, ich hätte Sie in unsere Ausnüchterungszelle in Tobermory gesteckt?« Matthew legte seine Akte auf den Tisch und setzte sich McNiven gegenüber. Auf der Fahrt nach Craignure hatte McNiven beharrlich geschwiegen und von seinem Recht auf Rechtsberatung Gebrauch gemacht. Das Warten auf einen Rückruf von McNivens Anwalt hatte Matthew wertvolle Zeit gekostet. Wenn er nichts zu Tage förderte, was einen richterlichen Haftbefehl erwirken konnte, würde er McNiven bald wieder laufen lassen müssen.

»Möchten Sie mir nicht vielleicht doch verraten, warum Sie mir verheimlicht haben, dass Ihr Geschäftsessen wesentlich früher endete als erwartet und was Sie in der fraglichen Zeit getan haben?«

Matthew lehnte sich in seinem Stuhl zurück und verschränkte die Arme vor der Brust. McNiven starrte finster in seine Richtung, doch Matthew glaubte zu ahnen, dass seine Fassade bröckelte.

Womöglich hatte es seine Wirkung nicht verfehlt,

dass er den Hotelier in Gewahrsam genommen und nach Craignure gebracht hatte. Er schien der Sache langsam mit dem nötigen Ernst und Respekt zu begegnen.

Henry McNiven fuhr sich mit der Hand durch die Haare und benetzte seine Lippen mit der Zunge. Schließlich beugte er sich vor und stützte die Ellenbogen auf die Tischplatte.

»Hören Sie, Sergeant. Es ist alles ein fürchterliches Missverständnis. Ich wollte doch bloß nicht in die Sache hineingezogen werden.«

Matthew zog die Augenbrauen hoch. Er schwieg. Der Vogel war offenbar bereit zu singen.

»Jeder weiß doch, dass ich mit Hazel wegen dieser Baugenehmigung gestritten habe. Ich bin ein leidenschaftlicher Mensch. Und wenn ...« Er fuchtelte vage mit der Hand in der Luft. «Na ja, wenn ich dann noch ein paar über den Durst getrunken habe, dann rutschen mir auch mal Sachen raus, die man besser nicht sagt.«

»Wie zum Beispiel, dass Sie Hazel eine – ich zitiere – 'frustrierte, ungefickte Öko-Schlampe' genannt haben und ihr geraten haben, sie solle sich doch 'einen Strick nehmen'?«

Henry McNiven sprang auf und ließ die Faust auf den Tisch krachen.

»Das können Sie einfach nicht loslassen, Jarvis, nicht? Einmal! Einmal sagt man etwas Dummes, und deswegen soll sie sich gleich umgebracht haben? Glauben Sie allen Ernstes, Hazel Thorburn hätte sich von mir so beeindrucken lassen?«

»Das sagen Sie mir«, entgegnete Matthew kühl.

McNiven grub die Hände in die Haare und begann, auf und ab zu laufen.

»Das fasst man doch nicht! Das ist doch ... das ist doch eine Farce! Eine Farce ist das!«

»Warum haben Sie gelogen, was Ihr Treffen mit Mr Burns betrifft?« Matthews Ton blieb ruhig. Seine innere Anspannung versuchte er so gut es ging zu verbergen. Er hatte McNiven genau da, wo er ihn haben wollte. Nervös und wütend.

»Ich habe Ihnen schon gesagt, dass ich da nicht mit reingezogen werden wollte. Ja, ich habe ihr gesagt, sie solle sich einen Strick nehmen. Aber das war doch bloß so dahingesagt. Kann doch keiner ahnen, dass sie ... « McNiven wandte sich zu Matthew um und hob beide Hände. »Ich meine, wer ahnt denn sowas?«

»Ihre Bemerkung mal ausgenommen: Warum sollte Sie jemand mit Hazel Thorburns Selbstmord in Verbindung bringen?«

»Warum, warum. Die Leute suchen doch immer einen Schuldigen. Warum nicht den, der ihr keine zwei Wochen vorher gesagt hat, sie solle sich einen Strick nehmen? Kurz nach Neils Beerdigung kam Charlie zu mir. Hat mir gedroht, er würde mir aufs Maul hauen, wenn ich noch einmal so etwas zu seiner Tochter sagen würde. Mein Glück wäre, dass Hazel es mir nicht übelgenommen hätte. So sieht es doch aus.«

McNiven begann wieder damit, auf und ab zu laufen. »Ich meine, jetzt wo sie sich ... na ja, jetzt, wo sie tot ist, steh ich doch ohnehin für alle als der Buhmann da. Egal, was „Dotty" Doris behauptet.«

McNivens Mund klappte zu. Sein erschrockener Blick verriet Matthew, dass er mehr gesagt hatte als beabsichtigt. Matthews Taktik schien aufzugehen.

»Dann bestreiten Sie nicht, dass Sie Hazel am Abend des dreizehnten Juli noch aufgesucht haben?«

McNiven kreuzte die Arme vor der Brust. »Ohne meinen Anwalt werde ich gar nichts mehr sagen, Jarvis.«

46

»Danke, dass du dir die Zeit für mich nimmst, Bella. Ich wollte nicht mehr stören. Es ist ja sicher Lachies Bettzeit, aber ich wollte Effy nicht beunruhigen.«

»Natürlich, Agnes. Das ist doch selbstverständlich. Michael bringt Lachie ins Bett. Wenn ich helfen kann ...« Bella setzte sich. »Worum genau geht es denn? Du sagtest, es gehe um Neils Roman? Darüber weiß ich ehrlich gesagt so gut wie gar nichts.«

Agnes war sich nicht sicher, ob es richtig war, Bella ins Vertrauen zu ziehen, doch sie hoffte, auf diese Weise Licht in die Angelegenheit bringen zu können.

»Es will mir einfach nicht aus dem Kopf, warum Hazel sich nach Neils Unfall so schuldig gefühlt haben sollte, dass sie ... jedenfalls habe ich Neils Roman gelesen und glaube, er könnte Erklärungen liefern.« Bella McAulay runzelte die Stirn. »Inwiefern? Hat er etwas über Hazel geschrieben?«

»Nicht direkt. Aber es gibt da eine Szene, die mich stutzig gemacht hat. Doch ich weiß nicht, wie ich sie einordnen soll. Die Hauptfigur wird Zeuge eines tödlichen Unfalls und ... ich weiß nicht, ob etwas dran ist, aber ich glaube, Neil könnte dort diese Geschichte mit dem französischen Mädchen verarbeitet haben.«

Bella riss die Augen auf. »Du glaubst, diese Geschichte hat etwas mit seinem Unfall zu tun?«

»Das weiß ich nicht«, gab Agnes zu. »Vielleicht sehe ich auch Verbindungen, wo es gar keine gibt. Du sagtest, die Polizei habe Neil damals im Visier gehabt?«

»Hazel hat hin und wieder davon gesprochen. Es hat sie beschäftigt. Aber ich kann mir nicht vorstellen, dass ...« Bella kaute auf ihrer Unterlippe. Dann schüttelte sie den Kopf.

»Nein, wirklich, Agnes. Ich glaube nicht, dass Hazel sich in irgendeiner Weise für den Tod des Mädchens verantwortlich fühlte. Mir gegenüber hat sie immer davon gesprochen, dass es ein tragischer Unfall war.«

»Erinnerst du dich denn noch an den Vorfall? In der Zeitung wurde damals berichtet, das Mädchen sei allein am Leuchtturm gewesen, als es passierte. Sie sei sofort bewusstlos gewesen und muss dann im flachen Wasser ertrunken sein«, fasste Agnes zusammen, was sie dem Artikel entnommen hatte. »Warum hatte die Polizei den Verdacht gegen Neil und seine Freunde so schnell ausräumen können?«

»Puh! An die Details kann ich mich auch nicht mehr so genau erinnern.« Bella massierte ihre Stirn mit Daumen und Zeigefinger. »Ich weiß nur, dass Hazel und die Jungs sich mit dem Mädchen angefreundet hatten – bei Neil ging es wohl auch darüber hinaus. Jedenfalls hingen sie in diesem Sommer zusammen rum.«

»Die Jungs?«, hakte Agnes ein.

»Neil, Stephen und Henry McNiven. Ich glaube, sie waren alle ein wenig verschossen in die Kleine. Kein Wunder. Du hast ja die Fotos gesehen. Sie war wirklich ein wunderhübsches Mädchen. Natürlich hat die

Polizei die drei damals dazu befragt, aber sie waren zum fraglichen Zeitpunkt nicht mit dem Mädchen zusammen.«

»Und das ist sicher?«, fragte Agnes.

»Was ich damals gehört habe, war, dass die Jungs später am Abend mit dem Mädchen verabredet gewesen waren. An dem Abend war drüben in Salen ein Ceilidh. Daran erinnere ich mich noch gut, weil der Ort so gut wie leergefegt war. Die meisten Erwachsenen waren dort. Neil und Hazel sind nicht hingefahren. Wahrscheinlich wollten sie ausnutzen, dass sie sturmfreie Bude hatten. Ein paar Freunde einladen, heimlich saufen, was man halt so macht in dem Alter. Eine Nachbarin hat jedenfalls Neil und Stephen gesehen, als sie auf dem Weg zu den Thorburns waren.«

»Und die Französin war nicht dabei?«, wollte Agnes wissen.

»So wie ich es gehört habe, wollte sie später dazukommen. Und als sie nicht erschien, begannen die anderen, sich Sorgen zu machen. Sie haben zunächst bei dem Bed & Breakfast angerufen, in dem die Französin mit ihren Eltern wohnte. Die Eltern sagten, sie habe zum Leuchtturm gewollt. Ein paar Leute sind dann mit den Eltern rausgefahren, um sie zu suchen. Tja ... und dann haben sie das arme Ding gefunden.«

»Sie ist allein zum Leuchtturm gegangen?« Agnes zupfte an ihrer Unterlippe. »Könnte sie dort jemanden getroffen haben?«

Bella zuckte mit den Schultern.

»Darüber weiß ich nichts. Jedenfalls konnte Hazel bestätigen, dass ihr Bruder und Stephen die ganze Zeit über zu Hause waren, was sich mit der Aussage der

Nachbarin deckte. Gut möglich, dass Hazel sich schuldig fühlte, weil sie nicht früher nach dem Mädchen gesucht hatten. Doch das ist zehn Jahre her. Warum sollte sie sich deswegen das Leben nehmen?«

»Nein, das stimmt. Das ergibt keinen Sinn«, sagte Agnes nachdenklich. »Und Henry McNiven? Wo war der?«

»Puh! Das weiß ich nicht. Aber die Polizei wird sicher auch ihn befragt haben. Natürlich hat die Sache Neil zu schaffen gemacht. Er war schließlich verliebt in das Mädchen und war mit ihr zusammen. Vielleicht hat er sich Vorwürfe gemacht, dass er sie nicht begleitet hat?«, mutmaßte Bella. »Aber du sagst, die Hauptfigur in Neils Geschichte war Zeuge des Unfalls?«

Agnes winkte ab. »Wahrscheinlich habe ich mich einfach geirrt, und die Geschichte hat mit diesem Vorfall überhaupt nichts zu tun.«

Bella nickte. »Wie bist du überhaupt darauf gekommen, dass es einen Zusammenhang geben könnte?«

Agnes zog die Schultern hoch. »Ich denke, ich wünsche mir einfach so sehr eine Erklärung für alles, dass ich da etwas hineingelesen habe, das nicht da ist.«

Bella lächelte kurz. »Das kann ich nur zu gut verstehen. Mir geht es doch genauso. Tagsüber bin ich zum Glück abgelenkt, aber wenn ich abends im Bett liege, beginnt sich das Gedankenkarussell zu drehen. Unaufhörlich. Warum habe ich nicht bemerkt, dass sie so verzweifelt war? Was hat sie derart aus der Spur gebracht? Natürlich, Neils Unfall war ein schrecklicher Schicksalsschlag, aber dass sie gleich ...« Bella schüttelte den Kopf. »Es bleibt unbegreiflich. Und doch werde ich mich damit abfinden müssen. Irgendwie.«

47

Auf dem Weg nach Hause grübelte Agnes darüber nach, was sie gerade von Bella erfahren hatte. Waren die Parallelen zu dem Vorfall wirklich nur zufällig? Hatte Neil den Namen Innisia nur gewählt, um seiner verunglückten Jugendliebe in seinem Roman ein Denkmal zu setzen?

Doch in diesem Licht erschien es Agnes reichlich makaber, dass er sie in seiner Geschichte in den Tod stürzen ließ. Tatsache war, dass Neil, kurz nachdem er diese Szene verfasst hatte, in sein Auto gestiegen und in den Tod gefahren war. Fakt war auch, dass er aufgewühlt und betrunken war und dass er Hazel irgendetwas Dringendes hatte mitteilen wollen.

Hatte er doch mehr über den Unfall gewusst, als er damals der Polizei mitgeteilt hatte? Doch wie passte das ins Bild? Schließlich hatten die vier das Haus nicht mehr verlassen.

Im Wohnzimmer lief der Fernseher. Agnes steckte den Kopf durch die Tür. Charlie und Effy schauten sich die Nachrichten an. Charlie hatte den Arm um seine Frau gelegt, die ihren Kopf auf seiner Schulter abgelegt und die Beine angezogen hatte. Es sah so friedlich und harmonisch aus. Man konnte beinahe glauben, dass nichts Schlimmes geschehen war. Agnes war froh, dass die beiden einander hatten. Sie klopfte leise an den Türrahmen.

»Ich bin zurück. Soll ich schon mal Abendessen machen?«

Charlie nickte. »Das wäre lieb, Agnes. Danke.«

Während Agnes das Gemüse für den Salat schnippelte, dachte sie noch einmal über Neils Manuskript und Bellas Aussage nach. Ein tödlicher Sturz an einem Turm, ein Mörder, der dem einzigen Zeugen drohte, ihm den Mord anzuhängen und eine Schwester, die ihren Bruder beschützen möchte. Das konnte doch kein reiner Zufall sein. Doch wie passte es mit der Realität zusammen? Je mehr sie darüber nachdachte, desto verwirrender wurde es. Sie konnte das Gefühl nicht loswerden, dass ihr das entscheidende Puzzleteil fehlte.

Nach dem Essen zog sich Agnes in ihr Zimmer zurück und nahm sich noch einmal die Kopie von Hazels Abschiedsbrief vor.

Bis jetzt habe ich nicht gewagt, es irgendjemandem zu erzählen. Denn ich fühle mich so schrecklich schuldig. Ich weiß, es war ein tragischer Unfall und es trifft niemanden eine Schuld. Und doch lässt es mich nicht los. Ich habe mir vor einiger Zeit geschworen, dass ich mich nie mehr schuldig fühlen möchte. Für nichts. Deshalb kann ich nicht so weitermachen. Ich kann nicht einfach weiterleben, als wäre nichts geschehen, nicht nach Neils Tod. Es tut mir leid.

Ich möchte diese Fassade nicht länger aufrechterhal-

ten, ich möchte sie einreißen, ein für alle Mal einen Schlussstrich ziehen.

Es war ein tragischer Unfall und es trifft niemanden eine Schuld. Damit konnte sie Neils Autounfall gemeint haben – aber es passte mindestens ebenso gut auf den tödlichen Sturz der Französin vor zehn Jahren. Angenommen, Hazel bezog sich in ihrem Brief auf Inès. Warum fühlte sie sich schuldig, und was hatte sie mit der Fassade gemeint, die sie nicht mehr aufrechterhalten wollte?

Hazel und ihre Freunde waren mit Inès verabredet gewesen, und das Mädchen war nicht aufgetaucht. Laut Hazels Aussage hatten sie das Haus nicht mehr verlassen.
Laut Hazels Aussage. Natürlich. Agnes schluckte. In Neils Roman hatte Acheron Ash davon gesprochen, dass Hedra ihren Bruder würde schützen wollen. Hatte Hazel Neil geschützt, indem sie eine falsche Aussage gemacht hatte? Doch die Nachbarin hatte die Jugendlichen auf dem Weg zum Haus der Thorburns gesehen und damit ihre Aussage gestützt.
Agnes massierte ihre Stirn mit Daumen und Zeigefinger. Es passte eigentlich alles zusammen. Das Puzzle in ihrem Kopf begann sich zusammenzusetzen, auch wenn es noch einige wenige Teile gab, die nicht ganz zu passen schienen. Im Zentrum stand vor allem die Frage: Wer war in dieser Geschichte Acheron Ash?
Agnes überflog noch einmal die Zeilen. Sie wollte den Brief gerade wieder in die Schublade ihres Nachttischs legen, als sie stutzte. Sie zog die Augenbrauen

zusammen und betrachtete den Bogen noch einmal aufmerksam. Ihr Nacken prickelte. Natürlich! Warum war ihr das nicht früher aufgefallen? Mit zittrigen Fingern tippte sie Matthews Nummer. Wieder nur die Mailbox. Sie sprach ihm eine Nachricht aufs Band. Dann machte sie sich auf den Weg.

48

Effy legte das Buch auf den Nachttisch und knipste das Licht aus. Charlie war bereits eingeschlafen und schnarchte leise vor sich hin. Effy beneidete ihren Mann darum, dass er binnen einer Minute einschlafen konnte, sobald er sich ins Bett oder auch nur auf die Couch legte. Sie hatte sich damit schon immer schwerer getan, doch seit sie die Medikamente nahm, war es noch schlimmer. Tagsüber war sie müde und abgeschlagen, doch wenn sie sich nachmittags ein Nickerchen gönnte, konnte sie abends nicht einschlafen.

Etwas, das Agnes heute Nachmittag gesagt hatte, wollte ihr nicht aus dem Kopf gehen.

»Letztlich könnten uns nur Neil und Hazel selbst Antworten geben.«

Sie quälte sich ständig mit der Frage herum, ob es eine Erklärung für all das gab. Und wenn es eine gab, würde sie ihr helfen oder würde sie alles nur schlimmer machen? Eine Erklärung würde ihre Kinder nicht zurück ins Leben holen können. Doch womöglich konnte sie diese Stimme in ihrem Kopf zum Schweigen zu bringen. Diese Stimme, die immer und immer wieder fragte, ob sie nichts hätte ahnen müssen, ob sie nicht etwas hätte tun müssen.

Ruckartig setzte Effy sich auf. Mit zittrigen Händen tastete sie nach dem Lichtschalter und knipste die Nachttischlampe wieder an. Sie angelte nach ihren Pantoffeln, schlüpfte aus dem Bett und flog die Treppe hinunter. Im Wohnzimmer öffnete sie die oberste Schublade des Schreibtisches und nahm Neils Brief heraus. Mit klopfendem Herzen riss sie den Umschlag auf und zog die Briefbögen heraus.

Während sie las, ließ sie sich auf den Schreibtischstuhl fallen. Effy schlug eine Hand vor den Mund. Einen kurzen Augenblick lang ließ sie den Brief sinken, musste sich erst sammeln, dann las sie atemlos weiter.

Schließlich hatte sie den Brief beendet. Kraftlos sank ihr Arm nach unten, das Papier segelte aus ihrer Hand und rutschte unter den Schreibtisch. Fassungslos starrte sie geradeaus, versuchte zu begreifen, was sie eben gelesen hatte und zu verstehen, was es bedeutete.

Der Schock wich etwas anderem, etwas Machtvollerem, das ihr ungeahnte Kraft verlieh: unbändigem Zorn.

Entschlossen stand sie auf, riss ihre Jacke vom Haken im Flur und schlüpfte in die Schuhe, fischte einen Schlüssel aus der Kommodenschublade und rannte die Kellertreppe hinab, wo sie sich an dem Vorhängeschloss zu schaffen machte, mit dem Charlie den Spind für sein Jagdgewehr sicherte.

49

Mit unruhigen Händen öffnete Agnes den Karton, in dem sie den Inhalt der Kommode verstaut hatte, und fischte darin nach dem Briefblock mit dem keltischen Knotenmuster in der rechten oberen Ecke. Wenn sie mit ihrer Beobachtung richtiglag, hatte sie womöglich endlich eine Erklärung dafür, warum die Polizei einen authentischen Abschiedsbrief gefunden hatte, der keinerlei Anzeichen für Zwang oder Druck aufwies.

Da! Das war er! Agnes zog den Block hervor und verglich ihn mit der Kopie, die sie von Matthew erhalten hatte. Ein dunkler Strich auf der Fotokopie zeigte, wo die Seite endete. Sie war etwas kürzer als ein normaler Briefbogen. Kürzer als der Block, den Agnes nun in Händen hielt. Sie hob die Seite ins Licht. Tatsächlich! Es waren schwache Drucklinien zu erkennen, wo der Kugelschreiber auf die nächste Seite durchgedrückt hatte. Sie versuchte, etwas zu entziffern. Es wollte ihr nicht gelingen, doch ein modernes Kriminallabor würde keine Schwierigkeiten damit haben, die Schrift wieder sichtbar zu machen und den Brief in seiner ursprünglichen Form zu rekonstruieren.

Agnes überlegte, was nun zu tun war. Matthew war nicht zu erreichen. Unter der Nummer der Dienststelle wurde sie nach Oban weitergeleitet. Der Brief würde ohnehin auf dem Festland untersucht werden müssen. Vermutlich war es das Klügste, in Oban anzurufen und den Brief anschließend mit nach Hause zu nehmen. Danach würde Sie Andrew anrufen.

Sie nahm den Block und wollte gerade die Tür öffnen, als sie ein Klirren im Flur hörte. Mit klopfendem Herzen presste sie das Ohr an die Schlafzimmertür und hörte, wie jemand den Schlüssel in der Haustür drehte. Das erklärte das klirrende Geräusch zuvor. Sie hatte von innen abgeschlossen und den Schlüssel in der Tür stecken lassen. Jemand musste von außen einen Schlüssel ins Schloss gesteckt haben.

Agnes hörte Schritte im Flur. Sie suchte nach etwas, das sich zur Waffe umfunktionieren ließe, fand aber nur einen Parfumflakon. Besser als nichts. Im Notfall konnte sie einem Angreifer damit in die Augen sprühen.

Sie nahm die Verschlusskappe ab, nahm den Flakon in die Hand und öffnete langsam die Tür, um in den Flur hinauszusehen.

50

»Machen Sie es nicht noch schlimmer, McNiven.«

Matthew hatte beide Hände mit den Fingerknöcheln auf die Tischplatte gestützt und starrte auf den Hotelier herunter, der inzwischen wieder Platz genommen hatte. »Was ist am Abend des Dreizehnten genau passiert?«

Henry McNiven atmete tief durch.

»Gut, ich gebe zu, ich bin kurz bei Hazel vorbeigefahren. Am Montag sollte diese Anhörung bei der Planungsbehörde sein. Ich wollte einen letzten Versuch starten, sie noch umzustimmen. Ich ... hatte vor, einen großzügigen Scheck auszustellen.«

»Aber sie hat abgelehnt. Und dann waren Sie so enttäuscht, dass ...«

Erschrocken sah McNiven auf. Von einem Moment auf den nächsten war die Farbe aus seinem Gesicht gewichen.

»Sie glauben ... Sie denken, ich hätte sie umgebracht?«

»Ich denke gar nichts. Ich frage mich bloß, weswegen Sie eine falsche Aussage gemacht haben«, entgegnete Matthew trocken.

»Hören Sie! Ich bin doch kein Mörder! Ich könnte keiner Fliege etwas zuleide tun! Außerdem habe ich an dem Abend noch nicht einmal mit Hazel gesprochen. Sie hat nämlich überhaupt nicht aufgemacht.«

»Sicher.« Matthew hob die Augenbrauen.

»Nein, wirklich, Sergeant Jarvis. Sie müssen mir glauben. Ich habe geklopft, aber sie hat nicht aufgemacht. Dann habe ich gerufen. Keine Reaktion. Aber sie war definitiv zu Hause. Das Licht war an, und es lief Musik. Na ja, ich dachte mir, sie hätte ... Besuch, wenn Sie wissen, was ich meine.«

Matthew nickte. »Sie behaupten also, Sie haben Hazel an dem Abend nicht gesehen oder mit ihr gesprochen?«

»Ja. Ich sagte doch bereits, dass sie nicht aufgemacht hat.«

Matthew setzte sich wieder, um Henry McNiven in die Augen sehen zu können.

»Dabei drängt sich mir die Frage auf, warum Sie dann wegen Ihres Alibis gelogen haben.«

»Na, was hätten Sie denn an meiner Stelle getan? Alle Welt weiß, dass Hazel und ich nicht gerade die besten Freunde waren. Ich habe ihr vor Zeugen diese ... diese Sachen an den Kopf geworfen. Und kurze Zeit später bringt sie sich wirklich um, ausgerechnet an dem Abend, an dem ich sie besucht habe.«

McNiven biss sich auf die Unterlippe und starrte auf die Tischplatte. »Wer weiß, womöglich hat sie nicht aufgemacht, weil ... ich meine, womöglich war sie da schon tot? Oder sie hat gerade ... vielleicht hätte ich einfach reingehen und nach ihr sehen sollen.«

»Sie behaupten, Sie hätten davon abgesehen, weil Sie glaubten, Hazel habe an dem Abend Besuch gehabt. Und es ist Ihnen nicht in den Sinn gekommen, der

Polizei das mitzuteilen?«

»Hören Sie, an dem Abend habe ich überhaupt nicht weiter darüber nachgedacht, und als ich dann am nächsten Tag hörte, was passiert war ... da habe ich Panik bekommen. Ich wollte einfach mit der Sache nichts zu tun haben.«

»Und deswegen machen Sie bei der Polizei falsche Angaben?«

»Es hätte doch nichts geändert, oder? Das Mädchen hat sich umgebracht. Ob ich nun bei ihr vorbeigeschaut habe oder direkt nach Hause gefahren bin – das hätte an der Sache doch nichts geändert. Hören Sie, Jarvis. Mir wird das langsam zu bunt hier. Ich kenne meine Rechte. Ohne Anklage dürfen Sie mich nicht hier festhalten, wie es Ihnen beliebt. Ich habe schließlich kein Verbrechen begangen.«

»Da bin ich mir nicht so sicher«, murmelte Matthew mehr zu sich selbst. Doch er wusste, dass Henry McNiven recht hatte. Er hatte gehofft, mit der Festnahme und dem Transport nach Craignure genug Eindruck gemacht zu haben, um ihn gesprächiger zu machen.

»Wenn Sie sich sicher sind, dass Sie mir nichts mehr zu sagen haben, werde ich die Papiere fertig machen und Sie entlassen und nach Tobermory mitnehmen.«

McNiven atmete hörbar aus und verschränkte die Arme vor der Brust.

»Nein danke, ich rufe mir lieber ein Taxi!«

51

»Ach, Sie sind das.« Agnes ließ den Flakon sinken. Den Block und die Kopie des Abschiedsbriefes hielt sie hinter ihrem Rücken verborgen. »Ich dachte, Sie wären bereits zurück in Fort William.«

»Das hatte ich auch eigentlich vor, aber ich brauchte noch einige Angaben für das Portfolio und bleibe daher bis morgen. Ich muss erst gegen Mittag wieder im Büro sein.« Stephen McVoren lächelte und hob den Schlüssel vom Boden auf. »Ich wusste nicht, dass jemand hier ist, sonst hätte ich mich gemeldet. Hugh Petrie hat mir den Schlüssel vorbeigebracht. Also dachte ich, ich messe rasch selber nach.«

Stephen streckte Agnes den Schlüssel entgegen.

»Sie können ruhig schon nach Hause gehen, ich schließe dann hinter mir ab, wenn ich hier fertig bin.«

Ein merkwürdiges Gefühl beschlich Agnes. Wenn Stephen McVoren es eilig hatte, wieder in sein Büro zu kommen, warum wartete er dann bis zum Abend, um die fehlenden Angaben – welche auch immer das sein mochten – zu ergänzen?

Agnes räusperte sich. Sie hoffte, dass sich ihre Nervosität nicht in ihrer Stimme niederschlug.

»Ich wollte noch kurz telefonieren. Dann können Sie ganz in Ruhe ausmessen.«

Sie beeilte sich, ins Wohnzimmer zu kommen, wo sie den Block auf dem mittlerweile leeren Schreibtisch ablegte und das Telefon zur Hand nahm. Mit zittrigen Fingern tippte sie die Nummer ein und wartete. Ein Stein fiel ihr vom Herzen, als Andrew sich meldete. Jetzt hieß es improvisieren. Wenn sie mit ihrem Verdacht richtiglag, würde sie sich in allerhöchste Gefahr bringen, wenn Stephen davon etwas merkte.

»Hallo Andrew, ich bin es, Agnes«, plapperte sie fröhlich in den Hörer und stellte erleichtert fest, dass ihre Stimme nicht zitterte. »Ich ... ähm ... wollte so spät eigentlich nicht mehr stören, aber ich muss für die Chorprobe morgen leider absagen. Nicht, dass ihr auf mich wartet. Ich habe etwas Halsschmerzen.«

Agnes hatte das Gefühl, Stephens Blick in ihrem Rücken spüren zu können. Sie stellte sich so vor den Schreibtisch, dass ihr Körper den Block verdeckte. »Ich bin jetzt noch bei Hazel. Stephen McVoren ist auch hier, er wollte noch etwas nachmessen und schließt dann gleich ab.«

»Chorprobe?« Andrew klang verwirrt. Agnes hoffte, dass er begriff, was sie ihm eigentlich sagen wollte. »Was für eine Chorprobe, Agnes, morgen ist doch gar keine ... du bist bei Hazel? Und McVoren ist dort?«

»Ja, genau. Es ist nichts Schlimmes, nur ein bisschen Halsschmerzen. Da möchte ich meiner Stimme etwas Ruhe gönnen.«

»Verstehe. Du kannst nicht reden, nicht wahr?«
»Ja. Das ist lieb von dir.«

»Soll ich vorbeikommen?«

»Das wäre prima, Andrew. Ich wünsche dir noch einen schönen Abend.«

»Ich mache mich sofort auf den Weg. Pass bloß auf dich auf!«

Mit klopfendem Herzen legte Agnes auf und drehte sich um. Noch nie war sie so froh gewesen, dass Andrew sie offenbar lesen konnte wie ein Buch. Stephen McVoren lehnte in der Wohnzimmertür und beobachtete sie.

»So, das wäre erledigt«, sagte Agnes und versuchte dabei ungezwungen zu klingen. »Ich werde dann jetzt gehen. Denken Sie bitte daran, das Licht auszumachen und zweimal abzuschließen.«

»Selbstverständlich, Mrs Munro. Sie können sich auf mich verlassen.«

Agnes nahm möglichst beiläufig den Block vom Schreibtisch und versuchte, ihn so zu halten, dass man nur die Pappe auf der Rückseite sehen konnte. Stephen trat in den Flur, um sie vorbeizulassen, und Agnes hielt auf die Eingangstür zu. Sie hatte sie schon erreicht und drückte die Klinke herunter, doch die Tür gab nicht nach. Agnes fuhr herum.

»Oh, wie dumm von mir. Ich habe versehentlich abgeschlossen.« Stephen McVoren machte einen Schritt auf sie zu. Dabei fiel sein Blick auf den Schreibblock in ihrer Hand.

»Was haben Sie denn da?«

»Ach, nichts Besonderes, nur einen Notizblock. Ich dachte, vielleicht möchte Effy ihn haben.« Agnes schluckte. Ihre Stimme klang rau. Hoffentlich hatte es McVoren nicht bemerkt.

»Zeigen Sie doch mal her.« Stephen streckte den Arm nach dem Block aus.

Am anderen Ende legte Andrew den Hörer auf. Sein Herz jagte. Agnes war in Gefahr, anders konnte er sich diesen überaus merkwürdigen Anruf nicht erklären. Was hatte sie gesagt? Stephen McVoren war mit ihr im Haus? Wie passte der denn nun wieder ins Bild?

Andrew lief in den Flur und zog Jacke und Schuhe an. Er wollte das Pfarrhaus gerade verlassen, als ihm ein Gedanke durch den Kopf ging. Wenn Agnes wirklich in Gefahr war, musste er sich eingestehen, dass er gegen einen jungen, kräftigen Mann wie McVoren auch nicht viel würde ausrichten können. So sehr er sich wünschte, Agnes beschützen zu können, so sehr wurde er sich der Tatsache bewusst, dass seine eigene körperliche Kraft inzwischen begrenzt war.

Besser, er holte sich Unterstützung. Andrew lief zurück ins Wohnzimmer und wählte Matthews Nummer.

52

»Los, geben Sie das her!« Stephen entriss Agnes den Block und warf einen Blick darauf. Dann sah er sie an. »Was hatten Sie damit vor?«

Agnes spürte, wie ihr Herz verzweifelt gegen die Rippen hämmerte, als versuche es, seinem engen Gefängnis zu entkommen.

»Sie. Sie sind Acheron Ash.«

»Was? Was faseln Sie da?« McVoren taxierte Agnes mit zusammengezogenen Brauen.

»Sie waren das ... Sie haben diese Französin getötet und dann haben Sie Neil und Hazel dazu gebracht, alles zu vertuschen. Doch nach Neils Tod wollte Hazel reinen Tisch machen, nicht wahr?«

Stephen machte eine wegwerfende Handbewegung. »Ich habe keine Ahnung, wovon Sie da reden.«

Doch Agnes erkannte klare Zeichen von Unsicherheit unter seiner zornigen Fassade. Sie rüttelte an der Klinke.

»Dann lassen Sie mich sofort gehen!«, verlangte sie.

Warum hatte sie nur den Schlüssel in der Tür stecken lassen? Verzweifelt rüttelte sie weiter an der Klinke, hoffte, das altersschwache Schloss möge nachgeben. Aus dem Augenwinkel sah sie noch, wie Stephen nach etwas griff, das auf der Kommode stand.

Ein Schlag. Und alles war dunkel.

Als Agnes wieder zu sich kam, brauchte sie eine Weile, um zu begreifen, wo sie sich befand. Ihr war übel, ihr Kopf fühlte sich an, als müsse er jeden Augenblick zerspringen, und ihre Gelenke schmerzten.

Sie saß auf einem Stuhl, in Hazels Küche, die Arme schmerzhaft nach hinten gebogen. Vorsichtig versuchte sie, die Hände zu bewegen. Offenbar war sie gefesselt.

Stephen zog fluchend eine nach der anderen der leergeräumten Schubladen auf. Der Block lag auf dem Küchentresen.

»Machen Sie doch nicht alles noch schlimmer, Stephen.« Agnes erschrak beim Klang ihrer Stimme. Sie klang dünn und kraftlos. Die Zunge klebte ihr schwerfällig am Gaumen. »Es nützt doch nichts. Sie werden damit nicht davonkommen. Sergeant Jarvis weiß über alles Bescheid.«

Stephen fuhr herum.

»Nein. Mir machen Sie nichts vor. Das hat vielleicht in der Schule funktioniert, Mrs Munro. Ich bin Makler. Ich weiß, wenn jemand blufft. Sie haben nichts. Sonst wären Sie nicht allein hergekommen. Sagen Sie mir lieber, wo ich in dieser verfluchten Hütte ein Feuerzeug oder Streichhölzer finde.«

Agnes kniff die Lippen zusammen und schüttelte den Kopf.

»Gut. Wie Sie wollen, aber ich schaffe es auch ohne Ihre Hilfe.«

»Es wird Ihnen nichts nützen, den Block zu vernichten, Stephen. Sie müssten schon ...« Agnes stockte, als ihr klar wurde, dass Stephen McVoren nicht vorgehabt hatte, sie gehen zu lassen.

»Keine Sorge, ich werde mich auch um Sie kümmern«, zischte Stephen. »Sie werden einen hübschen kleinen Unfall haben. Alte Leute stürzen bisweilen.«

Er sah sich in der Küche um. Sein Blick fiel auf den Herd.

»Oder sie wollen sich einen Tee machen und vergessen, den Herd auszumachen, weil Sie auf dem Sofa einschlafen. So etwas kommt vor, nicht wahr?«

»So wie Sie es schon bei der armen Doris Beaton gemacht haben?«

Agnes wusste nicht, ob es klug war, Stephen noch zu reizen, aber für den Moment fiel ihr einfach nichts anderes ein. »Nachdem Sie im Pub herumposaunt hat, sie habe einen Mörder gesehen, fürchteten Sie, die Ärmste könnte Sie doch erkannt haben und wollten ganz sichergehen. Leider hat das nicht so geklappt, wie Sie es sich vorgestellt haben, nicht wahr?«

Stephen schwieg. Er klappte den Schrank unter der Spüle auf, fand jedoch auch diesen leer vor.

»Wenn ich bloß ...«

Plötzlich schien er eine Idee zu haben. Er griff das Küchenhandtuch von der Arbeitsfläche. Im Nu war er bei Agnes und band es ihr um den Kopf. Grob zerrte er den Knoten fest. Dann hörte sie, wie sich seine Schritte entfernten. Offenbar verließ er die Küche.

Das Küchentuch roch unangenehm muffig und drückte ihr den Atem ab. Agnes zwang sich, möglichst ruhig ein- und auszuatmen. Sie durfte jetzt nicht in Panik verfallen. Vermutlich war er in den Schuppen gegangen, um nach einem Brandbeschleuniger zu suchen.

Krampfhaft zerrte Agnes an ihren Fesseln, doch sie schnitten nur tiefer in ihre Haut. Sie konnte versuchen, sich mit dem Stuhl auf den Boden zu werfen, vielleicht konnte sie die Lehne brechen. Agnes ruckelte hin und her, doch der Stuhl fühlte sich stabil an – keine Chance, dass sie sich durch einen Sturz würde befreien können. Sie würde sich nur verletzen.

Was hatte Stephen mit ihr vor? Würde er sie betäuben, so wie er es mit Hazel gemacht haben musste?

Schritte kündigten seine Rückkehr in die Küche an, und Agnes versuchte verzweifelt, einen klaren Gedanken zu fassen. Sie hatte Stephen bereits als Teenager gekannt. Irgendwie musste es ihr doch gelingen, diesen Jungen in ihm anzusprechen, sein Mitgefühl, sein Gewissen.

»Himmel, Agnes!«, hörte sie Andrews Stimme. Kurz darauf war jemand dicht bei ihr, das Handtuch wurde von ihrem Kopf gerissen, und jemand machte sich an ihren Fesseln zu schaffen.

Agnes versuchte, über die Schulter zu blicken.

»Andrew? Schnell! Stephen ist sicher gleich zurück. Ich glaube, er ist in den Schuppen gegangen. Er will ein Feuer legen oder so.«

»Dieser verfluchte Knoten!«, keuchte Andrew.

Schließlich lockerten sich die Fesseln, und Andrew griff Agnes unter die Arme, um ihr hochzuhelfen.

»Wie bist du hereingekommen?«

»Die Tür war nicht verschlossen. Komm jetzt, wir müssen weg hier. Matthew und Fiona wissen Bescheid. Sie sind auf dem Weg von Craignure.«

Agnes folgte Andrew in den Flur, doch sie prallte gegen seinen Rücken, als er plötzlich mitten im Lauf stehen blieb.

»Reverend?!« Stephen klang erschrocken. »Was zum Teufel machen Sie hier?«

Agnes spähte an Andrews Schulter vorbei. Sie konnte die Muskeln in Stephens Gesicht arbeiten sehen. Die Anspannung war greifbar.

Andrew hob langsam die Hände. »Stephen, ich bitte Sie, machen Sie sich doch nicht unglücklich. Sergeant Jarvis und der Constable sind auf dem Weg hierher. Sie würden alles nur noch schlimmer machen.«

»Los, zurück in die Küche!«, bellte Stephen. Er fuhr sich mit der Hand durch die Haare. »Worauf warten Sie noch?! Na los! Ich kann Ihrer Freundin spielend den Hals brechen.«

»Dann müssten Sie aber erst an mir vorbei!« Andrew klang entschlossen. Doch McVoren lachte.

»Verzeihen Sie, Reverend, aber ich glaube kaum, dass Sie eine Chance haben. Los jetzt!«

Agnes meinte, so etwas wie Lösungsmittel zu riechen und entdeckte eine alte Konservendose in Stephens Hand, aus der ein Lappen hervorlugte.

Andrew griff hinter dem Rücken nach ihrer Hand.

»Gut. Wir werden zurück in die Küche gehen«, sagte Andrew ruhig, und sie traten den Rückzug an.

Stephen drängte sich hinter ihnen durch die Tür und wies sie an, sich an die gegenüberliegende Wand zu stellen. Dann schloss er die Tür und begann, den Lappen aus der Konservendose unter die Heizspirale der Herdplatte zu stopfen. Agnes vermutete, dass er ihn mit etwas Brennbarem benetzt hatte.

»Nehmen Sie doch Vernunft an, Stephen. Es ist zu spät. Sie können nicht mehr vertuschen, was Sie getan haben«, rief Agnes. »So oder so, es wird alles herauskommen. Und wollen Sie dann wirklich noch zwei weitere Leben auf dem Gewissen haben?«

»Sie haben nichts. Nichts haben Sie. Sie können überhaupt nichts beweisen. Hazel Thorburn hat sich umgebracht.« Stephen schien mehr mit sich selbst zu sprechen. »Tragisch. Aber sie hat sich umgebracht. Die Polizei hat es bestätigt.«

Stephen drehte den Regler am Herd und wartete darauf, dass die Heizspirale zu glühen begann. Er nahm den Block und riss die obersten Seiten ab.

Agnes glaubte, Geräusche aus dem Flur zu hören und hoffte inständig, dass es Matthew und Fiona waren.

»Hier in der Küche!«, schrie sie und Stephen, der an den Herd getreten war, wirbelte herum und machte einen Schritt auf Agnes zu. Mit einem Fauchen schlug eine Stichflamme aus dem Lappen hinter ihm und züngelte noch eine Weile der Decke entgegen, bis sie langsam kleiner wurde.

»Halten Sie den Mund!«, zischte McVoren und kam noch näher, als plötzlich die Küchentür aufflog und Effy im Türrahmen erschien.

Sie hatte Charlies Jagdgewehr auf Stephen gerichtet, und ihr Gesicht spiegelte puren Hass.

»Keinen Schritt weiter, Stephen!« Effys Stimme bebte, und der Gewehrlauf zitterte in der Luft zwischen ihnen. Ihr rechter Zeigefinger krampfte sich um den Abzug.

»Du verdammtes Schwein! Wir haben dir vertraut! Du bist bei uns ein- und ausgegangen, als gehörtest du zu unserer Familie!«

Alle Farbe war aus Stephen McVorens Gesicht gewichen.

»Wie hast du es gemacht? Ich will es wissen!«, schrie Effy. Ihre Gesichtszüge waren verzerrt und starr, wie aus Stein gemeißelt.

»Mrs Thorburn, ich ...« Stephen wich zurück.

»Nehmen Sie die Waffe runter, Effy. Er ist es nicht wert. Ich bitte Sie.«

Andrew bewegte sich zentimeterweise vorwärts, versuchte, sich in die Schusslinie zu bringen.

»Matthew und Fiona sind unterwegs hierher. Sie werden gleich da sein.«

»Nennen Sie mir einen Grund, warum ich es nicht tun sollte. Nur einen, Reverend!« Tränen strömten über Effys Gesicht. Ihre Arme zitterten, doch immer noch lag ihr Finger auf dem Abzug.

»Dieses Schwein hat mir alles genommen! Alles!« Sie starrte Stephen an, der versuchte, zurückzuweichen.

»Ich weiß alles, Stephen. Neil hat uns einen Brief geschrieben. Ich weiß, dass du das arme Mädchen getötet hast. Nachdem Henry gegangen war, habt ihr euch an dem Abend noch am Leuchtturm getroffen.«

»Es war ein Unfall, Mrs Thorburn! Ich wollte nicht ... sie wollte mich schlagen, und ich habe sie zurückgestoßen, und sie ist gefallen und mit dem Kopf ...«

»Du hast sie betatscht, und sie hat sich gewehrt! Neil wollte Hilfe holen! Aber du hattest Angst, man würde dich zur Rechenschaft ziehen. Du hast Neil unter Druck gesetzt! Wie habt ihr Hazel dazu gebracht, zu lügen? Wie? Hast du ihr gedroht, du würdest gegen Neil aussagen?«

Stephen McVoren schluckte.

»Wir waren noch so jung. Ich hatte Angst, man würde ... ich wusste einfach nicht, was ich tun sollte!«

Seine Stimme war kaum mehr als ein Flüstern.

»Meine Kinder hatten ein Gewissen, Stephen. Sie haben die Eltern des armen Mädchens angerufen, damit man nach ihr sucht. Du hättest sie einfach dort liegen lassen, bis man sie zufällig findet, nicht wahr? Um deine eigene Haut zu retten, hast du sie einfach dort liegen lassen. Damit es wie ein Unfall aussah!«

»Effy, ich bitte dich! Leg das Gewehr weg!«, drängte Agnes. »Charlie braucht dich jetzt mehr als je zuvor.«

»Hazel wollte Neil beschützen. Sie hat einen Mord vertuscht, um ihren Bruder zu beschützen.« Der Gewehrlauf neigte sich, doch immer noch klammerten sich Effys Finger um den Abzug.

Stephen McVoren hatte die Lippen zusammengepresst. Er hielt seinen Kopf mit beiden Händen.

»Hazel hat nichts gewusst. Sie wusste nicht, was passiert war. Sie hat geglaubt, das Mädchen sei einfach nur ausgerutscht, und wir hätten ihr nicht mehr helfen können. Wir wussten einfach nicht, was wir tun sollten. Es hätte doch nichts geändert. Ich meine ... sie hat nicht mehr geatmet. Sie war tot. Wenn man uns angeklagt hätte ... es hätte ihr doch nicht geholfen!«, stieß Stephen hervor.

»Vielleicht hätte man sie noch retten können, wenn man sie früher gefunden hätte«, schrie Effy. »Aber dir war es wichtiger, den Kopf aus der Schlinge zu ziehen, du Dreckskerl! Neil war immer schon leicht zu beeindrucken. Du hast ihm gedroht, es ihm anzuhängen. Und er hatte Angst, man würde ihm nicht glauben, wenn Aussage gegen Aussage stünde.«

Ihre Stimme klang mittlerweile ruhig, fast emotionslos. Sie lachte kurz auf. Es klang eher wie ein Husten.

»Aber Neil war nicht dumm. Und er wusste, dass er dir nicht vertrauen konnte. Er hat alles aufgeschrieben und bei einem Freund hinterlegt. Aber du wolltest kein Risiko eingehen, nicht? Du wusstest, dass Neil früher oder später sein Gewissen erleichtern würde. Und dann hast du ...«

Stephen McVoren schüttelte heftig den Kopf.

»Nein. Nein, Mrs Thorburn. Das mit Neil ... es war ein Unfall! Ich schwöre, ich habe nichts damit zu tun! Ich habe erst durch meine Eltern davon erfahren, dass er verunglückt ist.«

Agnes begann zu begreifen.

»Und als Sie sich mit Hazel zum Lunch getroffen haben, hat sie versucht, Sie zu überreden, endlich die Wahrheit über den Vorfall damals zu sagen, nicht wahr? Sie hatte geahnt, worüber Neil mit ihr sprechen wollte, bevor er verunglückte, und sie wollte sein Vorhaben nach seinem Tod in die Tat umsetzen. Sie hätte endlich ihr Gewissen erleichtern können, denn ihren Bruder musste sie nun nicht mehr schützen.«

Stephen ließ sich auf den Küchenstuhl fallen und stützte das Gesicht in die Hände.

»Ich wusste nicht mehr, was ich tun sollte! Wenn Hazel ... sie hätte den Fall sicher noch einmal ganz neu aufgerollt. Das konnte ich nicht zulassen. Aber Hazel ließ sich von der Idee nicht abbringen. Sie hat mir diesen Brief geschrieben und da ...«

»Da haben Sie bemerkt, dass er wie ein Abschiedsbrief klang, wenn man nur ein bisschen vom Ende des Briefes weglassen würde, nicht wahr?«

Agnes warf Andrew einen Blick zu und deutete mit einer raschen Augenbewegung auf das Gewehr.

Andrew nickte kaum merklich, dann machte er einen entschlossenen Schritt nach vorne.

»Keinen Schritt weiter, Reverend! Ich warne Sie!«, schrie Effy. Ihre Arme zitterten, und Tränen liefen über ihr Gesicht. »Ich blase dir den Kopf weg, du Schwein! Du hast es nicht verdient zu leben!«

Agnes hielt den Atem an und sah zu Andrew, der in der Bewegung erstarrt war und nicht wagte, noch einen Schritt auf Effy zuzugehen.

»Effy, tun Sie es nicht! Denken Sie doch auch an Charlie und an Lachie ... «

Ein Lichtblitz und ein ohrenbetäubendes Krachen, gefolgt von aufstiebenden Holzsplittern und einem Klingeln in den Ohren raubten Agnes für einen Moment die Orientierung. Die Fensterscheiben zitterten, und Agnes fürchtete, sie könnten zerbersten. Pulverdampf lag in der Luft und brachte sie zum Husten. In der Tür des Küchenschranks hinter Stephen McVoren klaffte ein Loch. Effy spie aus und ließ das Gewehr fallen.

»Du bist das Blei nicht wert, du Monster. Du sollst im Gefängnis verrotten.«

Sie stürzte vor und prügelte auf den vor Schreck gelähmten Stephen ein, der noch immer die Hände vors Gesicht geschlagen hatte.«

Agnes nahm wie in Zeitlupe wahr, wie Andrew sich den beiden näherte und Effy sanft an den Armen fasste, sie zurückzog und sie behutsam zu einem Küchenstuhl führte, auf dem sie kraftlos zusammensackte.

Eines wusste Agnes genau: Hätte Effy wirklich treffen wollen, wäre die Sache anders ausgegangen. Ihre Freundin wusste durchaus mit einem Jagdgewehr umzugehen. Wie oft hatten sie sich wegen Effys Begeisterung für die Jagd in den Haaren gelegen. Agnes hätte es nicht fertiggebracht, auf ein Reh oder einen Hasen zu feuern. Doch Effy war da nicht zimperlich und durchaus zielsicher. Stephen McVoren konnte von Glück sagen, dass sein Kopf noch auf seinen Schultern saß.

Effie hielt sich die Schulter und starrte mit fest zusammengepressten Lippen geradeaus, während Stephen sich auf einen Stuhl fallen ließ und den Kopf zwischen den Armen vergrub. Sein Körper wurde von hysterischem Schluchzen geschüttelt, das eher wie eine Mischung aus Röcheln und Lachen klang.

»Agnes? Reverend Fletcher?«, hörte sie Fiona Mackinnons Stimme von draußen.

»Wir sind hier! Hier in der Küche!«, rief Agnes.

53

Wenn Agnes versuchte, an die vergangenen Ereignisse zu denken, verschwammen sie in ihrer Erinnerung zu einem Gewirr von Eindrücken. Zu viel war auf sie eingeströmt, als dass sie einen klaren Gedanken hätte fassen können.

Nachdem sie so gut wie möglich ihre Aussage zu Protokoll gegeben hatte, saß sie nun bei einer Tasse Kamillentee, welchen Phyllis ihr zur Beruhigung der Nerven verordnet hatte, in Andrews Wohnzimmer, um mit ihm das Geschehene noch einmal Revue passieren zu lassen.

»Stephen hat also gestanden?«, wollte Andrew wissen.

Agnes nickte und pustete in ihre Tasse.

»Letzten Endes war er wohl froh, diese Last endlich loszuwerden. Er hat ein umfangreiches Geständnis abgelegt. Ich denke, ihm war klar, dass Matthew auch so bereits genug gegen ihn in der Hand hatte.«

»Es gibt da noch eine Reihe Dinge, die ich nicht verstehe«, gab Andrew zu. »Zum Beispiel, warum die Polizei kein Betäubungsmittel in Hazels Blut gefunden hat. Machen die bei so etwas nicht ein Toxikologie-Screening?«

»Es war, wie ich es bereits vermutet hatte. Er hat

K.O.-Tropfen verwendet. Das Gefährliche an diesen Mitteln ist vor allem, dass sie so schnell im Körper abgebaut werden und dann nicht mehr nachweisbar sind. Außerdem haben die anderen Indizien und vor allem Hazels vermeintlicher Abschiedsbrief den Eindruck vermittelt, dass es ziemlich sicher ein Selbstmord war. Matthew sagte, womöglich haben sie deshalb nur gesehen, was sie sehen sollten.«

»Und Neil hat Effy die Geschichte mit dieser Französin in einem Brief gestanden?«, fragte Andrew weiter. »Ich habe immer noch nicht genau verstanden, was damals überhaupt vorgefallen ist.«

»Zwischen Neil und Stephen gab es Streit um das Mädchen. Ihr hat das offenbar gefallen. Sie kokettierte damit und versuchte, Neil eifersüchtig zu machen, indem sie auch mit Stephen flirtete. Der hat es allerdings als Aufforderung aufgefasst.«

»Die Jungen waren mit dem Mädchen am Leuchtturm verabredet?«

Agnes nickte.

»Sie trafen sich alle bei den Thorburns, um gemeinsam zum Leuchtturm zu laufen. Dort wollten sie Inès treffen. Eigentlich hätten Henry und Hazel mit von der Partie sein sollen. Jedoch zog Hazel es vor, daheim zu bleiben. Ich nehme an, sie war ebenfalls in das Mädchen verliebt. Das jedenfalls legen die Fotos nahe, die sie aufbewahrt hat. Henry McNiven ging nach Hause, weil er zu viel getrunken hatte und sich, wie McVoren aussagte, nicht wohlfühlte.«

»Also sind Neil und Stephen McVoren allein zum Leuchtturm gegangen, um sich mit dieser Inès zu treffen. Und McVoren ist dann zudringlich geworden?«

»Neils Aussagen in dem Brief an seine Eltern sind etwas vage, wir können nur spekulieren, warum. Fest steht, dass Neil die beiden kurz allein ließ. Matthew vermutet, dass Neil einmal austreten musste. Stephen nutzte die Gelegenheit, sich dem Mädchen zu nähern, doch sie wehrte ihn ab, und es kam zu einer Handgreiflichkeit, wobei sie so unglücklich stürzte, dass sie sofort bewusstlos war.«

Andrew schüttelte langsam den Kopf und massierte sich die Schläfen. »Doch anstatt Hilfe zu holen, sind die beiden zu den Thorburns zurückgelaufen, weil Stephen Angst hatte und Neil unter Druck gesetzt hat, die Wahrheit zu verschweigen. Sie haben Hazel erzählt, was passiert war, es jedoch als Unfall hingestellt.«

»Genau«, bestätigte Agnes. »Aus Angst, sie könnten unter Verdacht geraten, sagte Hazel aus, die Jungen hätten das Haus nicht mehr verlassen.«

»Und Henry McNiven, was wusste er von der ganzen Geschichte?«

»Ihm haben sie die Version aufgetischt, die sie dann auch ihren Eltern und der Polizei erzählt haben«, erklärte Agnes.

»Aber hat Hazel nicht Bella gegenüber angedeutet, sie habe gegen Henry etwas in der Hand? Dann bezog sie sich nicht auf diese Geschichte?«

»Nein. Das hat Matthew klären können. McNiven hat ihm gegenüber zugegeben, dass er Hazel auf einer Feier, bei der es recht feuchtfröhlich zugegangen war, wohl einmal Avancen gemacht hatte. Hazel hatte ihn gewarnt, Sheila würde davon erfahren, wenn er im Streit um den Hotelneubau zu unfairen Mitteln greifen sollte.«

Andrew lächelte kurz. »Ja, das passt zu Hazel.«

»Jedenfalls hat Effy, nachdem sie den Brief gelesen hatte, wohl eins und eins zusammengezählt. Sie glaubte, Stephen habe beide Zeugen nacheinander aus dem Weg räumen wollen.«

»Dann hat McVoren auch Neil getötet? Aber wie?«

»Nein.« Agnes schüttelte den Kopf. »Er hat die Wahrheit gesagt, als er behauptete, von Neils Unfall erst durch seine Eltern erfahren zu haben. Er kam zur Beerdigung, traf sich mit Hazel, und die drängte ihn, die Sache endlich aufzuklären. Weil er zögerte, schrieb sie ihm den Brief, um ihn zu überzeugen.«

»Und als er ihn las und feststellte, dass man den Anfang, aus dem Kontext gerissen, vollkommen missverstehen konnte, entwickelte er seinen Plan. Schrecklich! Ich kann mir kaum ausmalen, was in ihm vorgegangen ist. Wie kann man so etwas tun?«

»Für ihn stand viel auf dem Spiel, nicht wahr? Er musste mit einer langen Gefängnisstrafe rechnen. Dabei war er gerade mit seiner Karriere so richtig durchgestartet.«

»Dennoch, einen Menschen betäuben, um ihm dann die Pulsadern zu öffnen, dazu braucht es doch schon ein gutes Maß an Grausamkeit. Ich sollte es eigentlich besser wissen, doch die Fähigkeit des Menschen zum Bösen erschüttert mich immer wieder aufs Neue.«

Er nahm Agnes Hände zwischen seine. »Ich bin heilfroh, dass dir nichts geschehen ist. Wie geht es Effy und Charlie?«

»Dr. McInnes hat für psychologische Betreuung gesorgt. Sie müssen das alles erst einmal verkraften.«

»Manchmal hilft eine Erklärung auch nicht weiter«, stellte Andrew fest. Dann nahm er Agnes in die Arme und küsste sie zärtlich auf die Stirn.

»Und du? Was hast du jetzt vor? Wirst du wieder abreisen, sobald du einen neuen Makler gefunden hast?«

Agnes legte eine Hand an seine Wange.

»Das überlege ich mir dann.«

54

Drei Monate war es nun her, seit Agnes die folgenreiche Entscheidung getroffen hatte, nach Tobermory zurückzukehren. Alles fühlte sich noch so unwirklich an. An manchen Tagen kam es ihr vor, als sei sie nie weggewesen, als habe es ihre Zeit in Edinburgh nie gegeben. Dann wieder gab es Momente, in denen sie sich inmitten all der Vertrautheit fremd fühlte, und die Erinnerung an John blitze immer wieder auf. Doch sie war weniger schmerzhaft als zuvor. Sie war wehmütig, dankbar für die gemeinsamen Jahre. Es war wie eine Wunde, über der sich Narbengewebe gebildet hatte und die bei Wetterwechsel gelegentlich schmerzte.

Bereut hatte sie ihre Entscheidung jedenfalls nicht. Die vergangenen drei Monate waren aufregend und beängstigend zugleich gewesen. So spät im Leben noch einmal ein solches Wagnis einzugehen, erschien ihr schrecklich unbesonnen. Ein großes Abenteuer – womöglich das letzte große Abenteuer ihres Lebens. Sie hatte sich sogar ein kleines Atelier angemietet, um sich wieder ihrer Kunst widmen zu können.

Wieder hier zu leben, fühlte sich ein wenig so an, als wenn man nach einer langen Bootsfahrt wieder an Land kam und der Boden unter den Füßen immer noch zu schwanken schien: noch etwas unsicher, wackelig.

Und doch wusste sie tief im Herzen, dass Andrew jedes Wagnis wert war. So grausam das Schicksal auch sein konnte, führte es einen auf seinen verschlungenen Pfaden mit Menschen zusammen, die seine Grausamkeiten leichter zu ertragen machten. Und man konnte in den dunkelsten Stunden großes Glück finden. Die Angst davor, erneut einen geliebten Menschen zu verlieren, saß immer noch tief. Doch der große Lebensmut, mit dem Effy und Charlie den grauenerregenden Ereignissen der letzten Monate getrotzt hatten, wie sie immer weitergemacht, weitergekämpft, sich den Sinn des Lebens Stück für Stück zurückerobert hatten, das beschämte Agnes. Wie lächerlich wirkte es dagegen, dass sie sich von ihrer Angst so hatte beherrschen lassen. Es imponierte ihr gewaltig, wie die beiden es schafften, nicht zu verzweifeln. Das Verhältnis zu Bella und ihrer Familie war noch enger geworden. Charlie und Effy nahmen rege an ihrem Leben teil. Es schien beiden Seiten gutzutun. Bella, deren eigene Mutter früh gestorben war, genoss die Aufmerksamkeit, und Effy ging in ihrer Rolle als Ersatzoma für Lachie auf.

Natürlich gab es immer wieder dunkle Momente. Die würde es immer geben. Doch die Thorburns kämpften sich mit bewundernswerter Haltung und großem Mut ins Leben zurück. Aus den schrecklichen Ereignissen der Vergangenheit war zarte, neue Hoffnung für die Zukunft gekeimt. Und offenbar nicht nur für sie und Andrew. Gerade gestern hatte sie Matt Jarvis und Fiona McKinnon im Mishnish getroffen, und es war nicht zu übersehen gewesen, dass es sich bei dieser Verabredung nicht um ein Arbeitsessen gehandelt hatte. Es war den beiden definitiv zu wünschen.

Agnes kam sich wehleidig vor. Die Ereignisse des Sommers hatten ihre eigenen Ängste und Probleme in eine völlig andere Perspektive gerückt. Vielleicht, dachte Agnes, hatte der Mut und die Tapferkeit ihrer Freunde ein kleines bisschen auf sie abgefärbt.

Oder es war ihr einfach noch nie zuvor so deutlich bewusst gewesen, wie eine einzige Entscheidung in der Vergangenheit das Leben auf Dauer beeinflussen konnte, zum Guten wie zum Schlechten. Und dies war ganz sicher die richtige Entscheidung gewesen.

Draußen hörte sie eine Autohupe, spähte aus dem Fenster und entdeckte Andrews alten Morris, der vor dem Haus wartete. Auf dem Beifahrersitz erkannte sie Charlie. Effy saß auf der Rückbank. Sie war froh, dass Andrew und die Thorburns sie nach Calgary begleiteten. Doch sie würde die drei bitten, im Café auf sie zu warten. Johns letzten Wunsch zu erfüllen, war etwas, das sie nur alleine tun konnte.

Noch einmal holte Agnes tief Luft, dann trat sie an den Kaminsims und betrachtete das Gefäß aus blankpoliertem, grauem Stein. Sie hob das gerahmte Porträt von John hoch und drückte einen Kuss darauf. Dann nahm sie die Urne vorsichtig in die Hände und trug sie zur Tür.

»Ich bin dann wohl soweit, Liebling.«